निशंक
एक अंतरंग पाठ

निशंक

एक अंतरंग पाठ

गोपाल शर्मा

प्रभात प्रकाशन

प्रकाशक • **प्रभात प्रकाशन प्रा. लि.**
4/19 आसफ अली रोड,
नई दिल्ली–110002

संस्करण • प्रथम, 2021
मूल्य • चार सौ रुपए
मुद्रक • आर–टेक ऑफसेट प्रिंटर्स, दिल्ली

NISHANK : Ek Antrang Path *by* Shri Gopal Sharma ₹ 400.00
Published by Prabhat Prakashan Pvt. Ltd., 4/19 Asaf Ali Road, New Delhi-2
e-mail: prabhatbooks@gmail.com ISBN 978-93-90366-21-7

देश–हितैषी **डॉ. योगेंद्र नाथ शर्मा 'अरुण'** के निमित्त—

"जैसा कुछ हो सका, आपका यह आज्ञा–पालन है, लीजै।
भारतमाता की सेवा में, इसे आप ही अर्पित कीजै।"

भूमिका

प्रस्तुत ग्रंथ 'निशंक : एक अंतरंग पाठ' के ग्रंथनायक हैं रमेश पोखरियाल 'निशंक'; और ग्रंथकार हैं डॉ. गोपाल शर्मा। दोनों ही अपनी-अपनी जगह अचूक लक्ष्यवेधी सव्यसाची! बात ग्रंथकार से शुरू करें। डॉ. गोपाल शर्मा हिंदी और अंग्रेजी दोनों भाषा-साहित्यों के मर्मज्ञ विद्वान् और प्रतिष्ठित लेखक हैं। देश-विदेश में साहित्य शास्त्र और भाषा-विज्ञान पढ़ाने का सुदीर्घ अनुभव! प्राचीन और आधुनिक साहित्य-सिद्धांतों के अधिकारी व्याख्याकार। देरिदा भी उन्हें उतने ही प्रिय हैं, जितने तुलसी। नेल्सन मंडेला पर भी उन्होंने उतने ही मनोयोग से लिखा है, जितने से नरेंद्र मोदी पर। प्रेमचंद हों या नादिया मुराद, लिखने से पहले डॉ. गोपाल शर्मा अपने ग्रंथनायक की वेव-लेंथ तलाशते हैं; और तभी लिखना शुरू करते हैं, जब अनुनाद होने लगे। कहना न होगा कि निशंक का यह अंतरंग पाठ भी ग्रंथनायक की वेव-लेंथ के ग्रंथकार के मानस में अनुनाद का सृजनात्मक सुफल है। इस पाठ की विशेषता यही है कि यह अंतिम सत्य पाने का दावा नहीं करता, बल्कि अपने हर सोपान पर पाठक को कुछ ऐसे सूत्र देता चलता है, जिनके सहारे अनेक नए पाठ, सह-पाठ और उप-पाठ खोजे और सिरजे जा सकते हैं।

ग्रंथनायक रमेश पोखरियाल 'निशंक' को सव्यसाची कहने का मेरा आशय यह है कि वे जितने कुशल और निपुण सामाजिक कार्यकर्ता, प्रशासक और राजनेता हैं, उतने ही विलक्षण और विचक्षण कवि, कथाकार तथा शब्द-शिल्पी भी हैं। इतना सारा लिखा है उन्होंने कि पूछने का मन होता है—दोनों हाथों से एक साथ लिखते हैं क्या! स्वाधीन भारत के सार्वजनिक जीवन में ऐसे कई सफल राजनेता हैं, जिनकी पहचान सफल साहित्यकार के रूप में भी उतनी ही प्रखर है, जितनी राजनीतिकार के रूप में। निशंक उन्हीं महान् सव्यसाची प्रतिभाओं की श्रृंखला की अगली कड़ी हैं। बल्कि अगर यह पूछा जाए कि वे पहले राजनेता हैं या साहित्यकार, तो यही

कहना होगा कि पहले कवि, लेखक और पत्रकार होने के कारण ही बाद में वे राजनेता के रूप में प्रतिष्ठित हो सके। उनकी राजनीति की नाभि में उपस्थित साहित्य संवेदना की कस्तूरी ही उन्हें अलग प्रकार का राजनेता बनाती है। इसीलिए उनका कोई भी दिन कुछ-न-कुछ लिखे-रचे बिना नहीं गुजरता। ऐसे सतत क्रियाशील नेता और सतत सृजनशील लेखक का सर्वश्रेष्ठ कृतित्व अभी आना शेष है। यही कारण है कि ग्रंथकार ने अपने इस अंतरंग पाठ को अंतरिम कहा है। वैसे भी 'अगर नहीं होती, कहीं भी खत्म कविता नहीं होती', तो कोई पाठ अंतिम कैसे हो सकता है! 'जीवन छोटा कथा बड़ी है' में भी कहीं-न-कहीं यही भाव छिपा है कि समाज और राष्ट्र की सेवा की जिस बड़ी अभिलाषा से निशंक का कर्ममय रथ अपने बहुमुखी अभियान पर गतिमान है, उसके बीजाक्षर सहज-साधारण भले लगते हों, पर हैं बड़े गूढ़ और साधनागम्य। जिस विनम्र पृष्ठभूमि से यह बिरवा उगा है, जड़ों पर उसकी पकड़ बहुत गहरी है। निशंक के समग्र साहित्य में उनके जीवन-संघर्ष की प्रतिध्वनियाँ सुनी जा सकती हैं। प्रत्यक्ष परिचय न होते हुए भी ग्रंथकार ने इन प्रतिध्वनियों के आधार पर ग्रंथनायक का जो चित्र रचा है, उसकी प्रामाणिकता असंदिग्ध है। इन प्रतिध्वनियों को उन्होंने विभिन्न कृतियों की भूमिकाओं के सहारे 'कब तलक मैं चुप रहूँगा' में बखूबी पकड़ा है।

ग्रंथकार ने निशंक के साहित्य-प्रयोजन और उनकी विश्व-दृष्टि की गहरी पड़ताल करके 'विजन और वैचारिकता' को रेखांकित किया है। कहना ही होगा कि ग्रंथनायक का आदर्श तुलसीदास हैं—'कीरति भनिति भूति भलि सोई/सुरसरि सम सब कहँ हित होई।' तुलसी राम नाम के बिना गिरा को व्यर्थ मानते हैं, तो निशंक के लिए वाणी की सार्थकता देशानुराग में है। इसी से उनके साहित्य की विमर्शपरक अर्थ वत्ता भी गहरे जुड़ी हुई है। विशेष रूप से 'स्त्री पक्ष'। अपने कथा साहित्य में उन्होंने इस तरह के तेजस्वी और संघर्षशील स्त्री पात्र गढ़े हैं, जो सही अर्थों में देश की बेटियाँ हैं। प्रो. शर्मा ने 'कहानी ही तो है' में जहाँ यह उजागर किया है कि सहज साहित्य की कसौटी यही है कि कथा-सत्य के आईने में जीवन-सत्य दिखाई दे, वहीं 'तमतमाते चेहरों की दुर्गम खड़ी चढ़ाई' में यह प्रतिपादित किया है कि निशंक के उपन्यासों की मुख्य कथाभूमि उनका खुद का देखा, जिया और भोगा हुआ पहाड़ है। पहाड़ी जीवन के संत्रास और करुणा के साथ ही उपन्यासकार ने उसके सौंदर्य और औदात्य को भी जितने विविध रंगों में प्रस्तुत किया है, ग्रंथकार ने भी उतने ही विविध कोणों से उन्हें देखने-दिखाने का सफल उपक्रम किया है।

अगर कहा जाए कि रमेश पोखरियाल 'निशंक' के संपूर्ण साहित्य का बीज शब्द है—'देश', तो तनिक भी अतिशयोक्ति नहीं होगी। खासतौर पर कविता तो उनकी है ही—देश के बारे में और देश के लिए। भारतमाता की अनन्य भक्ति उनका मूल संस्कार है, तो भारतवर्ष के लिए सर्वस्व बलिदान उनका एकमेव आदर्श। उनके निकट देश-सेवा में ही राजनीति की सार्थकता है और उसी में साहित्य की कृतार्थता। इसीलिए तो, 'कविता यहाँ निज देश है।' निस्संदेह, यह निज देश उनके अपने पर्वतीय गाँव से शुरू होता है और क्रमशः भारत के सारे इतिहास-भूगोल को आच्छादित करता हुआ समूचे भूमंडल तक व्याप जाता है। निज देश यहाँ सर्वोपरि जीवन-मूल्य है, जिससे दूसरे सारे मूल्य नाभि-नाल-बद्ध हैं। 'भगवान् का अद्भुत निर्माण है यह आदमी' और 'सर, बहुत फर्क पड़ता है' में इसी के ग्लोबल और लोकल पहलुओं को उकेरा गया है।

अंततः, और प्रथमतः भी, साहित्य 'शब्दों पर झेला गया सौंदर्य' ही तो है! निशंक के यहाँ वह शब्दों पर झेला गया यथार्थ भी है, क्योंकि वहाँ सौंदर्य की उपलब्धि भी यथार्थ के मार्ग से ही संभव है। ऐसे रचनाकार का ध्यान, बनावट-बुनावट पर ज्यादा नहीं रहता। यानी रचना में कृत्रिमता नहीं होती। सहजता झलकती है। निशंक ऐसे ही 'निशंक और सहज साहित्यकार' हैं। इसीलिए 'यवनिका' अगली शब्दयात्रा की भूमिका ही तो है!

और हाँ, यह कहे बिना यह भूमिका अधूरी रहेगी कि जो महत्त्व 'भारत भारती' के रचनाकार के लिए पं. महावीर प्रसाद द्विवेदी की प्रेरणा का था, वही 'निशंक : एक अंतरंग पाठ' के ग्रंथकार के लिए गुरुवर डॉ. योगेंद्र नाथ शर्मा 'अरुण' के प्रोत्साहन का है। अतः इस ग्रंथ के 'समर्पण' के लिए उनसे उपयुक्त और कौन हो सकता है!

समस्त शुभेच्छाओं सहित।

—ऋषभदेव शर्मा

जन्माष्टमी
12 अगस्त, 2020

अनुक्रम

भूमिका *7*

1. निशंक : एक अंतरिम अंतरंग पाठ 13
2. जीवन छोटा, कथा बड़ी है 19
3. कब तलक मैं चुप रहूँगा 36
4. विजन और वैचारिकता 58
5. स्त्री पक्ष 84
6. कहानी ही तो है 97
7. तमतमाते चेहरों की दुर्गम खड़ी चढ़ाई 114
8. कविता यहाँ निज देश है 136
9. भगवान् का अद्‌भुत निर्माण है यह आदमी 146
10. सर, बहुत फर्क पड़ता है 157
11. शब्दों पर झेला गया सौंदर्य 168

यवनिका 181

1

निशंक : एक अंतरिम अंतरंग पाठ

···निराला, दिनकर, नागार्जुन, प्रेमचंद, और अज्ञेय···सब नाम हैं—उपनाम हैं कुछ अच्छे भले नामों के—सूर्यकांत त्रिपाठी, रामधारी सिंह, वैद्यनाथ मिश्र, धनपत राय श्रीवास्तव, सच्चिदानंद हीरानंद वात्स्यायन···। मिर्जा असद-उल्लाह बेग खान को चाहे आप न जानते हों, पर 'गालिब' को अवश्य जानते होंगे। रमेश पोखरियाल का उपनाम है 'निशंक'। उर्दू में उपनाम को तखल्लुस और अंग्रेजी में पेन-नेम कहते हैं। ठीक वैसे ही, जैसे रमेश पोखरियाल 'निशंक' कवि, कथाकार, उपन्यासकार हैं। 'निशंक' उनका तखल्लुस है। हिंदी साहित्यकार के रूप में प्रतिष्ठित निशंक का व्यक्तित्व और उनकी भारतीय राजनीति में पहचान 'कहियत भिन्न न भिन्न' है। एक का प्रभाव दूसरे पर है। यहाँ यह जोड़ देना भी जरूरी है कि निशंक इस दौर के कवि-साहित्यकार हैं; इस जमाने के निराला, अज्ञेय या नागार्जुन के समान बेबाक, फक्कड़, बोहेमियन और खुद को 'हमन को इश्क मस्ताना' कहनेवाले उस जमाने के कबीर सरीखे नहीं। निशंक आम मध्यवर्गीय पुरुषों की तरह शालीनतापूर्वक बोलते-बतियाते हैं। आज के लेखक के समान ही वे भी 'फकत आदमी' हैं। राजनीतिज्ञ की तरह वेशभूषा से प्रायः सुव्यवस्थित और एकदम लकदक। स्मरण आ जाता है, भारत-कोकिला सरोजिनी नायडू का अज्ञेय को देखकर बालकृष्ण 'नवीन' से कहा गया वह अंग्रेजी जुमला—यस, ही लुक्स लाइक ए पोएट-हेल्दी, स्ट्रॉन्ग एंड हैंडसम। भारतीय लोकतांत्रिक व्यवस्था ने उन्हें 'सांसद' बाद में बनाया, 'लोकहृदय के सांसद' वे साहित्यकार के नाते न-जाने कब से हैं!

पर मेरे लिए 'निशंक' मात्र एक पाठ हैं। आप और मेरे जैसे जिन पाठक-संतों को सीकरी से कोई काम नहीं, उनके लिए 'निशंक' एक पाठ हैं, महज एक टेक्स्ट। 2020 के इस कोरोना-वर्ष में मैं इस पाठ का पाठक बना और पाठक के रूप में मैंने

जो पाया, वह इन पंक्तियों के माध्यम से एक अन्य पाठ के रूप में आपके समक्ष प्रस्तुत कर रहा हूँ। न मैं कोई मध्यस्थ हूँ और न आहूत पुरोहित। किसी कृति या कृतिकार पर लिखना मेरा दायित्व है और अधिकार भी। जब रचना या रचनाकार को प्रभावित करना मेरा लक्ष्य कभी नहीं रहा, तब आप जैसे परम स्वतंत्र पाठक को प्रभावित करना तो बहुत दूर की बात है। मैंने इस पाठ को रचा है, इसलिए मैं इसका रचयिता और प्रथम पाठक दोनों हूँ। आप जब इसका 'पाठ' करेंगे, तब इसका एक और पाठ होगा और आप एक अन्य पाठक। 'हरि अनंत, हरि कथा अनंता' के समान प्रत्येक पाठ एक नए पाठ को जन्म देता है। कोई पाठ पूर्ण नहीं होता, अपूर्ण नहीं होता। पाठ के बाहर कुछ नहीं। इसका कोई आदि नहीं, मध्य नहीं, अंत नहीं। हर पाठ पहले पाठ का अनुपूरक। यही उत्तर-आधुनिकता की माँग है कि पाठक कृति का पाठ करें। कृतिकार तो बस नाम है—नाममात्र।

'निशंक : एक अंतरिम अंतरंग पाठ' में हिंदी की शास्त्रीय और पारंपरिक समीक्षा पद्धति के स्थान पर आधुनिक पाठवादी आलोचनात्मक दृष्टि को अपनाया अवश्य गया है, किंतु लकीर का फकीर बनकर नहीं! जैसे—पुस्तक, किताब, लेखन, बुक आदि परिचित शब्द हैं, आधुनिक साहित्य सैद्धांतिकी में 'टेक्स्ट' शब्द है। देरिदा ने कहा था कि टेक्स्ट के बाहर कुछ नहीं है। टेक्स्ट ऐसी वस्तु है, जो लेखक की मृत्यु के पश्चात् भी बनी रहेगी। मूल टेक्स्ट की संरचना में उसकी शाश्वतता निहित है (दृ. देरिदा : विखंडन की शब्दावली, पृष्ठ 236)। सुधीश पचौरी के शब्दों में, 'पाठ यानी पढ़ते हुए, जो पाठकर्ता के भीतर बनता-बिगड़ता है, वह पाठ' है। मेरा अनगढ़-सा मत है कि पाठ एक चिह्न (मार्क) के रूप में उपस्थित भी रहता है और मानसपटल पर अंकित अलिखित अक्स भी पाठ ही होता है। इन्फॉर्म्ड रीडर और गंभीर अध्येता हो या सैलानी पाठक, वही किसी पाठ को सृजित करता है और उसे नया अर्थ देता है। यही भारतीय काव्य-शास्त्रीय चिंतन परंपरा में होता रहा है कि सहृदय, भावज्ञ, और प्रमाता पाठक मूल पाठ के भाष्य, महाभाष्य, टीका और विमर्श द्वारा शब्द से साक्षात्कार करता है। विवेक का कोई एक रंग न हुआ है, न होगा। 'विवेक के रंग' का आलोचना के क्षेत्र में आग्रह देवीशंकर अवस्थी 1965 में कर ही गए हैं।

एडवर्ड सईद ने आधुनिक साहित्य के लिए कोंटरापंटल पाठ (Contrapuntal reading) करने का सुझाव दिया है। उनका मानना है कि लेखन वास्तविक व्यक्ति द्वारा वास्तविक पाठकों के लिए वास्तविक जीवन के जीवंत लोक से प्रेरणा प्राप्त

पाठ है। पर मैं 'पहाड़' और 'उत्तराखंड' को किसी तथाकथित मैदानी या बाहरी पाठक की तरह संवेदना-शून्य होकर अनासक्त भाव से नहीं देख सकता। हाँ, इस दृष्टि से नेरेटिव की कुछ संभावनाओं को अवश्य देखना चाहूँगा, क्योंकि प्रत्येक पाठ में 'संदर्भ और प्रवृत्ति की संरचना' (structure of reference and attitude)का आधार लेकर यदि कोई पाठक किसी पाठ को देखता है तो वह उसे बेहतर समझ सकता है। पाठक भी कोई अनभिज्ञ, अनजान, खाली-स्लेट (ताबूला रासा) नहीं। आप भी किसी रचना के पास अपनी समझ को लेकर अवश्य जाएँगे। नामवर सिंह ने कविता के लिए 'अवधानपूर्वक पाठ' पर जोर दिया है, प्रेमचंद के सुधि-विद्वान् मदन गोपाल, हंसराज रहबर और डॉ. इंद्रनाथ मदान 'कृति की राह' से गुजरने की गुजारिश करते हैं और सुरेंद्र चौधरी हिंदी कथा और कथाकार के जातीय स्वभाव को समझने के लिए उसकी 'प्रक्रिया और पाठ' को उचित माध्यम मानते हैं। ये सब विद्वान् 'पाठ' पर बल देते हैं। सघन पाठ (क्लोज रीडिंग) के द्वारा निशंक को देखना, अपने आप में हिंदी साहित्य के समकालीन परिवेश के एक नजरअंदाज पक्ष को नजर भर देखना है। इसलिए मैं निशंक के पूर्ण कृतित्व को एक 'पाठ' के रूप में देखते हुए, उसका एक अंतरंग पाठ करूँगा। यह पाठ 'अंतरिम' भी होगा, क्योंकि इसमें कहीं से भी कुछ जोड़ने-घटाने की संभावना रहेगी। आप इस पुस्तक के लेखक की अनुपस्थिति के बावजूद इसे पढ़-समझ सकेंगे और उसकी अनुमति के बगैर भी इसमें अपनी मर्जी से कतर ब्योंत कर सकेंगे (नया पाठ तैयार कर सकेंगे।)।

रमेश पोखरियाल 'निशंक' के विपुल लेखन के सघन, किंतु सहज पाठ से अनुप्राणित और प्रेरित इस पुस्तक के विभिन्न अध्यायों के समाहार से इस पुस्तक का जो स्वरूप बना है, वह आपके समक्ष है। हिंदी साहित्य के अध्येता और पाठकों में से कई यह प्रश्न पूछ सकते हैं—निशंक कौन? आपने यह नाम सुना न हो, ऐसा होना कठिन है, पर आपने निशंक के कवि-कथाकार रूप से अभी तक परिचय प्राप्त न किया हो, यह संभव है। स्पष्ट है और आरंभ में ही कह दिया गया है—'निशंक' उपनाम है। किसी का दिया हुआ या स्वयं लिया हुआ। तखल्लुस से ही कवि होना माना जाता रहा है, इसलिए 'निशंक' स्वीकार करने में कोई हर्ज न लगा होगा! यह भी कह दिया गया है कि भारतीय राजनीति में यह नाम किसी परिचय का मोहताज नहीं, पर इस नाम के इस रूप से साक्षात्कार करने के पश्चात् जो प्रभाव मुझ पर पड़ा, उसने मुझसे एक नहीं, दो-दो पुस्तकें लिखवा लीं। अंग्रेजी

में 'अनडाउटिडली निशंक : ए लिटरेरी रीडिंग' का पाठकों द्वारा जो स्वागत हुआ, उसे देख-सुनकर हिंदी में एक बिल्कुल अलग तेवर की यह पुस्तक लिखकर मैंने 'चुपड़ी और दो-दो' की कहावत को सत्य चरितार्थ किया है। मैं यह भी घोषणा करता हूँ कि इस पुस्तक में उस पुस्तक से कुछ भी नहीं लिया गया है। न कुछ वहाँ से लिया गया है, न अनूदित किया गया है। वह वह है, तो यह यह।

निशंक ने साहित्य की कई विधाओं—कविता, कहानी, उपन्यास, यात्रा-वृत्तांत, संस्मरण, जीवनी...में लेखन किया है। छह दर्जन पुस्तकें हो गई होंगी। यह विपुलता केवल संख्या में ही नहीं है, जीवन-दृष्टि की व्यापकता में भी है। ज्ञानराशि के संचित कोष के लिए उनका योगदान कम नहीं है। शोधार्थियों और अनुवादकों ने अनुपूरक-स्वरूप प्रस्तुतियों द्वारा इस संख्या में अभिवृद्धि की है। किसी ने कहा है कि संसार को समझना दर्शन का काम है, उसे बदलना राजनीति का और उसकी पुनर्रचना का दायित्व साहित्य का है। निशंक अपने चिंतन से दार्शनिक, कर्म से राजनेता और सर्जनात्मक लेखन से साहित्यकार के रूप में अपनी उपस्थिति ही दर्ज नहीं कराते, उसे अपने पाठकों के द्वारा लोकप्रियता के नए शिखरों तक भी पहुँचा देते हैं। निशंक लिखते हैं, पर लिखनेवालों के तथाकथित मठों और गिरोहों से दूर रहते हैं। प्रचार और वादों की दुनिया से दूर, एक ऐसे साहित्यकार के रूप में निशंक लिखते चले जाते हैं, जिसके बारे में वर्षों पूर्व मुक्तिबोध ने 'एक साहित्यिक की डायरी' में लिखा था, "जो व्यक्ति साहित्यिक दुनिया से जितना दूर रहेगा, उसमें अच्छा साहित्यिक बनने की संभावना उतनी ही ज्यादा बढ़ जाएगी। साहित्य के लिए साहित्य से निर्वासन आवश्यक है।"

आपकी उत्सुकता के बढ़ते प्रवाह को किसी बाँध से न बाँधकर यह बता देना बेहतर होगा कि अतीत और परंपरा की पीठिका पर दृढ़ निशंक का रचनात्मक लेखन देश-प्रेम और देशभक्ति से अनुरंजित है। यहाँ 'मनोरंजन' मात्र नहीं, बल्कि 'उपदेश' का भी परोक्ष और गुंफित मर्म है। होरेस के 'इंस्ट्रक्ट और डिलाइट' के साथ मैथिलीशरण गुप्त का संजोग है। यह एक रोचक तथ्य है कि निशंक न तो 'पूरब के साकिन' हैं, न पश्चिमी उत्तर प्रदेश की खड़ी बोली क्षेत्र से आते हैं। जन्म से 'उत्तराखंड'—कुमाऊँ, गढ़वाल—से हैं और कर्मभूमि हरिद्वार और उसका क्षेत्रीय विस्तार (वे अब भारत के दिल 'दिल्ली' में निवास करते हैं, जहाँ की साहित्यिक और राजनीतिक बिरादरी में बहुत कम लेखक और राजनीतिज्ञ दिल्ली के अपने हैं।) किंतु भाषा निखालिस मानक है, जिसमें फूलों की घाटी के किसिम-

किसिम के पुष्पों-सी पाठक को सराबोर करने के लिए आँचलिक शब्दावली है। दिल्ली-मेरठ की चलती खड़ी बोली के साथ, अपनी रंगत मिलाकर निशंक ने 'सृजन के बीज' बोए और यशस्वी शब्द साधक के रूप में वे इसकी अक्षय फसल अब लहलहाती देख रहे हैं।

प्रस्तुत अध्ययन में भाषा और साहित्य के साथ-साथ तथा उनके माध्यम से, निशंक के सृजन-संसार को और उसमें निहित जीवनादर्शों को भी रेखांकित करने का यथोचित उपक्रम हो गया है। निशंक के एक कविता-संग्रह 'सृजन के बीज' की प्रथम कविता 'मैं ऐसा होऊँ' आपको वह सबकुछ कह देगी, जो यहाँ मेरे द्वारा कहा जाना चाहिए—

"जैसे कमल की पँखुड़ियाँ जल में रहकर भी
अलिप्त जल से रहती हैं।
न अपने लिए कभी ये,
जल संग्रह करती हैं, इनसे ही तो
जलधाराएँ बहती हैं।
राजनीति में रहकर भी, बस ऐसा ही होऊँ मैं,
निज तन-मन खपा-खपा, सृजन-बीज बस बोऊँ मैं॥"

पूर्व प्रधानमंत्री और कवि-चित्रकार श्री विश्वनाथप्रताप सिंह के कवि-रूप ने उनसे कभी लिखवा लिया था—एक दिन मेरा नाम मुझसे अलग होकर पूछने लगा था। कहना न होगा कि 'नाम में क्या रखा है' कहने-पूछने वाले भी 'हरि से बड़ा हरि को नाम' कहते नजर आते हैं। इस दृष्टि से 'निशंक' भी अपने सघन क्षणों में जब-जब अपने नाम पर विचार करते होंगे—निस्संदेह करते होंगे, तो अवश्य पाते होंगे कि उनके नाम में भी कुछ बात है। 'यथा नाम तथा गुण' कहकर आप भी इन पंक्तियों को पढ़ेंगे—

चेतनि चौकी बैसि करि, सत्गुरु दीन्हा धीर।
निरभै होइ निसंक भजि, केवल कहै कबीर॥

निशंकजी के लेखन की सच्चाई और लगन के आधार पर उसके स्थायित्व और कालजयिता के संबंध में हमें भी निशंक होना चाहिए। 'पाठ' के भीतर पैठकर ही कोई पाठक निशंक के रचनाकार से रूबरू हो सकता है। इस पुस्तक के पाठकों को श्रीकृष्णदत्त पालीवाल के इस सावधान वक्तव्य का भी स्मरण रखना चाहिए—पाठक ही पाठ को नहीं पढ़ता, अदृश्य रूप से पाठ भी पाठक को पढ़ता है। जंगल

की तरह, हम ही वृक्षों-जीवों को नहीं देखते; जंगल के वृक्ष और जीव भी हमें देख रहे होते हैं। ("A writer is, after all, only half his book. The other half is the reader and from the reader the writer learns." P.L. Travers)

निशंकत्व का पाठ 'एक अंतरंग, किंतु अंतरिम' पाठ प्रस्तुत है। आप और हम, तुम और मैं एक-दूसरे से मुखातिब हैं, इसलिए करीब भी हैं।

यह अनुभव अद्वितीय, जो केवल मैंने जिया, सब तुम्हें दिया।

अब आप निशंक के मेरे पाठ का पाठ करें।

□

2

जीवन छोटा, कथा बड़ी है

मैं स्वीकार करूँगा कि मैं भी एक लेखक हूँ; न सही महान्, अकिंचन ही सही, पर लेखक अवश्य हूँ। आप उसे मेरा दंभ ही समझ सकते हैं, लेकिन यह सच है। मैं नहीं जानता कि वह कौन सा 'मैं' है, जो लेखक होने की प्रक्रिया में से गुजरता है, क्योंकि जब वह लिखने की प्रक्रिया में से गुजर रहा होता है, तब वह वहाँ होता है, जहाँ से उसे स्वयं उसकी खबर नहीं मिलती। देखने में लेखक भी दूसरे व्यक्तियों की तरह साधारण व्यक्ति होता है, लेकिन किसी-किसी व्यक्ति में अवश्य ऐसा कुछ होता है, जो उसे औरों से अलग करता है। हीरे को तराशा जा सकता है, पर उसकी चमक उसकी अपनी होती है। वही चमक लेखक को साधारण जन से अलग करती है, अर्थात् इसी चमक, के कारण ही वह अपनी पहचान अलग बनाता है। साधारण जन अनुभव के दंश को सहकर ही रह जाता है, पर लेखक उसी को रचना का रूप देकर सार्वजनिक कर देता है। यह सार्वजनिक बनाना लेखक को एक ऐसे संसार में ले जाता है, जहाँ हर किसी के लिए पहुँचना संभव नहीं।

विष्णु प्रभाकर अपनी आत्मकथा 'पंखहीन' (2003, पृष्ठ 5-6) की भूमिका में जो लिखते हैं, वह यहाँ आपके लिए दिया गया, क्योंकि यह वक्तव्य किसी-न-किसी रूप में निशंक के लेखकीय व्यक्तित्व को भी उजागर करता है। लेखक भी हमारे-आपके, जैसा ही हाड़-मांस का आदमी होता है। वह भी पारिवारिक होता है और उसके भी अपने सामाजिक सरोकार और संबंध होते हैं। उसे भी जीवन की पाठशाला में अनुभवों का जखीरा मिलता है, जिसे वह अपने अभिव्यक्ति कौशल से साझा करता है। इस लंबे उद्धरण को यहाँ देने का लोभ इसलिए संवरण नहीं कर सका, क्योंकि बादरायण संबंध एक बार मैं स्थापित कर लेता हूँ, तो कर लेता हूँ!

ऐसा मैं बार-बार और लगातार करूँगा। अनायास नहीं, सायास करूँगा।

यह स्वाभाविक है कि किसी कृति के पाठक उसके कृतिकार के बारे में जानना चाहें। जैसे फिल्म उसके नायक के नाम के कारण भी देखी जाती है, वैसे ही कुछ लेखकों का नाम ही काफी हो जाता है। देवकीनंदन खत्री की 'चंद्रकांता' को पढ़ने की आतुरता साहित्य के इतिहास में दर्ज है। किसी लेखक के व्यक्तिगत जीवन का कितना कुछ उनके कृतित्व में झलकता है, यह पाठक के लिए जिज्ञासा का विषय रहता है। रमेश पोखरियाल 'निशंक' के राजनीतिक व्यक्तित्व से प्रभावित होकर भी कई पाठक उनकी किसी कृति को पढ़ते हैं और उसमें उन्हें खोजते हैं। यह जानकर कुछ पाठक प्रसन्न होते हैं कि शिक्षा मंत्रालय का कार्यभार किसी विद्वान् साहित्यकार के हाथ में है। हिंदी के परिसरों में कहीं खलबली होती है और कहीं ईर्ष्या मिश्रित अनभिज्ञता, किंतु हारिल पंछी और स्काईलार्क के समान दृढ़ता से अपनी रचनाधर्मिता का दामन थामे निशंक 'उन्मुक्त गगन' में बढ़ते चले जा रहे हैं। हिंदी पट्टी से अधिक इस लेखन की चर्चा सुदूर दक्षिण और अन्य प्रदेशों में होती है। निशंक के संक्षिप्त जीवन-वृत्त—उनका साधारण निम्नवर्गीय संघर्षपूर्ण बचपन, उत्तराखंड और तत्कालीन उत्तर प्रदेश में रोटी, कपड़ा, मकान की जद्दोजहद, विवाह और पारिवारिक जीवन, अध्यापन कार्य और पत्रकारिता, राष्ट्रीय स्वयंसेवक संघ से प्रेरणा और जुड़ाव, विविध प्रकार की सामाजिक, सांस्कृतिक और राजनीतिक गतिविधियों में भागीदारी, विभिन्न प्रकार के सम्मान, चुनाव और पद आदि पर यदि कोई शोधार्थी, विद्वान् या पाठक एक सरसरी निगाह भी डालता है तो यह जान जाता है कि परिस्थिति, संघर्ष, संयोग तथा अनुभवगत वैविध्य की दृष्टि से निशंक का रचनात्मक जीवन भरपूर रहा है और वे इसका उपयोग अपने सृजनशील व्यक्तित्व के निर्माण में करते हैं।

साहित्यिक जगत् जिस हिंदी साहित्यकार को 'निशंक' या निशंक कहता है और इसी नाम से अधिक जानता है, उनको उनके माता-पिता ने रमेश नाम दिया था। पिता श्री परमानंद पोखरियाल और माता श्रीमती विश्वंभरी देवी से आपको संस्कार-विचार मिले। 15 अगस्त को जन्म लेने के कारण रमेश पोखरियाल 'निशंक' के बारे में मेरे जैसे चपल पाठक को अब लगता है कि इस दिन पैदा होनेवाले बालक अवश्य प्रतिभासंपन्न और जन्मजात देश-प्रेमी हो जाते हैं। कवि, दार्शनिक और सांस्कृतिक जागरण के अग्रदूत योगीराज श्री अरविंद का जन्म भी तो इसी दिन हुआ था। भारत की स्वाधीनता से जुड़ा, यह दिन सलमान रुशदी के उपन्यास 'मिडनाइट्'स चिल्डरन' (1981) के प्रमुख पात्र सलीम सिनाई का जन्मदिन भी

है और वह इसी कारण अनेक जादुई गुणों से युक्त हो जाता है। हो सकता है कि कुछ ग्रह-नक्षत्र बालक रमेश की जंत्री में ऐसे विराजमान हों कि उन्हें सरस्वती का वरदान मिला। जातक की जन्म-कुंडली में गजकेसरी योग हो सकता है, तभी तो इतनी पद-प्रतिष्ठा प्राप्त हुई! पर यह सच है कि उनका परिवार धनी न था। चाँदी की चम्मच को मुँह में न लेकर पैदा होनेवाले बालकों का बचपन फूलों की सेज तो होता नहीं। इनका भी नहीं रहा। बालक रमेश ने भी हाई स्कूल तक जूते नहीं पहने थे। मीलों दूर स्कूल पैदल जाते थे। पिता ठहरे होर्टिकल्चर विभाग के मामूली कर्मचारी—माली। भरा-पूरा परिवार, भाई-बहन और घर सँभालने वाली संस्कारी माता, जिनके श्रीचरणों में जीवन की प्रथम पाठशाला का पहला पाठ पढ़ा—

जीवन भर संघर्ष करूँ माँ, हार मिले या जीत मिले,
रात को थककर चूर बैठा और मन खूब रोया।
अश्रुधारा को पिये ही शांत भूखे पेट सोया॥

माँ के साथ भारतमाता, जननी के साथ जन्मभूमि से जुड़ाव निशंक की थाती रहा है। गाहे-बगाहे इनका संदर्भ आ ही जाता है। 'छूट गया पड़ाव' उपन्यास की अपनी बात में निशंक का मर्मस्पर्शी वक्तव्य है—

> माँ की असीम वेदना व प्रेरणा ने बालमन रूपी बीज में अंधकार की बेड़ियाँ तोड़कर उजाले में निकल आने की अकुलाहट भरी, तो स्वर्ग तुल्य जन्मभूमि की सौंदर्यता व आध्यात्मिकता भरी उर्वरता ने इसे पल्लवित-पुष्पित करने में अवर्णनीय योगदान दिया। ये दोनों मेरे संबल हैं और मुझे हमेशा अनुप्राणित और प्रेरित करते रहे हैं।

एक कविता 'जीवन छोटा, कथा बड़ी है' में निशंक कह देते हैं कि वे इस छोटे से जीवन की बड़ी कथा कह नहीं पाएँगे। पूछनेवाले मित्र से भी कह देते हैं—मित्र कहूँ क्या तुमको? किंतु जिज्ञासु कहीं से जानकारी जुटाकर, उनके जीवन के 'तुतले उपक्रम' से लेकर अब तक के बारे में कुछ-न-कुछ लिख ही देते हैं। डॉ. श्रीगोपाल नारसन ने अपने एक आलेख 'एक राजनेता, जिनके लिए साहित्य सृजन ही प्राण वायु' (EMS India 16-06-2020) में निशंक के अतीत में झाँककर जो लिखा है, वह प्रस्तुत है—

> पर्वतीय मूल के एक आम आदमी से शुरू हुआ, उनका जीवन-सफर आज सत्ता के गलियारे में अपनी खास हैसियत रखता है। उनके जीवन के अतीत में झाँकें तो पता चलता है कि किस तरह उन्हें बचपन में गरीबी से संघर्ष करना पड़ा और किस तरह माता-पिता व गुरुजनों की सेवा करते हुए अभाव

में भी खुश रहना उन्होंने सीखा, उसे आज तक भी वे भूल नहीं पाए हैं। भाई के साथ खेत से गाय के लिए चारा लाना, कच्चे घर में गोबर से लेपने में माँ की मदद करना, स्कूल में बैठने के लिए टाट-पट्टी न होने के कारण बस्ते में बोरी का टुकड़ा लेकर जाना, सरवे की लकड़ी से कलम बनाकर उपयोग करना और घर में प्रेस न होने के कारण खुद कपड़ों को धोकर तकिए के नीचे रखकर उनकी सलवटें कम करना, जैसी बातों को याद कर आज भी उनकी आँखों में आँसू आ जाते हैं। एक माली की मामूली नौकरी करनेवाले एक गरीब ब्राह्मण के इस बेटे ने शायद ही कभी यह सोचा होगा कि वह विधायक, मंत्री, मुख्यमंत्री, सांसद से लेकर देश के मानव संसाधन विकास मंत्री (शिक्षा मंत्री) जैसे ओहदे तक पहुँचेगा। इसे एक सुखद स्वप्न के पूरे होने का अहसास कहें तो गलत नहीं होगा। वास्तव में, उनकी अथक राजनीतिक यात्रा और साथ में साहित्यिक छवि ही उन्हें इस ओहदे तक लेकर आई है।

एक होता है—कथित सत्य और दूसरा होता है—घटित सत्य। जैसा जीवन बालक और युवक रमेश का रहा होगा, उसके बहुत से प्रत्यक्षदर्शी अब भी हैं, किंतु अब वे इस जीवन का वर्णन, नमक-मिर्च लगाकर करने का लोभ संवरण नहीं कर पाएँगे। जैसे लालबहादुर शास्त्री के बारे में प्रसिद्ध है कि वे नदी को तैरकर पार करके स्कूल जाया करते थे, ठीक वैसे ही बालक रमेश को रोज 16 किलोमीटर का पैदल रास्ता पार करना पड़ता था, जो घने जंगल, नदी-नाले और जंगली जानवरों के खतरों से भरा पड़ा था। दमदेवल के जनता उच्चतर माध्यमिक विद्यालय जाते समय वह दो बार बरसाती नाले में बह गए थे। बहुत दूर बहने के बाद लोगों ने उन्हें निकाला। ऐसी घटनाओं की सत्यता का मेरे पास कोई प्रमाण नहीं, किंतु कहा-सुना जाता है, अच्छा भी लगता है, इसलिए लिख लिया। मिलान कुंदेरा की कहानी 'मैं... एक पीड़ित ईश्वर' का नैरेटर सोचता है—'इस दुनिया में दो किस्म के लोग आपको मिलेंगे—जिंदगी में अपने स्वप्नों, कल्पनाओं और योजनाओं को जिंदगी में मूर्तिमान करते हैं और वे दूसरे जो इन लोगों के हाथों में यंत्र मात्र हैं।' जीवन के इस फलसफे को मानो समझता-समझाता 'डेलीहंट' (25-11-2019) में प्रकाशित एक आलेख 'कर्तव्यों का बोध कराती मूल्यपरक शिक्षा' है। इस आलेख में निशंक ने अपने बचपन के प्राथमिक विद्यालय का विवरण कुछ इस प्रकार से दिया है—

> मुझे याद है कि सुदूरवर्ती हिमालय अंचल में स्थित मेरे प्राथमिक विद्यालय में शिक्षा से पहले, हमें अच्छा नागरिक बनाना सिखाया जाता था। प्रार्थना

के दौरान हमें सिखाया गया कि किस प्रकार राष्ट्रीय झंडे का सम्मान करें, राष्ट्रीय गान की गरिमा का ध्यान रखें, किस प्रकार आसपास के स्थान को स्वच्छ बनाएँ, कैसे सबके साथ प्रेमपूर्वक रहें? हमारे अध्यापकों द्वारा समस्त विद्यार्थियों के भीतर जिज्ञासा का भाव, वैज्ञानिक सोच विकसित करने का प्रयास किया जाता था। यह सच है कि उस समय संविधान में वर्णित कर्तव्य नहीं थे, पर यह जरूर समझाया गया कि अच्छा इनसान या नागरिक बनने के लिए अच्छा मानव बनना परम आवश्यक है। मुझे लगता है कि आज समाज की जितनी भी विकृतियाँ हैं, उसके लिए मूल्यपरक शिक्षा का अभाव जिम्मेवार है।

इस संघर्षपूर्ण जीवन को कवि-कथाकार निशंक अनेक बार प्रत्यक्ष और परोक्ष रूप से शब्दबद्ध करते रहे हैं। अंग्रेजी कथाकार मार्टिन ऐमिस ने यह स्वीकार किया है कि प्रत्येक लेखक की यह आशा और मान्यता रहती है कि उसका जीवन कुछ अर्थों में मिसाल के तौर पर रहे और उसके जीवन के सामान्य-पल सार्वभौम बन जाएँ (Every writer hopes or boldly assumes that his life is in some sense exemplary, that the particular will turn out to be universal)। बकौल अशोक वाजपेयी वे ही लेखक तो महत्त्वपूर्ण होते हैं, जिनके लेखन में उनके संघर्ष के बहुत सारे ब्योरे जाने-अनजाने आते रहते हैं और उनका लेखन उनके ऐसे संघर्ष की अंतर्कथा भी बन जाता है। कभी सीधे कविता में और कभी किसी कथा के किसी पात्र के बहाने वे अपने जीवन में भोगे यथार्थ को पाठकों के समक्ष प्रस्तुत करते हैं। कभी-कभार किसी साक्षात्कार में भी बड़े संकोच से, कुछ संकेत कर देते हैं। 'आपदा के वह भयावह दिन' में निशंक अपनी पृष्ठभूमि को इस प्रकार बयान करते हैं—

> मेरा बचपन पहाड़ की विकट विषमताओं में व्यतीत हुआ है। वहाँ का दर्द, उसकी वेदना को मैं आज भी अपने अंतस में महसूस करता हूँ। अभावों के बीच भी जीने की जिजीविषा को यहाँ प्राकृतिक आपदाएँ तोड़कर रख देती हैं।

'दुःख ही जीवन की कथा रही' कहकर निराला 'क्या कहूँ आज जो नहीं कही' कहकर भी बहुत कुछ कहते चले जाते हैं। प्रसादजी अपने 'छोटे से जीवन की बड़ी कथाएँ' न कहकर मौन रह जाते हैं। 'दुःख सबको माँजता है' कहकर अज्ञेय ने बात को एक खूबसूरत मोड़ देकर अच्छा पकड़ा है—

दुःख सबको माँजता है।
और चाहे स्वयं सबको मुक्ति देना वह न-जाने,

किंतु जिनको माँजता है,
उन्हें यह सीख देता है कि सबको मुक्त रखें।

रमेश पोखरियाल 'निशंक' के जीवन का यही योग प्रतीत होता है। आप क्या कहते हैं?

इस पुस्तक के लेखन के लिए प्राथमिक और अन्य संदर्भ सामग्री के संचयन को सरसरी तौर पर देखने से पता चला कि निशंक का ध्यान 'संदेश' के संप्रेषण पर उतना नहीं रहता, जितना 'संदेश' पर होता है। संप्रेषण तो स्वतः ही होता चलता है। पत्रकारिता के क्षेत्र में प्रारंभ से ही सक्रिय और 'सीमांत वार्त्ता' तथा 'नई चेतना' के संपादक के रूप में निशंक ने स्वयं लेखन किया और अनेक लेखकों को लेखन कार्य से जोड़ा। कभी एक शायर ने कहा था, 'जब तोप मुकाबिल हो तो अखबार निकालो'। एक दूसरे पत्रकार और साहित्यकार पं. विद्यानिवास मिश्र ने कहा है, 'सेहत के लिए लोग साइकिल चलाते रहते हैं और साइकिल एक इंच आगे नहीं बढ़ती है। वैसे ही पत्रकारिता का जीवन है।' अखबार और पत्र-पत्रिकाओं की इस तात्कालिकता को देखते हुए, निशंक ने संपादक के रूप में सामाजिक जीवन को बेहतर बनाने के लिए संघर्ष किया पर जब चाहा, उस पर उतरते-चढ़ते रहे। इसी मार्ग से राजनीति के द्वार भी शायद खुले। 'कृतघ्न' उपन्यास के कथानायक अंबुज को यदि निशंक का प्रवक्ता (माउथपीस) मानकर इन पंक्तियों को पढ़ें तो पत्रकारिता के उनके आदर्श का कुछ अनुमान अवश्य लग सकता है—

> ...को ऐसे पत्रकारों से बहुत चिढ़ थी, जो किसी की व्यक्तिगत जिंदगी, आत्मसम्मान और व्यक्ति के भविष्य पर पड़नेवाले असर को ध्यान में न रख, सिर्फ अपने अखबार की बिक्री बढ़ाने के लिए चटपटी खबरें छाप देते थे और साथ में उसमें झूठा-सच्चा, मिर्च-मसाला लगाने से भी नहीं चूकते। खासकर लड़कियों और महिलाओं से जुड़ी, ऐसी व्यक्तिगत खबरें उसे बहुत परेशान करतीं।

ऐसी स्थिति में कोई भी एकाकी, खामोश और अंतर्मुखी हो जाएगा। संसार को रणक्षेत्र मानकर साहित्यकार इससे लोहा लेते आए हैं—

संघर्ष भी तो कहाँ कम किया था,
मौत से जूझकर भी जीवन जिया था।
निशंक बन अकेले, कँटीली डगर पर,
स्वयं के ही मन से झगड़ता रहा मैं।

हर दुःख उठाया, हिम्मत न हारी,
खामोश होकर भी लड़ता रहा मैं॥

अदम्य उत्साह से जीवनपथ पर निशंक बढ़ता चला गया और परिस्थिति ऐसी बनी कि जननी और जन्मभूमि एकाकार हो गईं, क्योंकि 'अतीत का गौरव लिये, नव-इतिहास का सृजन' करने के लिए राष्ट्रभक्ति को निशंक ने हृदयंगम किया—

कुटिलता की नीति तजकर, राष्ट्रहित जूझा करें।
आज तन-मन और धन से राष्ट्र की पूजा करें॥

मैं तो यह मानता हूँ कि किसी रचनाकार की कूवत इतनी होती है कि वह अपने रचनाकार व्यक्तित्व को भी उसी प्रकार सजा-सँवार सकता है, जिस प्रकार से वह अपने सामाजिक, पारिवारिक और राजनीतिक व्यक्तित्व को शुचितापूर्ण रखता है। निशंक के रचनाकार व्यक्तित्व की यह विशेषता भी है कि उन्होंने हमारे समाज और साहित्य के दो प्रकार के आभिजात्यों को कभी स्वीकार नहीं किया। अंग्रेजी और अंग्रेजियत दोनों को अपनी रचनाधर्मिता का अंग नहीं बनाया। उन्हें अपने उत्तराखंडी बाने पर पूरा विश्वास है। सीधी-सरल भाषा (जमीन, समाज तथा देश से जुड़े कथानक) भारतीय जीवन-मूल्यों के प्रति आग्रह और उनका समर्थन, व्यापक देश हितों की वकालत और राष्ट्रीयता की अविकल अभिव्यक्ति कुछ ऐसे लक्षण और कारक हैं, जिनके कारण निशंक की लोकप्रियता है। भविष्य में भी निशंक का योगदान कुछ इसी प्रकार का रहेगा, इसमें संदेह नहीं।

निशंक की कोई सांगोपांग जीवनी या आत्मकथा तो अभी उपलब्ध नहीं है, कवि के साथ-साथ कथाकार होने के कारण, निशंक का जीवन उनके कृतित्व में जिस रूप में आता है या आया है, उस रूप का संधान अनेक स्थलों पर किया जा सकता है। एक उदाहरण देखें। 'वाह जिंदगी' कहानी-संग्रह के इसी शीर्षक से पहली कहानी का 'मैं' देख रहा था कि—

> सूर्य उदित होते समय जैसी स्वर्णिम आभा बिखेरता है, वैसी ही आभा अस्त होते वक्त भी दिखाई दे रही थी। मुझे बहुत पहले स्कूल में किसी कक्षा में पढ़ा, संस्कृत का श्लोक याद हो आया—उदेति सविता ताम्र, ताम्र एवास्तमेति च। संपत्तौ च विपत्तौ च महतां एकरूपता। कितना सार है इस श्लोक में। क्या वास्तव में कोई सूर्य की भाँति हो सकता है कि वह अच्छे व बुरे दिनों में समान आचरण करे? सुख-दुःख में एक समान रह सके। ऐसा कैसे संभव हो पाता होगा? मुझे अपने आप पर भी आश्चर्य हुआ।

घोर अभावों में कटा बचपन, पिता मामूली किसान, माँ गृहिणी, पाँच भाई-बहनों सहित कुल सात लोगों का परिवार। बुद्धि की प्रखरता भी दाने-दाने को मोहताज परिवार के लिए कुछ कर पाने के हौसले में ही धूमिल होती चली जा रही थी। स्कूल जाने से पहले और लौटने के बाद, पिता के साथ खेतों में मजदूरी करने के बावजूद ठीकठाक नंबर लेकर पास हो ही जाता। इसी आपा-धापी में बचपन कहाँ खो गया, कुछ पता नहीं।

क्या यह आत्मकथात्मक नहीं कहा जा सकता? अवश्य। एक दूसरा उदाहरण उपन्यास से देखें। 'पल्लवी' उपन्यास का कथानायक, ध्रुव जब कथा नायिका के उसके प्रति उद्गार सुनता है तो वह आश्चर्यचकित रह जाता है—

पहली बार किसी ने उसकी रचना को सराहा था और वह भी इस कदर। वरना वह तो अंतर्मुखी व्यक्तित्व का स्वामी रहा है और मजाक उड़ने के डर से यह कहने में भी हिचकिचाता है कि वह लिखता भी है। गरीबी और संघर्ष ने उसे इस कदर सरल, संवेदनशील और सलीकेदार बना दिया था कि अतिरेक के क्षणों में भी वह कभी सीमाएँ नहीं लाँघता। मौन रहकर भी उसकी यह कृति उसके संस्कारों की झलक दे जाती।

याद मुझे उस कंटक वन की, जिससे होकर मैं निकला हूँ,
विपदानल की पीड़ाओं में, मैं सदा मोम सा पिघला हूँ।

ध्रुव ने अपनी छोटी सी उम्र में जितना दु:ख-दर्द देखा, झेला और महसूस किया, शायद वही सुख-दु:ख उनकी रचनाओं के विषय बन गए।

क्या बताऊँ इस हृदय की, वेदना की उस व्यथा को!
इतिहास बहुत लंबा है जिसका, कहूँ कैसे उस व्यथा को?

प्रेमचंद के एक जीवनीकार हंसराज 'रहबर' ने प्रेमचंद के जीवन की कहानी कहते समय, प्रेमचंद के लेखन से ही समस्त उद्धरण लिये हैं। यहाँ तक कि रहबर ने अपनी पुस्तक को भी गोदान के होरी और धनिया को समर्पित किया है। पुस्तक की 'अपनी बात' में रहबर स्पष्ट लिख देते हैं कि उन्होंने प्रेमचंद की एक झलक मात्र देखी थी। प्रेमचंद ने भी अपनी आत्मकथा तो नहीं लिखी, पर 'हंस' पत्रिका के आत्मकथाअंक (1932) में एक छोटे से आलेख के माध्यम से इतना अवश्य कह दिया था कि उनका जीवन सपाट, समतल मैदान है, जिसमें गड्ढे तो कहीं-कहीं हैं (पर टीलों, पर्वतों, घने जंगलों, गहरी घाटियों और खँडहरों का स्थान नहीं है।)

क्या यह अच्छा न होगा कि कोई जीवनीकार, निशंक के लेखन से उनकी जीवनी बनाकर प्रस्तुत कर दे? या उनसे मिलकर आनेवाले प्रो. हरिशंकर मिश्र के समान कह दें—वे व्युत्पन्न और संवेदना-संपन्न साहित्यकार हैं। उन्हें लोक और साहित्य की पक्की परख और गहरी अनुभूति है। अथवा प्रो. ऋषभ देव शर्मा के समान उनमें एक विशेष प्रकार की उदारता और उदात्तता के दर्शन कर लें। प्रो. देवसिंह पोखरिया से कुछ वर्ष पूर्व की गई बातचीत में निशंक ने अपने सर्जनात्मक सफर के विषय में कुछ इस प्रकार कहा था—

> मेरी कविता का जन्म 'समर्पण' से हुआ है और वो वह समय था, जब राष्ट्रीयता और संस्कारों की अखंड आग धधकती थी, तो स्वाभाविकता यह है कि मेरी रचनाओं में वे क्षण संघर्ष के थे, जो रचनाओं को पुख्ता कर देते थे। जब आदमी संघर्ष करता है, तो उसका कोई-न-कोई बिंदु होता है, जो उसको सबल कर देता है, ताकत देता है। राष्ट्रीयता उस दिशा में मेरी कविता की ताकत थी। मातृभूमि के लिए राष्ट्रीय चेतना का शायद यह भी कारण रहा, क्योंकि मैं संघ परिवार से जुड़ा, मैं शिशु मंदिरों में आया। शिशु मंदिरों में आने से पहले, जो मेरी बचपन की रचनाएँ मुझे याद आती हैं कि मैं लिखता था, फाड़ता था। कोई पूछनेवाला न था। यह भी कहनेवाला न था कि अच्छा लिख रहे हो या खराब। किसी को दिखा भी नहीं सकते थे। मुझे ऐसा लगता है, मन में जब कोई कहीं भी छटपटाहट होती थी तो मैं लिखता था। शुरू से जो हमारे अपने लोगों में भारत की संस्कृति है, संस्कार हैं, जो हमारी पारस्परिक समर्पण की भावना है, उन्हें मैंने अपनी कविताओं और कहानियों के द्वारा प्रस्तुत किया। शुरू में मैंने कहानियाँ अधिक नहीं लिखीं, कविताओं में मन ज्यादा लगा रहा।

राष्ट्र-कवि का विरुद पानेवाले और 'भारत-भारती' जैसी कई काव्य-कृतियों के प्रणेता मैथिलीशरण गुप्त ने कवि बनने के लिए 'रामचरित' (राम तुम्हारा चरित स्वयं ही काव्य है, कोई कवि बन जाए, सहज संभाव्य है।) को साधने का सुझाव दिया था। निशंक ने इसके स्थान पर 'देश' और उसके साकार स्वरूप 'भारतमाता' को स्थापित किया और मानो एक झटके में 'आनंदमठ' (वंदेमातरम) के बंकिमचंद्र से लेकर भारतेंदु और भारतेंदु से लेकर दिनकर तक की साहित्यकार माला से अपने को जोड़ लिया। उन्होंने अपने 'मैं' को दंभ से नहीं, विनम्रता से बुलंद यह कहकर किया कि—

"किया है बलिदान जीवन,
निर्बलता ढोयी नहीं है,
कह रहा हूँ ऐ वतन,
तुझसे बड़ा कोई नहीं है।"

निशंक भी बराबर यह कहते रहे हैं कि उनकी कहानियों, उपन्यासों आदि में उनकी जीवन-यात्रा का विवरण और अनुभव है। निशंक अपने लेखन द्वारा कोई सूचना का साहित्य नहीं रचते। उनका उद्देश्य सर्जनात्मक और रचनात्मक है। वे अपनी कविताओं और कथाओं के द्वारा पाठक के हृदय में मानवीय संवेदनाओं को जगाते हैं। आप देखेंगे कि राष्ट्रवाद से लेकर, मानवतावाद तक इस लेखनी से निसृत हुआ है। वे गाँव पर लिखते हैं, पहाड़ पर लिखते हैं और जो-जो इस पथ पर मिला, उन सब पर लिखते हैं। निशंक ने साधारण को असाधारण बनाया और अमर कर दिया।

एक ओर प्रेमचंद (मेरी पूर्व प्रकाशित कई पुस्तकों के नायक) और दूसरी ओर विष्णु प्रभाकर (मेरे कस्बा मीरापुर में जनमे मेरे नायक) का जिक्र इस अध्याय में करने का उद्देश्य बहुत साफ है। निशंक का जीवन, दोनों के जीवन से बहुत मिलता-जुलता है। जीवन के प्रारंभिक काल में बहुत से लेखकों ने अनेक प्रकार की परेशानियाँ भुगतीं। नेहरूजी भी अव्वल दर्जे के लेखक थे, प्रधानमंत्री भी रहे। पर वे एक वर्ग विशेष की ठसक लेकर पैदा हुए थे। निशंक राजनीति में हैं जरूर, पर उनकी तुलना करनी भी हो तो अटल बिहारी वाजपेयी से करनी होगी। देश-प्रेम का जज्बा निशंक को अपने मार्गदर्शक वाजपेयी से मिला और कविताओं का तेवर भी उनके जैसा ही है। हाँ, यह बात अवश्य है कि वाजपेयीजी ने पत्रकारिता के समक्ष कविताई को कम स्थान दिया, किंतु निशंकजी की प्रतिभा साहित्य के सर्जनात्मक रूपों—कविता, कहानी और उपन्यास में अधिक निखरी और रमी है। राजनीति में दोनों का प्रवेश बहुत कुछ पत्रकारिता से प्रभावित हुआ, यह अवश्य कहा जा सकता है।

निशंक का 'मैं' भी कुछ वैसा ही है, जैसा उपरोक्त पंक्तियों के अनुसार विष्णुजी का है। निशंक में वैसा कुछ है, जो सब में नहीं होता! संवेदनशील कोई भी होता है, किंतु अपनी संवेदना को शब्दबद्ध करना किसी बिरले को ही आता है। 'शुष्को वृक्षस्तिष्ठत्यग्रे' और 'नीरस तरुवर विलसित पुरतः' में से कविता किसमें है, यह बताना चाहे आसान हो, किंतु बनाना टेढ़ी खीर है। राजशेखर ने कहा था कि

जो सुसंस्कृत व्यक्ति है, वह किसी-न-किसी तरह कविता लिख ही लेगा (करोति काव्यं प्रायेण संस्कृतात्मा यथा तथा) पर संवेदना कहाँ से लाएगा? लाहौर से प्रकाशित उर्दू-पत्रिका 'नैरंगे खयाल' में प्रेमचंद ने लिखा था—"सीखने से भी लोग कहानीकार बन जाते हैं, लेकिन कविता की तरह इसके लिए भी, और साहित्य के प्रत्येक विषय के लिए कुछ प्राकृतिक लगाव आवश्यक है। प्रकृति आपसे आप प्लॉट बनती है, नाटकीय रंग पैदा करती है, ओज लाती है, साहित्यिक गुण जुटाती है, अनजाने आप-ही-आप सबकुछ होता रहता है।" 'अत्यंत साधारण बात को अपने वाग्जाल से महजगड़वाल' करनेवाले भी दर्जन में बीस मिल जाएँगे, किंतु उनका 'गाउदीपन' बहुत समय तक छिप नहीं सकता। कालिदास अपने नायक से कहलवाते हैं, 'किं वृथा तर्केणान्विष्यते?' (बेकार के तर्क या कुतर्क से क्या हासिल हो सकता है? अधिक तर्क-वितर्क से क्या लाभ?) प्रतिभाशाली निशंक ने 'स्वाध्यायान्प्रमदः' मंत्र के द्वारा साहित्य को अपने जीवन में एकाकार किया है और तब लिखा है। यह बड़ी बात है।

निशंक के व्यक्तित्व और कृतित्व की अन्योन्याश्रितता को संज्ञान में लेनेवाले, विद्वत्जन और पाठकगण मेरी इस बात से सहमत होंगे कि निशंक ने जीवन की पाठशाला से बहुत कुछ सीखा, स्कूल और कॉलेज से तो केवल प्रमाण-पत्र ही मिलते हैं। यही नहीं, पत्रकारिता ने भी निशंक को अधिक सूझबूझ और पैनी दृष्टि प्रदान की है। जीवन का एक लम्बा समय पत्रकारिता और समाज-सेवा को देने से राजनीतिक सफर सहज होता चला गया। सरस्वती शिशु मंदिर उत्तरकाशी में आचार्य के रूप में अध्यापन कार्य ने निशंक को बालमन की थाह लेनेवाला तो बनाया ही, समाज के हर वर्ग को समीप से देखने के अवसर भी प्रदान किए। राजनीति और चुनाव की राजनीति ने उन्हें जो अवसर दिए वे एक तरफ हैं, और दूसरी तरफ उनका यह वक्तव्य है, जो निशंक ने एक पत्रकार के एक प्रश्न के उत्तर में दिया—

आप खुद को मूल रूप से क्या मानते हैं—राजनेता या लेखक?

मूल रूप से तो मैं कभी राजनीतिक रहा ही नहीं। मेरी पृष्ठभूमि बचपन से लेखन से जुड़ी रही है। पत्रकारिता से जुड़ी रही है। जब मैं मुख्यमंत्री था, तब भी यह सवाल पूछा जाता था। मैंने हमेशा ही बेबाक ढंग से कहा है कि अगर कोई मुझे दोनों में से एक को चुनने को कहे, तो मैं राजनीति तो एक सेकंड में छोड़ दूँगा, मेरा असली जीवन तो लेखन का है। (जनसत्ता, 24 जून, 2018)

दैनिक समाचार-पत्र जागरण में प्रकाशित निम्नलिखित समाचार के अंश में भी यही बात दोहराई गई है कि उन्हें साहित्य की कीमत पर राजनीति मंजूर नहीं! लगता है कि निशंक को अपनी प्रकृति की पहचान अपने जीवनानुभव से बहुत पहले ही प्राप्त हो गई थी।

युगांडा में शिखर सम्मान से सम्मानित होकर हरिद्वार पहुँचे स्थानीय सांसद रमेश पोखरियाल 'निशंक' ने कहा कि साहित्य की कीमत पर उन्हें राजनीति मंजूर नहीं है। साहित्य उनकी पहली प्राथमिकता है। इसमें उनको जीवन का भाव मिलता है, साहित्य से अलग जिंदगी उनको पसंद नहीं है। राजनीति उनके लिए समाज-सेवा के माध्यम से अधिक कुछ नहीं है। (दैनिक जागरण, 20 अक्तूबर, 2016)

कनखल के पंडित और हिंदी के पाणिनी आचार्य किशोरीदास वाजपेयी ने अपने आप से एक बार कहा था—'प्रकृतिस्त्वान नियोक्ष्यति'—साहित्य छोड़कर तू जाएगा कहाँ? तेरी प्रकृति ऐसी बन गई है कि वह तुझे फिर इधर ही घसीट लाएगी और 'करिष्यवशोपि ततः'—विवशतः तू फिर वही काम करेगा, साहित्य में ही जुतेगा। (बैशाखी 2010 विक्रमीय) (पं. किशोरीदास वाजपेयी ग्रंथावली (भाग 4, पृष्ठ 10)।

कहा जा सकता है कि निशंक की प्रवृत्ति भी कुछ ऐसी ही बन गई है। इसे खड़ी बोली में 'चाट लगना' कहते हैं। इलाचंद्र जोशी सूरदास के पद 'मेरो मन अनत कहाँ सुख पावे' से प्रेरित होकर 'जहाज का पंछी' उपन्यास ही लिख देते हैं। साहित्य और सर्जनात्मक लेखन के प्रति यह लगन अवश्य ही रेखांकित करने योग्य है।

केंद्रीय हिंदी संस्थान के उपाध्यक्ष अनिल जोशी ने अपने एक व्याख्यान में 'भी' और 'जी' के प्रयोग से निशंक के कृतित्व को व्याख्यायित किया है। वे मानते हैं (और कोई भी मानेगा) कि इतना गहरा उतरकर कोई राजनेता नहीं, कोई प्रणेता ही लिख सकता है। निशंक लिखते 'भी' नहीं हैं, वे 'जी' कर लिखते हैं। जो जिया, वह लिखा है। लेखन को जीवन बनाकर लिखते हैं। आप भी ऐसे अनेक राजनेताओं को जानते होंगे, जो बिना लाग-लपेट के अपने 'मन की बात' कहते हैं। वे सुविधाओं से चिपके नहीं रहते! वे अपने जीवन में कुछ मूल्य लेकर चलते हैं। वे कुछ करने के लिए सत्ता की राजनीति करते हैं और अपनी नहीं, दूसरों की कठिनाइयों की सोचते

हैं। निशंक की वैचारिक संपन्नता की यही पूँजी भी है। दूसरे शब्दों में भारत के जन-जन के संपूर्ण जीवन की चिंता करनेवाले राजनीतिज्ञों में इसलिए रमेश पोखरियाल 'निशंक' का शुमार है, क्योंकि वे राजनीति में भी साहित्य की तरह जीवन-मूल्यों की चिंता करते हैं। अनिल जोशी ने इग्नू के उस व्याख्यान में निशंक के लिए ठीक ही कहा था कि वे साहित्यकार 'भी' कर नहीं हैं, 'जी' कर हैं।

मेरे इर्द-गिर्द और यत्र-तत्र-सर्वत्र फैले 'निंदक' गण इस लेखन कर्म में न-जाने मेरी किस कुल्हाड़ी को सान पर चढ़ता देख सकते हैं? 'साहित्य' के मठाधीश जाने और उनका काम जाने! आप अपने राम-झरोखे से मुजरा लेकर या रंगीन चश्मे से देखकर इस पुस्तक का आधा-तीहा कर सकते हैं। पर मैं यह लिखकर रहूँगा कि हम सब अपने साहित्य और साहित्यकारों के मामले में ढुल-मुल से हैं। मैंने जब साहित्य की दुनिया में पहला कदम रखा था तो कनखल हरिद्वार से लेकर मोती बाजार हर की पौड़ी तक और किशोरीदास वाजपेयी से लेकर विष्णुदत्त 'राकेश' तक को छोड़, अनंत यायावर राहुल सांकृत्यायन के ये शब्द मेरे लिए मार्गदर्शक हुए—प्रतिभाएँ सभी क्षेत्रों में एवरेस्ट शिखर पर नहीं होतीं (परंतु जब किसी क्षेत्र में किसी पुरुष का उत्कर्ष साबित हो गया, तो उसकी कदर करना और उससे काम लेना समाज का कर्तव्य है।) राहुल सांकृत्यायनजी ने साहित्यकारों की 'नाजबरदारी' की आवश्यकता पर 'हिंदी शब्दानुशासन' (1975, तृतीय संस्करण, पृष्ठ 5) की भूमिका में जो लिखा है, वह हरिद्वार से सांसद कवि-कथाकार निशंक के पाठकों को भी पढ़ लेना चाहिए—हरेक असाधारण प्रतिभाशाली पुरुष में कुछ ऐसी विलक्षणता या विशिष्टता भी होती है, जिसे सभ्य गुणग्राही समाज को बर्दाश्त करने के लिए तैयार रहना पड़ता है। यह कोई महँगा सौदा नहीं है, क्योंकि थोड़ी सी नाजबरदारी करके आप उनसे बहुमूल्य वस्तु प्राप्त कर सकते हैं। (कोई इस पुस्तक को 'नाजबरदारी' समझकर भी लिखा देख सकता है?)

थोड़ी सी नाजबरदारी का अर्थ इस संदर्भ में नाज-नखरे उठाना नहीं है। न ही 'बर्दाश्त करने' जैसी कोई बात ही है। यहाँ तो बस इतनी सी बात है कि पूर्वग्रह से मुक्त होकर पढ़ें और अपना मन बनाएँ। साहित्य समाज का दर्पण है। निशंक की किसी रचना में पाठक को अपना प्रतिबिंब दिखाई पड़ता है और उसे लगता है कि अमुक कहानी या उपन्यास तो उसकी ही बात कर रहा है, तब हम उस कृति और बाद में कृतिकार के मोहपाश में बँध जाते हैं। वास्तव में, दर्पण और दर्शक का भेद मिट नहीं जाता, फिर भी 'मन-मुकुर' में जो अक्स बनता है, वह शब्दातीत है।

'टेक्स्ट' और 'राइटिंग' के उत्तर आधुनिक देरिदीय युग में वर्चस्व लेखन का है, लेखक का नहीं। इसलिए निशंक को इतना नहीं, जितना निशंक की 'टेक्स्ट' को देखें। पहले इस्तेमाल करें, फिर टीका-टिप्पणी करें।

'हिंदी साहित्य की भूमिका' में आचार्य हजारीप्रसाद द्विवेदी ने लिखा था, 'सन् 1920 ईसवी भारतवर्ष के लिए युगांतर ले आनेवाला वर्ष है।' अब सन् 2020 में इसके सौ वर्ष के पश्चात्, उन पुराने संस्कारों की बात करना और समझना कुछ कठिन है। पर इतना तो सच है कि वह समय भी नवीन आशा और आकांक्षा के विस्तार का था और यह समय भी वैसा ही है। कोरोना पूर्व से कोरोना पश्चात् युग में प्रवेश करने की इस घड़ी में पुराने गौरव के प्रति अत्यधिक श्रद्धाभाव और नवीनता के प्रति आस्था और विश्वास लेकर निशंक प्रेरणा, प्रणय और देशभक्ति की त्रिवेणी वैसे ही बहाते हैं, जैसे वे बहाते आ रहे हैं। आजकल जब उषाकाल में फेसबुक पर अपनी किसी कविता को लेकर निशंक उपस्थित होते हैं, तब उस ब्रह्म मुहूर्त में भानु के उदय होने का आभास होता है। आज का ही उदाहरण प्रस्तुत है। अपने कविता-संग्रह 'कोई मुश्किल नहीं' से निम्नलिखित काव्य-पंक्तियाँ (9-7-2020) निशंक फेस-बुक पर साझा करते हैं—

आच्छादित हो ज्योति धरा पर, श्वासों में बस जाएगी,
हर स्पंदन से कौंध-कौंध, वह अंतस में रच जाएगी।
ज्योतित होकर जब जन मानस, अंधकार को मिटाएगा,
मेरा स्वर्णिम स्वप्न-दिवस तो, सूर्य धरा पर लाएगा।

निशंक में व्यावहारिक रूप से व्यंग्य विनोद का भाव है कि नहीं, किंचित् भी पता नहीं! फिर भी उनकी रचनाओं में पारिवारिक जीवन से रची-बसी अखंड भावुकता अवश्य है। यदि आप निशंक के रचना-कर्म को 'डी-कंस्ट्रक्ट' करें तो उससे यह आभास होगा कि निशंक निरे गैर-रोमांटिक कवि तो कदापि नहीं हैं। हाँ, वे अपनी प्रेम-भावना को नियंत्रित रखते हैं। मन की बात कहते तो हैं, किंतु कुछ इस तरह—

तुम्हीं मेरे दिल में, तुम्हीं मेरे मन में, तुम्हीं जीवन में।

निशंक को बने-ठने और लक-दक रहने का सलीका आता है, यह गूगल-इमेज दिखाता है। मुझे कविताएँ पढ़कर लगता है—निशंकजी बहुत सरल हैं और यही सरलता उन्हें बड़ा बनाती है। उनके लेखन से एक व्यक्ति चित्र बनता है, दूसरा उनके प्रतिनिधि पात्रों से बनता है, तीसरा भूमिकाओं से, चौथा राजनीतिक क्रियाकलापों की

रिपोर्टिंग से और इस प्रकार कई इमेज बनती हैं, बनती चली जा रही हैं।

जो लोग रमेश पोखरियाल 'निशंक' को केवल एक राजनेता, भूतपूर्व मुख्यमंत्री और केंद्रीय मंत्री के रूप में जानते-पहचानते हैं, उनके लिए यह पुस्तक एक सुखद अनुभव होगी। यही सोचकर उनकी एक कविता के शीर्षक को इस अध्याय के नाम के लिए सिरमौर बनाकर प्रयोग किया गया है—जीवन छोटा, कथा बड़ी है!

'जीवन छोटा कथा बड़ी है, जिसको कह नहीं पाऊँगा।
आह भरे सब गीत हैं मेरे, जिनको गा नहीं पाऊँगा।'

क्षेपक

इस अध्याय में अन्यत्र अंग्रेजी कथाकार मार्टिन ऐमिस को उद्धृत करते समय मुझे उनकी साहित्यिक आलोचक को दी गई एक सीख याद आ गई, "सही और सटीक उद्धरण ही आलोचक के लिए साक्ष्य है, जिनके आधार पर वह अपना पक्ष प्रस्तुत करता है। इसलिए उसे बहुत समझदारी से रचना में से और रचना के लिए उद्धरण चुनने चाहिए।" 'अजागलस्तन' उद्धरणों से यथासंभव बचना चाहिए! मेरे लिए यह ठीक होगा कि मैं अविकल और प्रामाणिक रूप से रमेश पोखरियाल 'निशंक' का जीवन परिचय इस अध्याय की पाद-टिप्पणी के रूप में प्रस्तुत कर दूँ। इससे आपको और मुझे दोनों को सुविधा और संतोष होगा।

वर्ष 1959 में जनमे रमेश पोखरियाल 'निशंक' एक भारतीय राजनीतिज्ञ हैं, साथ ही एक प्रसिद्ध लेखक और कवि भी हैं। पहली बार 1991 में तत्कालीन उ.प्र. की कर्णप्रयाग विधानसभा क्षेत्र से चुनाव लड़कर उ.प्र. की विधानसभा में पदार्पण किया। उ.प्र. की विधानसभा में लगातार तीन बार विधायक और दो बार कैबिनेट मंत्री रहे। वर्तमान में केंद्रीय मानव संसाधन विकास मंत्री, भारत सरकार और हरिद्वार क्षेत्र से लोकसभा सांसद हैं, श्री रमेश पोखरियाल 'निशंक' जी उत्तराखंड राज्य के पाँचवें मुख्यमंत्री रहे हैं।

श्री रमेश पोखरियाल 'निशंक' मौलिक रूप से साहित्यिक विधा के व्यक्ति हैं। अब तक हिंदी साहित्य की तमाम विधाओं—कविता, उपन्यास, खंड-काव्य, लघु कहानी सांस्कृतिक, पर्यटन, यात्रा-वृत्तांत, बाल-कहानी और व्यक्तित्व विकास सहित कुल पाँच दर्जन से अधिक पुस्तकें प्रकाशित हो चुकी हैं। उनकी प्रकाशित कृतियों ने उन्हें हिंदी साहित्य में सम्मानजनक स्थान दिलाया है। राष्ट्रवाद की भावना उनमें कूट-कूटकर भरी हुई है। यही कारण है कि उनका नाम राष्ट्र-कवियों की

श्रेणी में शामिल है। डॉ. 'निशंक' की प्रथम रचना कविता-संग्रह 'समर्पण' का प्रकाशन 1983 में हुआ था। तब से अब तक उन्होंने पीछे मुड़कर नहीं देखा और आज भी तमाम व्यस्तताओं के बावजूद उनका लेखन जारी है। यह डॉ. 'निशंक' के साहित्य की प्रासंगिकता और मौलिकता है कि अब तक उनके साहित्य को विश्व की कई भाषाओं जर्मन, अंग्रेजी, फ्रेंच, नेपाली सहित भारत की तमिल, तेलुगु, कन्नड़, मलयालम, मराठी, गुजराती, पंजाबी, संस्कृत आदि अनेक भाषाओं में अनूदित किया जा चुका है।

इसके अलावा इनके साहित्य को मद्रास, चेन्नई तथा हैंबर्ग विश्वविद्यालय के पाठ्यक्रम में शामिल किया गया है। उनके साहित्य पर अब तक शिक्षाविद् डॉ. श्यामधर तिवारी, डॉ. विनय डबराल, डॉ. नागेंद्र, डॉ. सविता मोहन, डॉ. नंद किशोर, डॉ. योगेंद्र नाथ शर्मा 'अरुण' और डॉ. सुधाकर तिवारी सहित अनेक शिक्षाविदों द्वारा समीक्षा ग्रंथों एवं पुस्तकों का प्रकाशन किया जा चुका है। डॉ. 'निशंक' के साहित्य पर कई राष्ट्रीय तथा अंतरराष्ट्रीय विश्वविद्यालयों (गढ़वाल विश्वविद्यालय, कुमाऊँ विश्वविद्यालय, सागर विश्वविद्यालय, मद्रास विश्वविद्यालय, हैंबर्ग विश्वविद्यालय जर्मनी, लखनऊ विश्वविद्यालय तथा मेरठ विश्वविद्यालय) में शोध-कार्य हो चुका है और जारी है।

https://@hrm-mhrd-gov-in/hi/ministers-profile

कविता-संग्रह—समर्पण (1983), नवांकुर (1984), मुझे विधाता बनना है (1985), तुम भी मेरे साथ चलो (1986), देश हम जलने न देंगे (1988), जीवन-पथ में (1989), मातृभूमि के लिए (1992), कोई मुश्किल नहीं (2005), ऐ वतन तेरे लिए (2007), संघर्ष जारी है (2009), सृजन के बीज (2016), अँधेरा जा रहा है (2017), भूल पाता नहीं (2019)। खंड-काव्य—प्रतीक्षा।

कहानी-संग्रह—बस एक ही इच्छा (1989), क्या नहीं हो सकता (1993), भीड़ साक्षी है (1993), रोशनी की एक किरण (1996), खड़े हुए प्रश्न (1996), विपदा जीवित है (1997), एक और कहानी (2008), मेरे संकल्प (2008), मील के पत्थर (2009), टूटते दायरे (2010), अंतहीन (2013), वाह जिंदगी (2015)।

उपन्यास—मेजर निराला (2007), पहाड़ से ऊँचा (2007), निशांत (2008), बीरा (2008), छूट गया पड़ाव (2009), अपना पराया (2010), पल्लवी (2010), प्रतिज्ञा (2011), भागोंवाली (2015), कृतघ्न (2015)।

अन्य पुस्तकें—शिखरों के संघर्ष (चार उपन्यास एक साथ—छूट गया पड़ाव, बीरा, पहाड़ से ऊँचा, मेजर निराला, 2018), प्रखर राष्ट्रभक्त एकात्म मानववाद के प्रणेता पं. दीनदयाल उपाध्याय, शिकागो में स्वामी विवेकानंद, युग पुरुष भारतरत्न अटल बिहारी वाजपेयी, भाग्य पर नहीं, परिश्रम पर विश्वास करें, परफेक्ट सक्सेस मंत्र, प्रलय के बीच केदारनाथ त्रासदी, सफलता के अचूक मंत्र, भारतीय संस्कृति का संवाहक इंडोनेशिया, सपने जो सोने न दें, मॉरिशस की स्वर्णिम स्मृतियाँ, आओ सीखें कहानियों से, Dreams that don't let you sleep, Trust HardWork not destiny,The Seeds of Creation (translation) The Darkness is Vanishing (translation), Selected Stories of Dr Ramesh Pokhriyal Nishank (translation)...

संपादन—मेरी व्यथा, मेरी कथा (शहीदों की कथाओं का संकलन, 1998), हिमालय का महाकुंभ नंदा राजजात यात्रा (2008), धरती का स्वर्ग उत्तराखंड (भाग-1, भाग-2)।

□

3

कब तलक मैं चुप रहूँगा

किसी कृति के लेखन के पश्चात् उसका लेखक, अपने पाठकों से संवाद करने के लिए बड़ा उतावला रहता है। वह अपनी बात कहता अवश्य है। संपादित पुस्तकों में यह भूमिका संपादक बड़े चाव से लिखता है, क्योंकि पुस्तक के मुखपृष्ठ पर उसका नाम जो प्रकाशित होता है। भूमिका औपचारिकता मात्र नहीं है, चाहे कोई कितना ही इसे विनम्रतापूर्वक 'दो शब्द' कहे। कवि कुलगुरु महाकवि कालिदास ने रघुवंश महाकाव्य के प्रारंभ में चाहे कितनी ही विनम्रता से 'तितीर्षुदुस्तरं मोहादुडुपेनास्मि सागरं' लिखकर भावी कवियों और साहित्यकारों का भूमिका लेखन-कर्म निरर्थक-सा बना दिया था, किंतु इसे पूरी तरह से छोड़ा कभी नहीं गया। आज भी यह कृतज्ञता ज्ञापन से बहुत आगे का वह सारगर्भित वक्तव्य है, जिसको लेखक की साहित्यिक दृष्टि का परिचायक समझकर ध्यान से पढ़ा जाता है। भूमिका द्वारा कोई रचनाकार, अपनी मूल संकल्पना से और अपनी साहित्यिक संवेदना से रचना के सूत्र को जोड़कर पाठक से तादात्म्य स्थापित करता है। जैसा कहा गया कि भूमिका लिखी बाद में जाती है, किंतु उसको पढ़ा पहले जाता है। किंतु जो सजग पाठक हैं, वे रचना के पाठ के पश्चात् फिर से भूमिका की ओर जाते हैं और भूमिका में प्रस्तुत विचारों के आलोक में रचना का पुनः पाठ भी करते हैं।

जब प्रख्यात जर्मन दार्शनिक हेगेल ने अपनी कालजयी कृति 'फिनोमीनोलॉजी ऑफ द माइंड' (1807) का लेखन समाप्त किया तो उन्होंने इस विशालकाय ग्रंथ का सिंहावलोकन करने के पश्चात् गर्वोन्नत भाल को नत किया और उसकी भूमिका स्वरूप दो शब्द लिखे। वास्तव में यह एक अनोखा कृत्य था। उन्होंने लिखा—

> इस भूमिका में मुझे गंभीरता से मत लेना। वास्तविक दर्शनशास्त्रीय ग्रंथ तो वह है, जिसे मैंने अभी लिखा है। और यदि मैं अपने इस लेखन के अतिरिक्त कुछ लिखता हूँ तो ये मामूली टिप्पणियाँ ग्रंथ के सामने नगण्य हैं। इस भूमिका को

गंभीरता से मत लेना। भूमिका किसी परियोजना की घोषणा मात्र है और कोई परियोजना संपूर्ण होने तक कुछ भी तो नहीं!

Don't take me seriously in a preface. The real philosophical work is what I have just written, The Phenomenology of the Mind. And if I speak to you outside of what I have written, these marginal comments cannot have the value of the work itself...Don't take a preface seriously, The preface announces a project and a project is nothing until it is realized.

(Cited by Hyppolite, 1970:74)

पं. विद्यानिवास मिश्र खूब भूमिकाएँ लिखते रहे, किंतु यह सफाई भी देते रहे कि उन भूमिकाओं में उन्होंने केवल लेखक का परिचय पाठकों से करवाया है। इसलिए थोड़ी-बहुत आशंसा लिखते हैं, पर 'न कोई उछालन' और 'न ज्यादा दोष दिग्दर्शन' का भाव होता है। हलकी सी 'नसीहत' चाहे दे दी गई हो। कुछ दूसरे रहे, जो भूमिका लेखन से भागते रहे। जैनेंद्र कुमार के अनुसार—"अज्ञेय अपने एक कविता-संग्रह की भूमिका जयशंकर प्रसाद से लिखवाना चाहते थे, पर उन्होंने इस आग्रह को अस्वीकार कर दिया। इस 'अस्वीकार' से अज्ञेय के मन में एक ग्रंथि, एक गाँठ बन गई, जो जीवनपर्यंत जाने-अनजाने उन्हें प्रसादजी की ओर ठेलती रही। ऐसा ही प्रत्युत्तर और प्रतिक्रिया जयशंकर प्रसाद ने तब व्यक्त की थी, जब प्रफुल्ल चंद्र ओझा 'मुक्त' अपनी कहानियों के पहले संग्रह की भूमिका लिखवाने के लिए उनसे मिले।

"कहानी की भूमिका की अपेक्षा क्यों होनी चाहिए? कहानी अगर अपने आप को स्वयं अभिव्यक्त नहीं कर सकती, तो वह चाहे जो कुछ हो, कहानी नहीं है। आप तो बहुत अच्छी कहानियाँ लिखते हैं, उनकी भूमिका भला क्या हो सकती है? किसी लेखक की रचना की भूमिका कोई अन्य व्यक्ति लिखे, यह बात मेरी समझ में नहीं आती। आखिर भूमिका लिखी क्यों जाती है? अपनी कुछ पुस्तकों में वैदिक, पौराणिक या ऐतिहासिक कथा-सूत्र का संकेत देने के लिए या विचार-सरणि के स्पष्टीकरण के लिए मैंने कुछ शब्द अवश्य लिखे हैं। पर यह भूमिका नहीं। मैं भूमिका नहीं लिखूँगा¨ संभव है, अभी आपको मेरी यह बात अप्रिय लगे, लेकिन भविष्य में, कभी आप मेरी बात का औचित्य

समझ पाएँगे।" (अग्रवाल, 2006:2)

अंग्रेजी में भूमिका के लिए दो शब्द 'फोरवर्ड' और 'प्रीफेस' प्रचलन में हैं। 'फोरवर्ड' या 'बिफोर-वर्ड' अर्थात् 'पाठ' या 'कृति' से पूर्व कृतिकार या किसी अन्य के द्वारा लिखा गया वक्तव्य। 'प्रीफेस' का शाब्दिक अर्थ है—'पहले कहना' (ए सेइंग बिफोरहैंड)। 'प्राक्कथन', 'परिचय', 'निवेदन', 'अनुशंसा', 'दो शब्द' आदि का भी प्रयोग देखा जाता है। 'कृतज्ञता ज्ञापन' इस श्रेणी में नहीं गिना जाता। लेखक के द्वारा स्वयं लिखी गई हो या किसी गणमान्य विद्वान् से आग्रहपूर्वक लिखवाई गई भूमिका हो, कम ही ऐसा होता है कि कोई भूमिका किसी पुस्तक के लेखन से पूर्व लिखी या लिखवा ली गई हो। फिर भी यह पढ़ी पहले जाती है। यह कहना भी अप्रासंगिक न होगा कि हेगेल एक ओर तो भूमिका-लेखन को अनावश्यक बताते नहीं थकते, दूसरी ओर वे अपनी पुस्तकों की बहुत लंबी पुस्तकाकार भूमिकाएँ भी लिखते रहे। प्रसादजी भी यही करते रहे। पर उपदेश कुशल बहुतेरे।

'हिंदी साहित्य की प्रसिद्ध भूमिकाएँ' (दो खंड-संकलन संपादन—कृष्ण दत्त पालीवाल) में चुन-चुनकर ऐसी भूमिकाओं को प्रस्तुत किया है, जिन्होंने आधुनिक हिंदी साहित्यिक परिवेश के निर्माण में तथा साहित्य में होनेवाले बहस मुसाहिबे में गहन योगदान दिया है। आचार्य रामचंद्र शुक्ल का 'हिंदी साहित्य का इतिहास' नामक ग्रंथ पहले 'हिंदी शब्द सागर' की भूमिका के रूप में लिखा गया था और फिर 1929 में इसी भूमिका का परिमार्जन करके अलग से पुस्तक के रूप में प्रकाशित किया गया। आचार्य हजारीप्रसाद द्विवेदी ने अपनी पुस्तक 'हिंदी साहित्य की भूमिका' की भी अच्छी-खासी भूमिका लिखी है। वे इसके अनेक संस्करणों की अलग-अलग भूमिकाएँ भी लिखते रहे। हिंदी के आधुनिक कवि और साहित्यकार प्राय: अपने संग्रह की भूमिकाएँ लिखते रहे हैं। 'प्रिय-प्रवास' (1913) के आरंभ में 58 पृष्ठों की अपनी लंबी भूमिका (विचार सूत्र) में 'हरिऔध' ने खड़ी बोली काव्य का पक्ष प्रस्तुत किया है। सुमित्रानंदन पंत के काव्य-संग्रह 'पल्लव' (1926) की भूमिका का ऐतिहासिक महत्त्व है। इसे डॉ. नगेंद्र ने 'छायावाद के आविर्भाव का घोषणा-पत्र' माना है। हरिवंशराय बच्चन की प्रत्येक पुस्तक की विस्तृत भूमिका उनके दृष्टिकोण, जीवन-दर्शन, विचार-प्रवाह का प्रामाणिक दस्तावेज है। 'तार-सप्तक' (1943) की अज्ञेय द्वारा लिखित भूमिका प्रयोगवाद का घोषणा-पत्र है। अज्ञेय की भूमिकाओं ने हिंदी आलोचना के

नवीन रूप-बोधों को आलोकित किया। लोकजीवन में 'भूमिका बाँधना' मुहावरा ही हो गया है। कई विद्वान् नवलेखकों की पुस्तकों की भूमिका लिखने के लिए कुख्याति तक को वरण कर बैठते हैं और कुछ वास्तव में रिकॉर्ड बना देते हैं। तब की नवोदित कवयित्री महादेवी वर्मा की कृति 'नीहार' (1930) की भूमिका, अपने युग के 'कवि-सम्राट्' की उपाधि से विभूषित श्री अयोध्याप्रसाद 'हरिऔध' नए छायावादी काव्य का स्वागत करते हुए लिखते हैं। यही नहीं, महादेवी वर्मा इस कविता-संग्रह के दूसरे संस्करण में अपने पिछले भूमिका लेखक के सुझाव को सम्मान देने के लिए संग्रह में प्रकृति, प्रणय और वेदना की कविताओं के साथ ही 'भारतमाता के कंठ की वर्तमान ध्वनि' से भरपूर 'दुविधा' जैसी कविताएँ भी शामिल करती हैं। प्रकृति के सुकुमार कवि पल्लव की भूमिका में साहित्य में भूमिका निर्वहन के महत्त्व पर विचार व्यक्त करते हुए लिखते हैं—

> *"मनुष्य के ज्ञान का विकास पदार्थों की अज्ञात परिधि पर निर्भर न रहकर अपने ही परिचय के अंतरिक्ष के भीतर परिपूर्णता प्राप्त करता जाता है; जब तक वह पृथ्वी की गोलाई तक नहीं पहुँचा था, वह उसे चपटी मानकर भी चलता रहा; हम अपने प्रौढ-पगों के लिए नहीं ठहरते, घुटनों के बल चलने के नियमों को सीखकर ही आगे बढ़ते हैं। सच तो यह है कि हम भूमिका बाँधना नहीं छोड़ सकते।" (पंत, 1926:13)*

भारत में जनमे अंग्रेजी साहित्य के सुप्रसिद्ध उपन्यासकार और लेखक जॉर्ज ऑरवेल (1903-1950) ने 'व्हाई आई राइट' निबंध में लेखन और लेखकों के चार प्रयोजन बताए थे। काव्य प्रयोजन का सिद्धांत भारतीय काव्य-शास्त्र का प्रमुख विषय है। देवीशंकर अवस्थी 'साहित्य का स्वरूप और प्रकृति' में साहित्य को लेखन का एक प्रकार बताते हुए लिखते हैं, "साहित्य एक प्रकार का लेखन है, जो अच्छा भी हो सकता है और बुरा भी, महान् भी हो सकता है तथा क्षुद्र भी। कोई कृति साहित्यिक कृति है, यह कहने का अर्थ श्रेष्ठता निर्धारण नहीं है। उसके पैमाने दूसरे होते हैं, जिन पर अलग से विचार होना चाहिए। कोई भी लेखक चाहे कितना भी 'स्वांत: सुखाय' लिखने की बात करे, वह लिखता इसलिए है, क्योंकि वह अपने विचारों को अधिक-से-अधिक पाठकों तक पहुँचाना चाहता है। उसके लेखन को कोई साहित्य या सृजनात्मक सर्जनात्मक-रचनात्मक कहे या न कहे, उसके मन में उसे लेकर आत्मविश्वास और गर्व की भावना अवश्य होती है। हिंदी साहित्य के

आचार्य द्विवेदी ने एक व्यंग्य-निबंध लिखा था—आपने मेरी रचना पढ़ी। पाठकों से संवाद का यह प्रयोग भी विचारणीय है।

रमेश पोखरियाल 'निशंक' ने अपनी कई पुस्तकों में भूमिका स्वरूप 'अपनी बात' लिखकर पाठकों से सीधा संवाद स्थापित किया है। अपने एक कविता-संग्रह 'देश हम जलने न देंगे' में तो उन्होंने यह भूमिका कविता के शिल्प में ही प्रस्तुत कर दी है। 'उनके प्रचुर लेखन का व्यवस्थित अध्ययन करनेवाले गंभीर पाठक और शोधार्थी को उनकी कुछ पुस्तकों में दी गई 'अपनी बात' शीर्षक से लिखी गई ये पंक्तियाँ भी ध्यानपूर्वक पढ़नी चाहिए।' यह सोचकर, मैंने इन सब उपलब्ध भूमिकाओं का धीर-पाठ किया। कुछ सूक्तिपरक वक्तव्यों को पुस्तकों के कथ्य से मिलाकर देखा। लेखक के मंतव्य, मन:स्थिति, चिंतन और विचारधारा को जानने के लिए यह उपक्रम बिल्कुल नवाचार-सा रहा।

अब तक प्रकाशित पुस्तकों की भूमिकाओं के गंभीर पाठ के उपरांत कवि, कथाकार, उपन्यासकार निशंक के वैचारिक व्यक्तित्व की जो छवि बनती है, उसे यहाँ प्रस्तुत किया जा रहा है। बहुत सी पुस्तकों में अनेक विद्वानों के द्वारा लिखित भूमिकाओं का संज्ञान लेना भी इस छवि को गहनता से रेखांकित करने के लिए साधन हो सकता है। पूर्व-परिचित, प्रतिष्ठित साहित्यकारों और विश्वविद्यालयों के प्रोफेसरों से भूमिका अकसर इसलिए लिखवाई जाती है कि कोई जाना-माना व्यक्ति रचना की प्रशंसा करके पाठक को प्रभावित कर देगा। क्या रचना, भूमिका के अनुरूप है या भूमिका रचना के? इस पर भी सजग पाठक के रूप में दृष्टिपात किया जाना चाहिए। विभिन्न पुस्तकों पर लिखे गए, शोध-पूर्ण आलेखों को भी इसमें जोड़कर देखने से रमेश पोखरियाल 'निशंक' के साहित्यिक व्यक्तित्व की प्रखरता और प्रभविष्णुता का एक शब्दचित्र, मेरे हृदय पटल पर बनता चला गया। मेरी तरह ही इस आलेख के पाठक को भी इन भिन्न-भिन्न दिशाओं और दृष्टियों से निशंक के लेखन पर सघन दृष्टिपात करने का अवसर मिलेगा।

रमेश पोखरियाल 'निशंक' का राजनीतिक परिचय, पहचान और प्रतिष्ठा वर्षों से है। कवि, कहानीकार और उपन्यासकार के रूप में अनेक कृतियों के रचनाकार रमेश पोखरियाल 'निशंक' का एक परिचय और भी है। निशंक की पहचान कराती अनेक आलोचनात्मक पुस्तकों और शोध-ग्रंथों के द्वारा भी उनकी एक छवि का निर्माण हुआ है। निशंक का साहित्यिक व्यक्तित्व सच्चे अर्थों में एक निजी पहचान लिये हुए है, जो उनके विपुल कृतित्व से निर्मित होता चला गया है।

देवभूमि उत्तराखंड की संस्कृति और समाज का चित्रण करने में सिद्धहस्त उनकी लेखनी 'बैठे-ठाले' का राग नहीं अलापती, बल्कि एक निश्चित उद्देश्य को लेकर चलती है। समाज के बदलते परिवेश में राष्ट्रभक्ति, उच्च जीवनादर्शों और जीवन-मूल्यों की स्थापना का लक्ष्य लेकर चल रहे 'निशंक' की रचनाओं में मानवीय संवेदना की अखंड जोत जगमग करती है। 15 अगस्त, 1959 को जनमे निशंक ने लगभग 24-25 वर्ष की आयु में 'समर्पण' काव्य-संग्रह के प्रकाशन से 'साहित्य' को अपने हृदय की पुकार की अभिव्यक्ति के लिए सुनिश्चित किया। इस ग्रंथ की भूमिका श्री नंद किशोर ढोंढियाल 'अरुण' ने लिखी थी। बताया गया है कि श्री नंद किशोरजी ने ही उन्हें यह 'निशंक' उपनाम दिया था। 1 अप्रैल, 1983 को लिखी इस संग्रह की 'हृदय पुकार' में युवा कवि निशंक अपने अग्रजों और अग्रगण्यों के प्रति आभार व्यक्त तो करते ही हैं, 'समर्पण' में अपने कवि-कर्म का उद्देश्य भी स्पष्ट करते हैं—

> प्रत्येक भारतवासी में देशभक्ति कूट-कूटकर भर सके, भारत माँ का हर पूत राष्ट्र-प्रेम से ओत-प्रोत हो, यह अत्यावश्यक है। राष्ट्र-प्रेम के अभाव में भयंकर दूरगामी परिणाम होते हैं, जिनका मूल्य, देश को सदियों तक चुकाना पड़ता है। ...अपने पूर्वजों के आदर्शों पर चलकर मेरा यह समर्पण राष्ट्र-निर्माण के लिए हर देशभक्त को त्याग व बलिदान के पाठ पर प्रेरित कर सके, इसी उद्देश्य से समय-समय के अनुभवों की सरल शब्दों में मेरी अभिव्यक्ति है।

निशंक अंतर्विरोधों का मार्मिक चित्रण करने में 'हृदय की बुद्धि' से काम लेते हैं। वे एक उद्देश्य के लिए लिखते हैं और उस उद्देश्य के लिए सर्वस्व समर्पण करने का निश्चय वे अपनी प्रथम कृति 'समर्पण' से करते हैं। 'छूट गया पड़ाव' उपन्यास की अपनी बात में निशंक अपने जीवन में जननी और जन्मभूमि के महत्त्व को अंगीकार तो करते ही हैं, वे यह उल्लेख भी कर देते हैं कि जननी और जन्मभूमि उनके संबल हैं, जो उन्हें हमेशा अनुप्राणित और प्रेरित करते रहे हैं—

> ये ही हैं, जो मुझे संवेदनाओं की अतल गहराइयों में ले जाकर मोतियाँ बिनवाती हैं। इन्हीं के बूते मैंने देवभूमि के पौराणिक, सामाजिक और धार्मिक परिवेश के साथ-साथ यहाँ की परंपराओं, किंवदंतियों, लोकगाथाओं को गाहे-बगाहे जीवंत दस्तावेजों के रूप में सामने रखने की कोशिश की है। साथ ही, इस कटु सत्य को उद्घाटित करने का भी सतत प्रयास किया है कि इस

देवभूमि के संसर्ग में जहाँ हमें अपूर्व आनंद व अध्यात्म का सौभाग्य मिला है, वहीं जीवनयापन के लिए विकट संघर्ष भी भाग्य में बँधा है।

इन भूमिकाओं में निशंक का कवि रूप तो उजागर होता ही है, एक ऐसे विवेकवान साहित्य चिंतक और समाजशास्त्री के रूप में भी वे दिखाई देते हैं, जो अपने समय की नब्ज को पहचानते हैं। यह भी जानते हैं कि साहित्यकार के रूप में उनके समक्ष कौन सी चुनौतियाँ और किस प्रकार के दायित्व हैं। प्रत्येक 'अपनी बात' में निशंक एक अलग तेवर से एक नई दिशा की ओर संकेत करते हैं। यह इस बात का प्रमाण है कि उनके संवेदनशील मन में निरंतर 'ऊब-चूभ' और 'उठा-पटक' होती रहती है। अनेक काव्य-संग्रहों, कहानी-संग्रहों और उपन्यासों आदि की 'अपनी बात' शीर्षक से लिखी गई भूमिकाओं में निशंक साहित्य के उद्देश्य, संवेदना, विषय-वस्तु आदि पर विचार करने पर लगता है कि रस्म अदायगी या औपचारिकता वे नहीं करते। इसलिए कई बार अपने उपन्यासों और कहानी-संग्रह में 'अपनी बात' यह मानकर नहीं भी देते, क्योंकि उन्हें जो कहना था, वे अपने पात्रों से कहलवा चुके होते हैं। उदाहरण के लिए, 'मेरे संकल्प' कहानी-संग्रह की कहानी 'कहाँ हुई भूल' में वे एक पात्र के बहाने मानो अपना ही अक्स प्रस्तुत करते लगते हैं—

> राजनीतिक जीवन में दो बार मंत्री पद पर रहने के बाद भी नारायण ने अपनी स्वच्छ छवि पर आँच न आने दी। भाई-भतीजावाद का आरोप न लगे, इसलिए उसने अपने परिवार के सदस्यों को राजनीति से दूर ही रखा। बच्चों को हमेशा अच्छी पढ़ाई व अपने पैरों पर खड़ा होने के लिए प्रेरित किया। इसी का परिणाम था कि दोनों बेटियाँ अपनी पढ़ाई पूरी करने के उपरांत स्वयं की योग्यता के बल पर उच्च पदों पर कार्यरत थीं।

जिस पुस्तक में यह 'अपनी बात' होती है, उसमें निशंक अपनी रचना और रचना प्रक्रिया के बारे में भी इंगित करते हैं, जिससे पाठक को रचना की पृष्ठभूमि से भी कुछ और ज्यादा परिचय प्राप्त हो जाए। निशंक की इन बातों से उनकी एक अतिरिक्त छवि संवेदनशील कवि-समीक्षक की बनती है। तर्क-कुतर्क या वाद-विवाद-संवाद के स्थान पर वे पाठक के समक्ष एक संघटित विचार प्रस्तुत करते हैं। अपने अनुभव संसार से रचना-संसार में पहुँचने की प्रक्रिया के ओर संकेत करते हैं। वे अपने आपको बहुज्ञ और बहुपठ नहीं बताते, उद्धरणों से आतंकित भी नहीं करते। बस, अपने भारतीय जीवन-बोध को अपने परिवेश और जमीन से जुड़ाव को शब्दबद्ध करते हैं। इससे पाठक एक ओर तो निशंक के उदात्त चरित्र के प्रति

आकर्षण-भाव रखने लगता है, दूसरे वह साहित्यकार के रूप में उनकी भारतीय, सांस्कृतिक, दार्शनिक और वैचारिक परंपराओं के प्रति श्रद्धा और प्रेम के खिंचाव को महसूस करता है।

रचना प्रक्रिया

मैं हिंदी के दो शब्द बचपन से ही सीखकर जवान हुआ था—विहगावलोकन और विहंगावलोकन। ये दोनों पद अंग्रेजी के 'ए बर्ड्'स आइ-व्यू' के अनुवाद लगते हैं। गुरुजी ने दोनों-तीनों शब्दों को एक ही बताया। एक तीसरा शब्द मिला—सिंहावलोकन। सिंहावलोकन का अर्थ है—सिंह की तरह पीछे देखते हुए आगे बढ़ना और किए हुए कामों या बीती हुई बातों का स्वरूप जानने या बतलाने के लिए उन पर दृष्टिपात करना। यह खालिस अपना शब्द लगा और प्रभावशाली भी। यह शब्द एक परंपरागत छंद और यशपाल के उपन्यास का नाम भी है। हिंदी के एक कहानीकार दूधनाथ सिंह की निम्नलिखित पंक्तियाँ 'सिंहावलोकन' का जबर्दस्त विश्लेषण और विवेचन प्रस्तुत करती हैं—

> सच्चा रचनाकार घनी-सुनहली अयालों वाला एक सिंह होता है, जिसकी जीभ पर उसके स्वयं के भीतर निहित रचनात्मकता का खून लगा होता है। अपनी सिंह वृत्त के कारण कभी भी इस खून का स्वाद भुला और हर वक्त शिकार की ताक में सजग रहता है—चारों ओर से अपनी नजरे समेटे, एकाग्र चित्त, आत्म-मुख, एकाकी और कोलाहलपूर्ण शांति में जूझने-झपटने को तैयार।

किसी रचनाकार के लिए यह आवश्यक है कि वह समाज और चरित्रों का सरसरी तौर पर विहगावलोकन या विहंगावलोकन करके न रह जाए, बल्कि सिंहावलोकन करते हुए आगे-पीछे और चारों ओर दृष्टिपात करे। रमेश पोखरियाल की रचनाधर्मिता के लिए, इस शब्द की उपयुक्तता पर विचार किया तो 'निशंक' उपनाम पर दृष्टि अटक गई। फिर 'देश हम जलने न देंगे', 'मुझे विधाता बनना है', 'प्रतिज्ञा', 'मातृभूमि के लिए', 'संसार कायरों के लिए नहीं' आदि पुस्तकों के नामों पर अटक गई और समझ में आ गया कि 'निशंक' उपनाम किस प्रकार सत्य चरितार्थ हुआ है। राष्ट्रीयता की सिंह-गर्जना करनेवाले को और क्या कहेंगे? 'प्रलय करूँगा' कविता की कुछ पंक्तियाँ हैं—

देखा नहीं तुमने मुझे मैं स्वयं ज्वालामुखी हूँ।
प्रकृति पर अन्याय देखे छटपटाता मैं दु:खी हूँ॥

सह रहा हूँ बहुत कुछ, कब तलक मैं चुप रहूँगा।
एक दिन मजबूर होकर प्रचंड बन प्रलय करूँगा॥

किसी रचना के प्रणयन की एक प्रक्रिया तो सौ वर्ष पूर्व अर्थात् 1919 में टी.एस. इलियट बता गए हैं। रचनाकार का मन एक उत्प्रेरक का होता है। रचना उसके मन में रचती-पकती है और कालांतर में शब्दबद्ध होकर पाठक के पास जा पहुँचती है। यहाँ महत्त्व लेखक के सर्जनात्मक आचरण का तो है ही, यह भी उल्लेखनीय है कि उसे सृजन-प्रक्रिया का जीवन से तादात्म्य स्थापित करना होता है। जीवन के कल से कल तक का गहन अवलोकन और फिर उसका लेखन करते हुए, निशंक अपनी रचनाओं में इसी जीवन-संघर्ष को अनेक बार रूपायित करते हैं। समकालीन घटनाओं को लेकर की गई रचनाओं की सर्वकालिकता इसी कारण देखते ही बनती है।

निशंक कवि के रूप में न-जाने कब से भावों के प्रगटन में लगे हैं, फिर भी वे प्रेम, प्रेम-जनित वियोग और नख-शिख वर्णन करने में कभी अस्त-व्यस्त नहीं होते। इस प्रकार निशंक अंग्रेजी के कवि विलियम वड्र्सवर्थ (Emotions recollected in tranquillity) या फिर अपने प्रसादजी (जो घनीभूत पीड़ा थी) और आदिकवि वाल्मीकि (मा. निषाद…) आदि की पीड़ा और वेदना के साथ-साथ मैथिलीशरण गुप्त और दिनकर जैसे राष्ट्रीय कवियों की कविता से प्रेरित होते हुए, राष्ट्र-प्रेम और देशभक्ति के गीत गाते हैं। 15 अगस्त को जन्मे श्री अरविंद ने अपने एक पत्र में अपनी पत्नी को लिखा था, "दूसरे लोग भारत को मात्र खेतों, चरागाहों, वनों, पर्वतों और सरिताओं की भूमि के रूप में देखते हैं, लेकिन मैं उसे माँ के रूप में देखता हूँ। यदि कोई, किसी की माँ के जीवन को संकट में डालता है, तो क्या वह उस ओर से बेखबर, खाना खाता रहेगा या वह माँ की रक्षा के लिए दौड़ेगा?" जब निशंकजी लिखते हैं, तब वे 'वतन की मिट्टी की सुगंध के साथ-साथ मानवता का जज्बा पैदा करने की टीस' की स्याही से लिखते हैं।

> *मेरे भीतर की छटपटाहट ही मेरा साहित्य है। मेरा देखा, महसूस किया और भोगा यथार्थ—संवेदना, अनुभूति और अनुभवों से अनुप्राणित। कभी जीवन-मूल्यों की धड़कन बनकर, तो कभी आम आदमी की आवाज बनकर मैं इन्हें सीधे-सरल शब्दों में अपने पाठकों तक पहुँचाने की कोशिश करता रहा हूँ।*

रामस्वरूप चतुर्वेदी ने भी कुछ ऐसा ही लिखा है कि अनुभव का अनुभव

अनुभूति है और फिर अनुभूति का अनुभव कविता है। अनुभव के अनुभव यानी अनुभूति को भाषा द्वारा अभिव्यक्त करते हुए, निशंक अपने लेखन की रचना प्रक्रिया के सोपानों को भी स्पष्ट कर देते हैं। यहाँ बल तीन-चार बिंदुओं पर है—जीवन-मूल्य, आम आदमी की वाणी और सरल-सहज भाषा। निम्नलिखित उद्धरण में कुछ अन्य बिंदुओं की ओर भी संकेत है, संवेदनशीलता पर बल है। यही अनुभव का अनुभव और अनुभूति है—

> मेरे लिए रचनाकार होने की कोई बुनियादी शर्त नहीं है, बस मेरी संवेदनशील कल्पना और सपनों को साकार करने के संकल्प ने मुझे साहित्य की विविध विधाओं से जोड़ा है। मेरे लिए लिखना, बस लिखना नहीं, बल्कि जिंदगी के तमाम उतार-चढ़ावों की जीवंतता से अपनी रचनाओं में उड़ेलना है। मेरी काव्य-रचनाओं या गीतों की बुनियाद भी अंतस्तल की यही संवेदनशीलता है।

कविता के शिल्प को लेकर भी निशंक की स्पष्ट धारणा है। वे इस तथ्य को बार-बार और विशेष रूप से रेखांकित करते हैं कि कलात्मक शिल्प-सौष्ठव के स्थान पर चिंतन की प्रखरता और विद्रोही तेवर पर बल देना चाहिए। माधुर्य के स्थान पर जीवन की विषमताओं को कविता के शिल्प में ढालते हुए, निशंक का लक्ष्य अपने पाठक को राष्ट्र और मानवता के प्रति समर्पित होने के लिए प्रेरित करना है। कहानी या उपन्यास रचते हुए भी निशंक की इंद्रधनुषी रंगों से अधिक 'देखे, महसूस किए और भोगे हुए ताप-संताप' की ओर दृष्टि रहती है। वे हमारे मनोरंजन या समय काटने के लिए नहीं लिखते या पाठकों को गुदगुदाने-सहलाने की भावना उतनी नहीं रखते, जितनी उन्हें पाठकों को रास्ता दिखाने और हौसला बढ़ाने की दरकार रहती है।

निशंक किसी असमंजस और ऊहा-पोह में पड़े कवि नहीं हैं। धर्म, भक्ति और अध्यात्म से भी उनका कोई सीधा नाता कविता के द्वारा नहीं हो सका है। कुछ कविताएँ हैं, जिनमें आप इन तीनों की झलक पा सकते हैं, किंतु विचारों की संश्लिष्टता यहाँ नहीं है। हाँ, कभी-कभी कविता के शिल्प में 'मुझे विधाता बनना है' में 'अप्प दीपो भव' सरीखे भाव आ जाते हैं—आज मैं त्रिकाल बन सृष्टि की रचना करूँगा। ...किंतु मैं खुद के भरोसे राह को अपनी बनाता, तिमिर को भी फाड़ सकता, सूर्य बन मैं ही बिखरता। वे अपनी परिस्थिति की विडंबना और वातावरण की विलक्षणता को अभिव्यक्त करने के लिए लिखते हैं।

किसी कथाकार ने कहानी की रचना प्रक्रिया को 'वेडिंग थ्रू' कहा है, अर्थात् एक-एक कदम पानी ठेलते हुए, किसी किनारे जा पहुँचने का प्रयत्न। निशंक जब केदारनाथ की त्रासदी पर लिखते हैं तो यह भी तो आलंकारिक और अभिधा दोनों प्रकार से पानी में हाथ-पैर मारना ही रहा। 'गहरे पानी पैठ' की बात कवि ने किसी अन्य संदर्भ में की थी, पर यहाँ तो लेखन प्रक्रिया के लिए एक सूत्र ही बन जाता है। आलोचक इसे संस्मरण, रिपोर्ताज, रेखाचित्र, यात्रा-वृत्तांत, रोजनामचा, डायरी या कहानी कुछ भी कहे। रचना प्रक्रिया की युक्ति को नहीं पकड़ा जा सकेगा। दुःखी तो लेखक भी खूब रहा होगा। एक तरफ धर्म और दूसरी तरफ कर्म, राजनीति और न-जाने कितने उत्तरदायित्व! इन सबके बीच कलम के साथ जुट जाना, तलवार की धार पर दौड़ना नहीं तो और क्या है? 'भटकोन्माद' से खुद को बचाने के लिए निशंक का सारा ध्यान 'पाठक-मैत्री' पर रहता है। इसलिए कहानी को वर्णन-विवरण की भूल-भुलैया से वे बचकर निकाल ले जाते हैं।

साहित्य का उद्देश्य

निशंक ने अपने लेखन से साहित्य की समझ भी विकसित की है, उसे परिभाषित करते हुए, उसका जीवन में उद्देश्य भी रेखांकित किया है। उनका मानना है कि साहित्य मनुष्य को खंडित करनेवाली दृष्टियों से सदा विलग और सर्वोच्च होता है। वे साहित्य को समाज और मानव कल्याण के उस सजीव माध्यम के रूप में देखते हैं, जो आम आदमी के दुःख-दर्द को अभिव्यक्त करने का सबसे बड़ा माध्यम है। इसलिए निशंक के गीतों में 'सामान्य जन की आशा-आकांक्षा, निराशा तथा उसके संघर्ष को वाणी प्रदान करने की कोशिश' दिखाई देती है। साहित्यकार बार-बार कहते हैं कि जब दुनिया में कुछ भी निरुद्देश्य नहीं होता, तो भला साहित्य का कोई परम उद्देश्य क्यों न होगा! जीवन में 'सत्यम्, शिवम्, सुंदरम्' की स्थापना और रक्षा का दायित्व साहित्य का होता है, ऐसा बताया जाता है। प्रेमचंद ने 'साहित्य का उद्देश्य' (1936) व्याख्यान में साहित्य को अन्य अनेक विद्वानों के समान 'जीवन की आलोचना' (Criticism of life) बताया है। देश-प्रेम और देशभक्ति की भावना का जन-जन में प्रवाह सुनिश्चित करने के लिए सौद्देश्य लेखन करते हुए, निशंक ने हिंदी साहित्य की उस संवेदना के विकास में अमित योगदान दिया है, जिसे आचार्य रामस्वरूप चतुर्वेदी ने 'मरजाद का चित्रण' कहा है और जिसका चित्रण करके ही हिंदी के बड़े रचनाकार अत्यंत जन-प्रिय हुए हैं। वस्तुतः गृहस्थी और परिवार के जीवन का चित्रण करते हुए निशंक ने कथा के माध्यम से जो संसार

रचा है और अपनी भाषा-संस्कृति और समाज को सँजोकर प्रस्तुत किया है, वह अलग से अध्ययन का विषय है। उत्तराखंड की भाषा-बोली, सामाजिक व्यवस्था, धर्म और विश्वास, रूढ़ियाँ और रीति-रिवाज और चुनौतियाँ और समस्याएँ, निशंक के लिए वह आधारभूत सामग्री रही हैं, जिसको विविध पात्रों के रूप में प्राणवंत और जीवंत करके, उन्होंने अपने कथा-संसार का निर्माण वैसे ही किया है, जैसे ब्रिटिश अंग्रेजी में थॉमस हार्डी ने और भारतीय अंग्रेजी में आर के नारायण ने किया था। निशंक रेणु जैसे आँचलिक कथाकार भले न हों, किंतु उनकी अपने परिवेश और पर्यावरण पर एक पत्रकार सरीखी पकड़ केदारनाथ त्रासदी आदि पर रचित कथाओं और उपन्यासों में देखी-सराही जाती रही है। जीवन-मूल्यों के प्रति निशंक की आस्था इतनी प्रबल है और मानव चरित्र के शुक्ल पक्ष के प्रति झुकाव इतना नैसर्गिक है कि कोई रचना इनसे अछूती नहीं रहती।

> *संघर्ष और चुनौतियों से जो रिश्ता हमारे जीवन का है, वही रास्ता सार्थक साहित्य का भी है। प्रतिबद्धता की मशाल लिये निरंतर अन्याय व अँधेरे से जूझना इन दोनों का धर्म है। जीवन और साहित्य तभी सार्थक हैं, जब ये जनोन्मुखी और जनसरोकारी हों। लोकहित की भावना से अनुप्राणित हों। साहित्य की भी इसीलिए कलागत उपयोगिता ज्यादा है। यह हमारी सभ्यता, संस्कृति की पहचान ही नहीं, जीवन-मूल्यों की धड़कन भी है। इसी धड़कन ने मेरे अंदर आम आदमी की व्यथा-कथा से जुड़ने की छटपटाहट और उसकी आवाज बनने की अकुलाहट पैदा की। उसके अस्तित्व ही नहीं, अस्मिता की लड़ाई भी लड़ने का जोश भरा है। आत्मीय, सामाजिक रिश्ते व दायरों से लेकर परिवेश के लिए संवेदना जगाई है। यही पीड़ा समय-समय पर मेरी कहानियों में अभिव्यक्त भी होती आई है।*
>
> *मेरी साहित्य रचना का भी यही परम लक्ष्य और उद्देश्य है। अपनी कहानी में मैं साहित्य के इस धर्म को पूरी संवेदना, स्वच्छंदता और नैसर्गिकता से निभाने की भरसक कोशिश करता रहा हूँ। ताकि हर रचना जनोन्मुखी व जनसरोकारी हो, और पावन गंगा की अविरल जलधारा की तरह लोककल्याणकारी भी हो।*

उपरोक्त पंक्तियों की भूमि और पीठिका पर जब कोई रचना स्थापित होगी, तब उसकी पुश्त मजबूत होने की आशा की जा सकती है।

संवेदना

निशंक की तरह राजनीतिज्ञ होने के साथ-साथ, उत्तर प्रदेश के तीन बार विधान सभाध्यक्ष, पाँच बार विधायक और बंगाल के 20वें राज्यपाल रहे केसरीनाथ त्रिपाठी कवि भी हैं। वे अपने काव्य-संग्रह 'पर्वत ऐसी रात' के समर्पण में लिखते हैं कि 'कविता संवेदनशील मन की प्रतिक्रियाओं की अभिव्यक्ति है।' 'अपनी बात' के द्वारा निशंक ने यह भी स्पष्ट कर दिया है कि उनकी रचनात्मकता-सारी कहानियाँ, कविताएँ, उपन्यास इन्हीं सामाजिक मूल्यों और लोक-जीवन की संवेदनाओं से उपजे हैं। एक प्रकार से 'संवेदना' निशंक का मनचीता शब्द है। साहित्य और संवेदना को साथ-साथ व्याख्यायित करना बहुत कठिन है। हिंदी की प्रकृति और संवेदना का मूल प्राण तत्त्व है—परिवार और उसकी मर्यादा। जो भी रचनाकार इस धुरी को पकड़े रखता है, वह निश्चय ही साहित्य का ध्वजवाहक हो जाता है। इस तथ्य को आत्मसात् करके रचना करना, निशंक को उल्लेखनीय बनाता है।

> *संवेदना साहित्य का 'मूल आधार' ही नहीं, 'आत्मा' भी है। जैसे उर्वरता बिना धरती 'बाँझ' है, वैसे ही संवेदना बगैर साहित्य निष्प्राण होता है। यही संवेदनशीलता हमें मानवीय मूल्यों एवं मानवीय रिश्तों से जोड़ती है और जीवन को उसकी समग्रता में अनुभव कराती है। साहित्य इसी वेदना, संवेदना, अनुभूति और अनुभवों से अनुप्राणित होता आया है। यही संवेदना साहित्य को सजग एवं सार्थक बनाती है। जीवन-मूल्यों के लिए, मेरे अंदर की छटपटाहट इसी संवेदना की देन है। यही संवेदना मुझे जन-जन से जोड़ती आई है, उनका सहयोगी और सहभागी बनाती आई है। मेरी रचनाओं का संबल और शक्ति यही जन-चेतना रही है। मुझे जनोन्मुखी एवं जन सरोकारी रचनाओं के लिए यही संवेदना प्रेरित करती रही है। इसे ही मैं सच्चे साहित्य की सार्थकता मानता हूँ और इसी को समर्पित हूँ।*

स्वभाषा और संस्कृति की मूलभूत संवेदना को धारण किए हुए, कोई रचनाकार जब साहित्य रचना की ओर अग्रसर होता है तो उसके समक्ष मार्ग स्वतः ही प्रशस्त हो जाता है। निशंक की प्रखरता और लेखन-प्रचुरता का एक कारण उनकी साहित्य के उद्देश्य के विषय में दृष्टिकोण की स्पष्टता भी है। वे जीवन को साहित्य से जोड़ते हैं। सुदामा पांडेय 'धूमिल' ने एक बार कहा था कि कविता घेराव में किसी बौखलाए आदमी का संक्षिप्त एकालाप है, इसके विपरीत निशंक अपनी कविता में अपनी

बात कहते हुए, न तो बौखलाते हैं और न ही उनका यह एकालाप है। वे कविता के माध्यम से पाठकों से सीधे संवाद करते हैं। उनके लिए कविता किसी 'हथियार' का नाम है तो वह हथियार कलम के सिवा कुछ भी नहीं। कविता उनके लिए गंगा है, संवेदना को व्यक्त करने का अप्रतिम साधन है। निशंक का संपूर्ण काव्य-व्यक्तित्व उन्हीं के शब्दों में 'देश हम जलने न देंगे' काव्य-संग्रह की 'अपनी बात' के रूप में लिखी गई को सीधे संबोधित कविता में देखा जा सकता है।

पाठकगण

आशा-निराशा के बीच जूझता थपेड़े खाता रहा,
कभी छल-कपट तो कभी स्वार्थांधता के साथ-साथ
असहिष्णुता से टकराता रहा।
और करता रहा संघर्ष
संघर्ष सिर्फ संघर्ष के लिए नहीं
और इन्हीं संघर्षों आक्रोशजन्य विद्रोह
और चुनौती के प्रश्न उठा रहा है
यह 'देश हम जलने न देंगे' कविता-संग्रह।

भूमिका की तर्ज पर जब निशंक अंग्रेजी आदि भाषाओं में अपनी पुस्तकों में कभी 'परिचय', 'प्रस्तावना' या हिंदी में 'लेखकीय' आदि लिखते हैं तो वे कभी आत्मीय होकर अपने जीवन-संघर्ष की झलक देते हैं और कभी अपने प्रेरणास्पदों के प्रति आभार व्यक्त करते हैं। प्रखर राष्ट्रभक्त एकात्म मानववाद के प्रणेता 'पं. दीनदयाल उपाध्याय' पुस्तक के 'लेखकीय' में निशंक अपनी इस पुस्तक का 'मूल मंतव्य और परम उद्‌देश्य' निम्नवत प्रस्तुत करते हैं—

> आज जरूरत उनका सच्चा उत्तराधिकारी बनकर उनका ऋण चुकाने का है, उनके खून-पसीने की एक-एक बूँद को माथे का चंदन बनाकर 'ध्येय पथ' पर आगे बढ़ने का है, उनके भारतीय पुनर्निर्माण के सपने को साकार करने का है। आइए, हम सब मिलकर आज उनकी पावन जन्म शताब्दी पर अंतर्मन से यह संकल्प लें और अतीत के गौरवशाली भारत की नींव पर 'आधुनिकतम भारत' का भव्य भवन खड़ा करने को तन-मन से जुट जाएँ।

कवि निशंक ने गद्य के निकष पर भी अपने लेखन कर्म को प्रस्तुत किया है। कथाकार के रूप में अपने आप को स्थापित किया है। यहाँ इन भूमिकाओं के आलोक में यह जोड़ देना, मुझे प्रीतिकर लग रहा है कि कथा-लेखन में केवल

मनोरंजन या छिछोरी मांसलता और सेक्सी प्रेम-प्रसंगों (मजा लेकर यथार्थ का चित्रण) का यहाँ कोई स्थान नहीं है। अपनी बात के माध्यम से यह स्पष्ट किया जाता रहा है कि उन्होंने भारतीय संस्कृति और समाज के सामंजस्य का प्रशिक्षण भारतीय परिवार व्यवस्था से लिया है। समस्त वसुधा को परिवार मानने की सीख निशंक की देशवत्सलता का विस्तार है। सामाजिक, सांस्कृतिक, राजनीतिक यथार्थ को उत्तराखंड की पृष्ठभूमि में प्रस्तुत करते हुए, वे कभी कोई 'गंदे चित्र उघाड़ने' की चेष्टा नहीं करते। भारत के गौरवशाली अतीत के धरातल पर निशंक समकालीन यथार्थ को उकेरते हैं। कल्पित और रोचक किस्से गढ़कर सतही मनोरंजन न कर यह साहित्य आदर्श और यथार्थ, घटना और अनुभूति का संतुलन प्रस्तुत करते हैं। इसलिए इन विविध भूमिकाओं का संज्ञान लेना आवश्यक है, क्योंकि निशंक पाठक के लिए जितना सहज हैं, आलोचक-समीक्षक-शोधार्थी के लिए उतना ही असहज और कठिन हो जाते हैं। निशंक अपनी रचना-प्रक्रिया में भाषा प्रयोग की कलाबाजियों और क्लिष्टता को स्पष्टता और सरलता के रंदे से घिसकर सहज बना देते हैं। रचना के क्षण में वे पाठक के करीब होते हैं और आलोचक से दूर। यह स्पष्ट है कि कोई भी रचनाकार, आलोचक और समीक्षक के लिए नहीं लिखता और यदि इन तथाकथित विद्वानों को लेखक की रचनात्मकता और साहित्यिकता में तालमेल दिखाई नहीं देता तो वह उसके लिए कदापि उत्तरदायी नहीं ठहराया जा सकता। इसलिए 'अपनी बात' में वे यदि आलोचक से कुछ कहते हैं तो भी उसे पाठक मानकर। आलोचक (कीट क्रिटिक) का यदि प्रयोजन फिर भी सिद्ध नहीं होता तो वह जाने और उसका काम।

भूमिकाओं के इस क्रम में अब रमेश पोखरियाल 'निशंक' की पुस्तकों में विभिन्न विद्वानों द्वारा लिखी गई भूमिकाओं को भी देखा जाए। निशंक की प्रथम पुस्तक 'समर्पण' की भूमिका डॉ. नंद किशोर ढौंडियाल 'अरुण' ने लिखी थी। डॉ. योगेंद्र नाथ शर्मा 'अरुण' से लेकर अनेक विद्वानों ने निशंक की पुस्तकों की भूमिकाएँ लिखी हैं। यदि डॉ. सुधा रानी पांडे, निशंक को कवि पहले और राजनेता बाद में मानती हैं, तो डॉ. श्यामधर तिवारी 'निशंक' की काव्य-यात्रा में 'समर्पण' की समर्पित भावना, 'नवांकुर' की नव-चेतना, 'मुझे विधाता बनना है' की सामाजिक चुनौती, 'तुम भी मेरे साथ चलो' की समष्टि संपृक्तता देखते हैं, जो अब 'देश हम जलने न देंगे' के आक्रोशजन्य विद्रोही एवं चुनौती भरे तेवर के माध्यम से हमारी सुप्त चेतना को उद्‌बुद्ध कर रही है। इन अनेक विद्वानों के मत-

अभिमत को भी यथासंभव देखा जाना चाहिए।

प्रख्यात आलोचक सेमुअल जॉनसन (1709–1784) ने नाटककार विलियम शेक्सपीयर के कृतित्व की भूमिका 'प्रीफेस टु शेक्सपीयर' लिखकर विश्व आलोचना के क्षेत्र में अभूतपूर्व कार्य किया था। सेमुअल जॉनसन ने इस महान् नाटककार के लिए जैसा लेखन किया, वैसा ही कार्य डॉ. योगेंद्र नाथ शर्मा 'अरुण' ने निशंक के लिए किया है। हिंदी के वरिष्ठ रचनाकार, जैन-दर्शन मर्मज्ञ, निष्पक्ष समीक्षक, आशु-कवि और प्रखर वक्ता के रूप में नाम कमाने के साथ ही, डॉ. अरुण ने अपनी अरुणिम आभा से न-जाने कितने मुकुल खिला दिए। जो आभा निशंक के साहित्यिक व्यक्तित्व और कृतित्व की आपने उजागर की, उसका कोई सानी नहीं। 'महावीर' का प्रसाद जब किसी 'गुप्त' को प्राप्त हो जाता है, तो वह मूल्यवान ही नहीं अमूल्य हो जाता है ('गुप्त' नहीं रहता)। डॉ. अरुण ने निशंक की कई पुस्तकों की सदाशयतापूर्वक भूमिकाएँ लिखी हैं। उनके उपन्यासों पर शोध-पूर्ण पुस्तकाकार लेखन किया है। निशंक के साहित्यिक और सृजनात्मक लेखन पर भारतीय समीक्षकों और वरिष्ठ आचार्यों द्वारा समय-समय पर लिखे गए, मूल्यांकनपरक शोध-लेखों को एकत्र करके कई पुस्तकों का संपादन किया है। डॉ. अरुण का उद्देश्य निशंक के रचनात्मक व्यक्तित्व के विविध पहलुओं को हिंदी-जगत् के समक्ष रखना रहा है, जिससे भविष्य के शोधकर्ता और विद्वान् पाठक निशंक की साहित्यिक देन का विभिन्न दृष्टियों से स्वयं मूल्यांकन कर सकें।

> *निशंक राजनीति के साथ-साथ साहित्य के क्षेत्र में भी अत्यंत सफल और लोकप्रिय हुए हैं। ईश्वर ने निशंक को बहुआयामी रचना प्रतिभा प्रदान की है। जहाँ वे कवि के रूप में 'राष्ट्रवादी चिंतन' को सशक्त अभिव्यक्ति देते हैं, वहीं उनके उपन्यासों में पर्वतीय जीवन की इंद्रधनुषी झाँकियाँ देखकर पाठक का मन आह्लाद से भर उठता है। कहानीकार के रूप में निशंक अपने आसपास बिखरे अनुभवों को शब्दों में गूँथ-गूँथकर, मनोहारी अभिव्यक्ति देकर पाठक का मन मोह लेते हैं।*

डॉ. अरुण ने 'कथाकार 'निशंक' के उपन्यासों में जीवन-मूल्य' शीर्षक से शोध-पूर्ण ग्रंथ के लेखन के पश्चात् इसकी भूमिका (अपनी बात) में कहा है—

> मेरा स्पष्ट मानना है कि जीवन-मूल्यों के सार्थक और सजीव चित्रण से ही साहित्यकार की रचना, कालजयी और दीर्घजीवी हो पाती है। मेरा तो

निष्कर्ष यही है कि कथाकार के रूप में रमेश पोखरियाल 'निशंक' निश्चय ही जीवन-मूल्यों को साथ लेकर चले हैं और उच्चतर जीवन-मूल्यों, जैसे—त्याग, समर्पण, सहिष्णुता, सहयोग, राष्ट्र-प्रेम, कर्तव्य-बोध, पारस्परिक सहयोग एवं वैयक्तिक निष्ठा आदि का सजीव चित्रण उनके सभी पात्रों में हुआ है।

हिंदी साहित्य निकेतन से प्रकाशित तीन संपादित शोध-ग्रंथ यथा—'निशंक के उपन्यासों में जीवन-दर्शन', 'निशंक की कहानियों में मानवीय संवेदना' और 'निशंक के काव्य में इंद्रधनुषी चिंतन' हिंदी के विद्वान् समीक्षकों द्वारा निशंक की विभिन्न कृतियों पर एक-एक समीक्षात्मक आलेख लिखवाकर प्रस्तुत की गई हैं। लगभग 35 शोध-पत्रों में कवि और कथाकार के विपुल लेखन का विवेचन-विश्लेषण तो है ही, भविष्य के शोधार्थी-वर्ग के लिए साहित्यकार के अवदान का मूल्यांकन करने की दिशा संकेत भी है। इन पुस्तकों के आलेखों के पाठ के द्वारा कोई भी डॉ. 'निशंक' को मानवीय संवेदनाओं का कुशल शिल्पी कहेगा। डॉ. अरुण की भूमिकाओं के साथ ही अन्य विद्वानों की भूमिकाएँ भी उल्लेखनीय हैं। स्थानाभाव के कारण यदि एक-दो को ही यहाँ प्रस्तुत करना हो तो डॉ. श्यामधर तिवारी द्वारा लिखित भूमिकाएँ निशंक के कवि रूप का परिचय देती हैं। 'मातृभूमि के लिए' काव्य-संग्रह की भूमिका का एक अंश देखें—

> "निशंक की कविताओं में पांडित्य का प्रदर्शन नहीं, हृदय के निश्छल उद्‌गार हैं। शब्दाडंबर नहीं, भावों का अकृत्रिम भंडार है। व्यक्ति से अंधभक्ति नहीं, वरन राष्ट्रभक्ति की पुकार है। विश्वास है कि इस कवि की राष्ट्रभक्ति, देश-प्रेम, स्वाधीनता, स्वातंत्र्य चेतना, धार्मिक चेतना एवं संगठन, सांस्कृतिक एवं सामाजिक सद्‌भाव आदि से ओत-प्रोत कविताएँ राष्ट्रीय चेतना से संपृक्त हैं।"

'देश हम जलने न देंगे' में डॉ. तिवारी अपनी बात को आगे बढ़ाते हैं—

"कवि 'निशंक' का काव्य स्वयं में युगसाक्षी है। आज के बदलते जीवन-प्रतिमान और मानव-मूल्यों के संदर्भ में 'निशंक' जी की कविताएँ, मनुष्य-मात्र को आशामय जीवन की ओर अग्रसर होने के लिए प्रेरणा प्रदान करती हैं।"

निशंक की कविता की समीक्षा करते हुए, डॉ. सुधा रानी पांडेय ने 'संघर्ष जारी है' कविता-संग्रह में उनके शिक्षक, प्राचार्य और उसके बाद राजनेता के

व्यक्तित्व के रूप पर कवि-रूप को प्रधानता दी है, क्योंकि वे एक संवेदनशील साहित्यकार हैं। डॉ. पांडेय के अनुसार, "अपनी धरती के लोग, धरती का जीवन, धरती का वैभव और उसकी विभुमय भारत के लिए अपनी प्राणात्मा का सर्वस्व समर्पण 'निशंक' की कविता का मूल स्वर है।" वे स्पष्ट करते हुए लिखती हैं—

'निशंक' कवि पहले हैं, राजनेता बाद में ऐसा मेरा अभिमत है।...वे कविता द्वारा बेहतर समाज का निर्माण करना चाहते हैं, श्रेष्ठ मानवत्व का संदेश देना चाहते हैं। 'निशंक' यशस्वी कवि हैं और कविता उनका जीवन है, बाह्य जीवन के कोलाहल, अस्त-व्यस्त परिवेश से परे वे जिस शाश्वत जगत् के अवगाहन में निरंतर मग्न हैं, वह उनकी कालजयी उपलब्धि है। 'भारतीय वैभव और भारतीय संस्कृति के उद्‌गाता के साकार रूप' कवि कब, किस क्षण में, कहाँ, कौन से पल अचानक कौंधते हैं और कवि उन्हें शब्दों में बाँध देते हैं।

कहना न होगा कि ये सब विद्वान् पाठक निशंक की रचना की आलोचना करने के लिए किसी पुस्तक विशेष को नहीं उठाते हैं। वे रचना और आलोचना के बीच की कड़ी को नहीं छोड़ते। यह कड़ी है—आस्वाद। रचना-विशेष के गुण-ग्राहक बनकर उस तक जाते हैं और तब लिखते हैं। आस्वादक आलोचक के रूप में लिखे गए, इनके आलेख तभी तो बार-बार पढ़ने योग्य कहे जाते हैं। गनीमत है कि इन आलोचकों में किसी तरह की रंजिश, आक्रोश और बाल की खाल निकालने की प्रवृत्ति नहीं है। ये स्वयं भी उदार-मना है।

उदात्तता

यदि कोई कहे कि रमेश पोखरियाल 'निशंक' के नयनाभिराम व्यक्तित्व में महाकाव्योचित उदात्तता है तो कोई दूसरा प्रश्न कर सकता है—आपको क्या पता? प्रो. दिलीप सिंह ने 'कविता पाठ विमर्श' पर आधिकारिक पुस्तक में एक बड़े मार्के की बात कही है—यदि कवि में खुद संस्कार न हों तो वह अपने पाठकों में कैसे और क्या संस्कार भर सकेगा? कवि अपने प्रति, अपने समाज के प्रति, प्रकृति और परिंदों के प्रति जितना ही उदार होता है, उसकी कविता में उतना ही लोच आता है। कवि के जीवन, विचारधारा और कार्य-प्रणाली के कुछ निशान रचना में अनायास ही आ जाते हैं और जिनको चिह्नित करना या पाठक द्वारा पहचान लिया जाना आनंदकारी होगा। निशंक की जीवन-दृष्टि पर उनकी रचनाओं के माध्यम से जिन विद्वानों और आम पाठकों की दृष्टि गई है, वे उनकी 'साहित्य के प्रति अंतरंगता' (डॉ. बटरोही) और 'सांस्कृतिक जीवंतता' (डॉ. पोखरिया) से

अतिशय प्रभावित हुए हैं। प्रो. हरिमोहन उनके दृष्टिकोण और लेखन की सहजता को रेखांकित करते हैं। किसी भी व्यक्तित्व के निर्माण में अनेक परिस्थितियों का योगदान होता है। अंग्रेजी में एक कहावत है—स्टाइल इज द मैन—जैसा जो आदमी, वैसी उसकी शैली। जीवन-शैली बदलते ही लेखन-शैली बदल जाती है। पर ऐसे कितने खुशनसीब होते हैं, जो किसी कृति को पढ़ने के साथ-साथ उसके कृतिकार को भी जानते-पहचानते हों? इसकी कोई विशेष आवश्यकता भी नहीं, क्योंकि कुछ कृतियों के पाठ के बाद पाठक के मन पर लेखक की एक छवि बन ही जाती है। किंतु निशंक को जाननेवाले एक ओर तो निशंक का राजनेता के रूप में सरल-सौम्य व्यक्तित्व देखते हैं, दूसरी ओर अपने लेखन और संस्कारों से उन्होंने जो एक साहित्यिक व्यक्तित्व गढ़ा है, उससे प्रभावित होते हैं। यह उनका साहित्यिक व्यक्तित्व है, जो राजनीतिक व्यक्तित्व से प्रभावित भी होता है और उसे प्रभावित भी करता है। किसी पर निशंकजी की सहृदयता और जीवंतता की छाप पड़ती है तो किसी पर उनकी संतुलित दृष्टि और प्रभावशाली जीवन-शैली का सिक्का जम जाता है। प्रो. ऋषभ देव शर्मा ने अपने एक आलेख 'निशंक की उदात्त मूल्यदृष्टि' और 'कृतघ्न' में निशंक के अपनी जमीन से जुड़े रहने के कारण और तमाम उपलब्धियों के बावजूद अपने निरभिमान, सहज, स्वभावी, पारदर्शी व्यक्तित्व को बचाकर रखनेवाला कहा है। यही नहीं, वे उनके इस व्यक्तित्व में एक विशेष प्रकार की उदारता और उदात्तता भी देखते हैं।

प्रमुख पाश्चात्य काव्य-शास्त्री लोंजाइनस की मान्यता है कि किसी साहित्यिक कृति में उदात्त तत्त्व का अवतरण तभी संभव है, जबकि उसके रचनाकार के अपने जीवन और व्यक्तित्व में औदात्य विद्यमान हो। यह उक्ति निशंक के व्यक्तित्व और कृतित्व पर पूरी तरह लागू होती है। अर्थात् उनके व्यक्तित्व में विद्यमान औदार्य और औदात्य ही उनके कृतित्व में उदात्त तत्त्व के रूप में प्रतिबिंबित होता है।

पाश्चात्य आलोचना में लोंजाइनस की 'पेरि हुप्सस', जिसे उसके अंग्रेजी अनुवाद 'ऑन द सब्लाइम' (उदात्त पर) से जाना जाता है और जिसे सत्रहवीं शताब्दी तक कोई जानता ही न था, उसके विपरीत भारतीय काव्य-शास्त्र की एक अटूट शृंखला रही है। डॉ. शर्मा के पाश्चात्य काव्य-शास्त्री द्वारा सुविचारित इस वक्तव्य के आधार पर निशंक के व्यक्तित्व पर उनके विचार पढ़ते-पढ़ते, मुझे अपने देश के काव्य-शास्त्री राजशेखर के 'काव्य-पुरुष' का स्मरण हो आता है। राजशेखर ने 'काव्य-मीमांसा' में काव्य-पुरुष का रूप बताते हुए कहा था, "तू सम, प्रसन्न, मधुर,

उदार और ओजस्वी है। तेरी वाणी उत्कृष्ट है···" आदि। भारतीय मनीषा के इस मनीषी के विचारों के आधार पर भी रमेश पोखरियाल 'निशंक' के व्यक्तित्व को देखा-परखा जा सकता है। अतिशयोक्ति गुणयुक्त राजशेखर के इस विचार में साहित्यकार और साहित्य अध्ययन की एक परिपाटी की ओर संकेत भर है। राजशेखर के काव्य-पुरुष की कसौटी पर निशंक और उनकी काव्य-प्रतिभा को देखा जा सकता है।

निशंक के व्यक्तित्व की इन विशेषताओं को देखकर उपनिषद् का एक पद स्मरण आता है—'एकं रूपं बहुधा य: करोति, तमात्मस्थं ये अनुपश्यंति धीरा: तेजां सुखं शाश्वतं नेतरेषाम'—जो विश्व में अपने को बहुत रूपों में प्रकट करता है, उस एक को अपने अंतर में स्थित समझनेवाले प्रशांतमना व्यक्तियों को शाश्वत सुख प्राप्त होता है, इसमें कोई संदेह नहीं। रमेश पोखरियाल के लेखन से प्राप्त चरित्र-सृष्टि की पृष्ठभूमि में उनकी ही तो आभा होगी?

शिक्षक निशंक

रमेश पोखरियाल मूलत: शिक्षक हैं। यह ठीक न होगा कि उनके शिक्षा और शिक्षक रूप को रेखांकित न किया जाए।

> *गुरु का धर्म सिर्फ शिक्षा ही नहीं, संस्कार और समाज को संबल देना भी है। गुरु सामाजिक ही नहीं है, तो हुआ करे विद्वान्! उसकी विद्वत्ता किस काम आएगी?··· जितना पढ़ना-लिखना जरूरी है, उतना ही हमें अपने से भी रखनी चाहिए। आखिर करना-धरना तो सब अपने ही हाथ में है। भगवान् ने बहुत बड़ी ताकत दे रखी है (छूट गया पड़ाव)।*

जीवन में सफलता प्राप्त करने के लिए शिक्षा का योगदान कितना है और होना चाहिए। निशंक ने अपने जीवन में शिक्षा को प्राथमिकता दी। स्वयं भी शिक्षा को अपने जीवन में अनुभूत करके दिखाया। यहाँ शिक्षा का व्यापक अर्थ है। पढ़ना भी और गुनना भी एक साथ चले। निशंक का लेखन वही 'गुनना' है। मानव संसाधन विकास मंत्रालय और अब शिक्षा मंत्रालय में केंद्रीय मंत्री के रूप में रमेश पोखरियाल 'निशंक' की जो सोच और विचार हैं, उनका विवेचन करना यहाँ न तो जरूरी है और न हो सकता है। यहाँ यह जोड़ देने में मैं तो कोई हर्ज नहीं देखता कि राष्ट्रीय शिक्षा नीति-2020 की पृष्ठभूमि में नहीं, बल्कि उसके निर्माण में अग्रणी भूमिका निभाते हुए, निशंक ने इसे नई ऊँचाइयों तक पहुँचाया है। वे यह मानते रहे हैं—

शिक्षा सबसे अच्छा उपहार है, जिसे हम अपनी पीढ़ियों को दे सकते हैं। गुणवत्तापूर्ण शिक्षा सबसे अच्छा निवेश है, जिसका भुगतान हमें आनेवाली पीढ़ियों के लाभांश के रूप में प्राप्त होगा। एन.ई.पी.-2020 इस परिवर्तन का शुभारंभ है। (हिंदी मिलाप, उन्नयन गाथा, 5-8-2020)

निशंक के कवि और साहित्यकार रूप को उनके राजनीतिक और सामाजिक संघर्ष ने धार भी दी है और सुधार भी दिया है। एक लाभ यह भी अनायास हो गया है कि उनकी पैठ और पहुँच यत्र-तत्र-सर्वत्र पहुँच गई। स्वामी विवेकानंद, ए.पी.जे. अब्दुल कलाम, अटल बिहारी वाजपेयी, और पं. दीनदयाल उपाध्याय आदि पर पुस्तकाकार लेखन करके निशंक ने साहित्येतर लेखन के प्रति भी अपनी विशेषज्ञता को प्रदर्शित किया है। इससे उनके प्रशंसकों का दायरा तो बढ़ा ही है, कुछ अयाचित और अप्रत्याशित प्रशंसा भी प्राप्त होती रही है। शोधोपाधि के लिए हिंदी के अनेक शोधार्थी निशंक के रचनाकर्म की विविधता से आकर्षित हुए हैं। राष्ट्रीय और अंतरराष्ट्रीय गोष्ठियों में निशंक के लेखन पर प्रस्तुत शोध-पत्रों की विविधता का प्रत्यक्षदर्शी होने के नाते मैं कह सकता हूँ कि निशंक की रचनाएँ मानवता और मानवीयता का सहज पाठ हैं। निशंक के लेखन पर डॉ. ए.पी.जे. अब्दुल कलाम की निम्नलिखित टिप्पणी दृष्टव्य है—

हिंदी साहित्यकारों में रमेश पोखरियाल 'निशंक' ने देदीप्यमान नक्षत्र की तरह अपनी उपस्थिति दर्ज की है। 'निशंक' की निरंतर अबाध गति से चली आ रही, साहित्य-यात्रा हिंदी की समृद्धि और श्रीवृद्धि कर एक नया आयाम स्थापित करेगी। ऐसी रचनाएँ लोगों में देशभक्ति का जज्बा पैदा करती हैं। सामाजिक क्षेत्र में सक्रिय रहनेवाले निशंक का अब तक डेढ़ दर्जन से भी अधिक पुस्तकों का प्रकाशन उनकी प्रखरता, संकल्पशीलता, रचनाधर्मिता, तथा संवेदनशीलता का प्रमाण देती है। निश्चित ही 'निशंक' ने ऐसी कृतियों की रचना कर राष्ट्र का गौरव बढ़ाया है।

और कवि-राजनेता भारतरत्न पूर्व प्रधानमंत्री अटल बिहारी वाजपेयी का स्नेह निशंक की बहुमूल्य उपलब्धि ही है—

सक्रिय राजनीति में रहते हुए भी जिस प्रखरता से निशंक साहित्य के क्षेत्र में लगातार संघर्षरत हैं, वह आम आदमी के बस की बात नहीं है। मुझे निशंक की संघर्षशीलता और दृढ़ इच्छाशक्ति पर पूर्ण विश्वास है कि वह अपने राजनैतिक जीवन की व्यस्तताओं के उपरांत भी अपनी

लेखनी के माध्यम से आम जनमानस की भावनाओं को उभारकर, समाज और देश के सामने ऐसे प्रश्न खड़े करते रहेंगे, जिनके उत्तर के लिए कभी-न-कभी जिम्मेदार व्यक्तियों को अपने कर्तव्यों का अहसास जरूर हो जाएगा।

अटल बिहारी वाजपेयी के इस आकलन के पाठ में एक तो अनौपचारिकता है और दूसरे हद दर्जे की वैचारिकता भी। एक कवि दूसरे कवि को और एक राजनेता दूसरे राजनेता को मानो आईना दिखा रहा है, वस्तु-स्थिति से परिचित कराते हुए, भविष्य के सोपानों की ओर दूरदृष्टितापूर्ण संकेत कर रहा है।

साहित्य के अनेक प्रभावों में से एक तो पाठक और रचना के आमने-सामने आने से पाठक पर पड़ता है, दूसरे पाठक और लेखक पर पड़ता है। उपरोक्त आलेख का आद्योपांत लेखन करने के पश्चात् मैं और इसका पाठ करने के पश्चात् आप निशंक को मेरी तरह से व्यक्तिगत रूप से न जानते हुए भी जानने का उपक्रम करते हुए, कह उठेंगे, "मित्र! आप कैसे हैं?" एक कवि और लेखक प्रत्यक्ष और परोक्ष दोनों तरह से प्रभावित करता चला जाता है। निशंक से आप साक्षात् कभी मिलेंगे भी, तो कुछ खास अवश्य मिलेगा। उनके द्वारा लिखित पाठ से जो 'पाठ' मिलता है, वह अधिक मूल्यवान है, जिसके लिए 'भूमिका' का होना और पढ़ा जाना सोने में सुहागा है। मैंने अनेक उद्धरणों को एकत्र करके उनके साथ कुछ विवेचन और विश्लेषण की चाशनी लगाकर, जो पाठ (टेक्स्ट) प्रस्तुत किया और जिसका आपने अब तक पारायण किया, वह उस दूसरी टेक्स्ट की भूमिका मात्र है, जिसे अब लिखा जाना है।

□

4

विजन और वैचारिकता

प्रत्येक साहित्यकार अपने लेखन के द्वारा एक ऐसे संसार का निर्माण भी करता है, जो होता तो नितांत उसका है, किंतु वह अपने पाठकों को उसमें प्रवेश की अनुमति देता है। उसका यह 'संसार' काल्पनिक अवश्य होता है, किंतु रचनाकार (कविरेव प्रजापति) उसे अपनी सृजनात्मकता के द्वारा इस प्रकार से रचता है कि पाठक के लिए वह आत्मीय हो जाता है। उस काल्पनिक संसार का निर्माण जिस चेतना के द्वारा होता है, उसे उस लेखक का 'विजन' भी कहा जा सकता है। सावधान पाठक और सहृदय आलोचक इस विजन को पहचानने लगते हैं। आलोचक इसको रेखांकित भी करते हैं। वे 'आलोचना के नए परिसर' (गोपेश्वर सिंह के शब्द) से उसे मुखरता भी प्रदान करते हैं। हिंदी आलोचना का एक मनचीता शब्द है—दृष्टिकोण। इसे अंग्रेजी के 'पॉइंट ऑफ व्यू' का अनुवाद अथवा समकक्ष भी कहा जाता रहा है। अंग्रेजी आलोचक जॉन होलोवे ने ठीक ही कहा है कि हर आलोचना एक 'कोण-निर्धारित' (चार्टेड मिरर) है और किसी दृश्य को उद्भाषित करने के लिए रोशनी एक निश्चित कोण से ही डाली जाती है। इससे भले ही उस दृश्य का एक भाग छाया में पड़ जाए। (Illumination is always from a certain angle; and of a certain kind. It cannot easily throw something into relief, without throwing another into shadow. The Charted Mirror : Literary and Critical Essays 1960.)इस आधार पर निशंक के कृतित्व को देखने-परखने का मेरा दृष्टिकोण और नजरिया नितांत मेरा है, पर व्यक्तिगत नहीं। इसमें मेरे 'पाठ' का भी योगदान है। सबसे पहले तो इस पाठ की पृष्ठभूमि में जाकर, अनेक विद्वानों के लेखन से पाठ पढ़ने की लियाकत पैदा की जाए। कवि-आलोचक अरुण कमल 'कविता और समय' में विचार दृष्टि की उद्भावना पर प्रकाश डालते हुए लिखते हैं—

साहित्य और किसी सर्जनात्मक अभिव्यक्त को गहराई से समझने और समझाने के लिए एक विचार दृष्टि की आवश्यकता होती है। विजन या जीवन-दृष्टि फुटकर विचारों, विचारधारा तथा दर्शन से उच्चतर भूमि पर अवस्थित है। इसका अर्थ है, जीवन की संश्लिष्टता की प्रतीति, जीवन के अर्थ का बोध और उस तत्त्व का बोध, जो जीवन के प्रत्येक कालखंड में निरंतर विद्यमान होता है। छोटे लेखक के पास जीवन-दृष्टि नहीं होती। इसे हासिल करना पड़ता है। यह जीवन-दृष्टि उसकी समस्त रचनाओं को मिलाकर बनती है। विचार, विचारधारा, दर्शन सबके होते हैं, जबकि जीवन-दृष्टि केवल उस कवि की होती है, उसकी स्वअर्जित, निजी संपत्ति, एक मात्र निजी संपत्ति, जो पवित्र और अनुल्लंघनीय है। (उद्भावना)

(अरुण कमल : कविता और समय, 2002, पृष्ठ 234, वाणी प्रकाशन, दिल्ली)

कवि के विचारों के बाद अब एक ठेठ कथाकार और आलोचक के विचारों की पड़ताल की जाए। राजेंद्र यादव 'कहानी स्वरूप और संवेदना' में इस 'विजन' को इस प्रकार व्याख्यायित करते हैं—

झलकियों और झाँकियों से उठकर जब कथाकार जीवन को बहुमुखी और व्यापक संबंधों और संदर्भों में पाना चाहता है तो वह निरपेक्ष तटस्थ मशीन रह ही नहीं सकता। लेखन, मात्र चित्रण और अंकन ही तो नहीं, अपने आपको व्यक्ति और परिवेश के गतिशील संबंधों में ढाल देना है। अपने अनुभवों-संवेदनों और 'विजन' को, अर्थात् लेखकीय व्यक्तित्व को कथा की परिस्थितियों और पात्रों की जीवंत इकाइयों में रूपांतरित कर देना है। यह रूपांतरण सिर्फ सृजन का संतोष ही नहीं : जीवन के प्रति प्रतिज्ञाबद्ध होना है। कमिटमेंट है—अपने आत्म और शेष सृष्टि के संबंधों का कमिटमेंट।

(कहानी स्वरूप और संवेदना : राजेंद्र यादव, वाणी प्रकाशन, दिल्ली, 1988, पृष्ठ 118)

इनके कहने से यह स्पष्ट-सा हो जाता है कि एक तत्त्वान्वेषी साहित्यकार के लिए जीवन का ध्येय सत्य से साक्षात्कार होता है। वह अपनी रचनाओं के द्वारा जीवनपर्यंत यही कहता रहता है, 'सत्य कहहूँ लिखी कागद कोरे'। उसे 'आँखिन देखि' सत्य पर अगाध विश्वास होता है और वह जल में कुंभ और कुंभ में जल के भीतर-बाहर होने के तत्त्व को जानता ही नहीं, उसको अभिव्यक्त करते हुए

'तत्त्वदर्शी' कहलाता है। फ्रेंच कवि और साहित्यकार निकोलस आर्थर रिंबौड (1854-1891) ने कहा था कि वे कवि और साहित्यकार इसलिए बनना चाहते थे, क्योंकि साहित्यकार ही तत्त्वदर्शी होता है। वे बड़ी आसानी से यह कर सके, क्योंकि उन्होंने एक मंत्र को सिद्ध कर लिया था—मैं अन्य हूँ। (I am an other-Je est un autre.) इसे हम दूसरों के प्रति संवेदनशील होना कहते हैं। 'अहं ब्रह्मास्मि' का भाव भी तो यही है। तत्त्वदर्शी 'वसुधैव कुटुंबकम्' और 'सर्वे भवन्तु सुखिनः' का हामी हो जाता है। मानवता की रक्षा करना, उसे अपना उत्तरदायित्व लगने लगता है। दलित, दमित, शोषित और निर्बल का प्रतिनिधि होकर लिखना उसका स्वभाव हो जाता है। उसकी सोच का विस्तार हो जाता है। हिंदी के कवि कुँवर नारायण (1927-2017) ने अपनी डायरी में लिख छोड़ा है—

> साहित्य के लिए अकसर मुख्यधारा से हाशिए का चिंतन अधिक काम का तत्त्वदर्शी रहा है। मेरे लिए यह हाशिया कबीर का राम झरोखा रहा है। जहाँ से साहित्य दुनिया को 'देखता' है। यह झरोखा यथार्थ से पलायन नहीं है, यथार्थ की दबोच और चपेट से अपने को बचाकर यथार्थ अवलोकन की एक युक्ति है। (कुँवर नारायण, 2012 : 135-136)

'यथार्थ की दबोच और चपेट से अपने को बचाकर यथार्थ अवलोकन की एक युक्ति' के रूप में तत्त्वान्वेषण करना कोई 'खाला का घर' नहीं है! इसके लिए अन्वेषी की दृष्टि ही नहीं, पुख्ता दृष्टिकोण भी होना चाहिए। जीवन के एक पक्ष को लेकर नहीं, बल्कि उसे समग्रता से देखते हुए, एक संतुलित दृष्टिकोण का निर्माण करते हुए, उसको सर्जनात्मक रूप से निरंतर प्रस्तुत करते रहना चाहिए।

कवि-कथाकार रमेश पोखरियाल 'निशंक' को तत्त्वदर्शी निशंक कहकर पुकारना तब उचित प्रतीत हुआ, जब मैंने उनके कृतित्व का यथाशक्ति पारायण किया और ज्ञात हुआ कि इस 'टेक्स्ट' में आत्म-प्रकाशन और आत्माभिव्यक्ति की चाह से उपजा गान मात्र नहीं है, अपितु प्रारंभ से ही 'देश-निर्माण के लिए' एक विशेष 'समर्पण' रहा है। देश-प्रेम से राष्ट्रीयता और राष्ट्रीयता से सांस्कृतिक चेतना और सांस्कृतिक चेतना से जनकल्याण की भावना का विस्तार, निशंक के कृतित्व में देखा जा सकता है। कविता ही नहीं, निशंक की रचना-धर्मिता में गद्य का संपूर्ण वैविध्य-कथासाहित्य उपन्यास, कहानी, जीवनी, यात्रा-संस्मरण, पत्रकारिता आदि एक साथ चलते हैं। बकौल अज्ञेय कविता ही कवि का परम व्यक्तित्व है, फिर भी वह गद्य का आश्रय लेकर 'आत्म-स्पष्टीकरण' करने से नहीं चूकता। निशंक

में भी कवि-कर्म यूँ तो अधिक गतिशील दिखाई देता है, किंतु डूबकर लिखनेवाला यह कवि आम आदमी को अपने कथा-संसार में खासुल-खास बनाकर, कथाकार के रूप में भी इस प्रकार प्रभावित करता है कि उसके प्रति आत्मीयता, विश्वास, आस्था, प्रेम और सद्भाव पैदा हो जाता है।

इन अनेक कविताओं, कहानियों, उपन्यासों आदि को मिलकर देखा जाएगा तो एक विशद जीवन-दृष्टि और विजन भी मिलेगा। सरलीकरण के प्रति कवि का आकर्षण प्रबल है। निशंक का अनुभव जगत् भिन्न है। उनकी कहानी की रचना प्रक्रिया भी सरल है। वे बिल्कुल अलग तरह के कहानीकार हैं। शिल्प के बल पर नहीं, बल्कि सहज भाव के द्वारा उन्होंने अपना एक स्तर बनाए रखा है। भावुकता के स्तर पर इन कहानियों में इतनी गहराई नहीं, जितनी नग्न और अनुभूत यथार्थ के चित्रण की क्षमता है। निशंक की कहानियों की भाषा, उनकी संवेदना, उनकी पात्र संरचना और विस्तार तथा गहराई उनकी अपनी है। यहाँ न किसी की नकल है, न अनुकरण। कथन भंगिमा से आगे जाकर वे प्रभाव की अन्विति पर ध्यान देते हैं। निशंक की सामाजिक चेतना कितनी प्रखर है, यह आलोचना की पुस्तक पढ़ने से नहीं, बल्कि कहानियाँ पढ़ने से पता चलेगा।

इस आलेख के लेखक के रूप में मैं निशंक के द्वारा अनुभूत तत्त्व को इस रूप में संप्रेषित करने की चेष्टा मात्र कर सकता हूँ, कृतिकार की काया में प्रवेश नहीं कर सकता। यहाँ आपको सत्याभास प्राप्त होगा, जो निशंक के विपुल लेखन का स्थानापन्न तो क्या पासंग भर भी नहीं हो सकता।

निशंक के पाठ में निशंक की उपस्थिति

जिस मिकदार में निशंक लिखते हैं, उसे देख-सुनकर तो यही लगता है कि अनेक रातें उन्होंने कथाकार के रूप में अपने किरदारों के साथ बिताई हैं और बिताते हैं। यदि मैं निशंक का साक्षात्कार लेता तो अवश्य पूछता कि आपकी रचना-प्रक्रिया क्या है? आलोचक हो या पाठक, वह रचना के निर्माण में हुए 'लेबर पेन' को न देखकर केवल 'डिलीवरी' को देखता है। रचना के गुण-दोषों का विवेचन करते समय, रचना के पीछे लुक-छिप गई या लुका-छिपा दी गई प्रक्रिया और काटा-पीटी पर न तो पाठक की और न समीक्षक की दृष्टि जाती है। निशंक की रचनाओं को पढ़ने का अनुभव कुछ और रहा, किंतु जब उसका विश्लेषण करने बैठा हूँ, मुझे किलोग्राम-मीटर के युग में अपने सेर-गज के ज्ञान के कारण संकोच हो रहा है। फिर मैं किसी भारतीय परिसर का अनुचर भी तो नहीं! इसलिए मेरा पाठ और

लेखन परिसरीयता के गुण से मुक्त और भिन्न है। महान् रूसी लेखक गोर्की ने कहा था कि लेखक प्राय: अपने देश का संवेदनशील प्रवक्ता होता है। वह अपने देशवासियों के लिए उनकी आँख, कान और मन-मस्तिष्क तो होता ही है, वह अपने समय का गंभीर उद्घोषक भी होता है। काल्पनिक कहकर जिन पात्रों की वह सृष्टि करता है, उनमें उसका दिल धड़कता अवश्य है। लेखन के द्वारा पात्रों को जीवन देना और जीवन देकर, उन्हें संस्कारित करना यही उपस्थिति है। कहा जाता है कि तुलसीदासजी रामचरितमानस में एक प्रसंग में 'विप्र' बनकर उपस्थित हो जाते हैं। चित्रकूट के घाट पर चंदन घिसने का प्रसंग सब जानते हैं। निशंक अपनी कविताओं में 'मैं' के रूप में बहुधा मिल जाते हैं। कवि कहता है, कहकर आप भी कई काव्य-पंक्तियों को रेखांकित कर सकते हैं।

मुझे पता नहीं कौन है दुश्मन
किससे प्यार रहा मेरा।
ये तेरा-मेरा सब मिथ्या
कण-कण में है मेरा डेरा।

पर क्या आप दावे के साथ कह सकते हैं कि उपरोक्त पंक्तियों में 'मैं' रमेश पोखरियाल 'निशंक' ही हैं? नहीं न? कविता के शिल्प में रची ये पंक्तियाँ वेदांत सार हैं। शंकराचार्य के अनुसार वेदांत का संदेश भी 'ब्रह्म सत्यम्, जगत् मिथ्या' और 'जिवो ब्रह्मेव नापराह' में सिमटा है। अर्थात् केवल ब्रह्म सत्य है, बाकी चीजें असत्य हैं और हर जीव में ईश्वर (ब्रह्म) का वास है। 'अहं ब्रह्मास्मि' और क्या है? 'अभी न होगा मेरा अंत' में निराला का 'मेरा' भी तो उसी व्यापक अर्थ का द्योतक है। अब एक उदाहरण 'प्रतिज्ञा' उपन्यास से लेते हैं। 'जड़ों से कटते, भटकते, संवेदनहीन' समाज से लड़ने के लिए तत्पर लोगों में से एक है—वीरू।

वीर सिंह उर्फ वीरू के सिर से बचपन में ही पिता का साया उठ गया, तो माँ भागुली देवी ने ही उसे बड़े जतन और जीवट से पाला। खुद निरक्षर होते हुए भी उसने उसे न सिर्फ पढ़ाया-लिखाया, बल्कि अनुशासन व संस्कारों की छत्रच्छाया का ही प्रताप था कि पिता के अनुशासन का अभाव होने पर भी व्यसनों और खुराफातों की छाया उसे छू तक न सकी थी। शहर जाकर भी उसे गाँव-शहर की इस बड़ी खाई ने और विचलित कर दिया।

यह वीरू के जनक को ही पता होगा कि वह कितना और कैसे उसका प्रतिरूप है। पाठक भी किसी पात्र से तभी तादात्म्य स्थापित कर पाता है, जब उसमें

उसे अपनी छवि भी दिखाई देने लगे या उसे वह पात्र जाना-पहचाना सा लगे। यह सच है कि वीरू और लेखक भिन्न हैं, पर यह भी सच है कि इन दोनों में जो संबंध है, वह इसलिए है, क्योंकि इसका रचनाकार, उसमें अपने जैसी कुछ विशेषताएँ आरोपित कर देता है। इसी प्रकार 'पल्लवी' उपन्यास यों तो पर्वतीय नारी के अदम्य चरित्र को आगे लाता है, फिर भी कथानायक ध्रुव पर पाठक की दृष्टि बार-बार जा ठहरती है। वह अनायास ही इस चरित्र में निशंक की छवि तलाशने लगता है और मानने लगता है कि हो-न-हो यह उपन्यासकार ही है, और कोई नहीं। यह पात्र कवि भी है और इसका लाभ उपन्यासकार ने यह उठाया है कि अपनी कई कविताएँ ध्रुव के द्वारा कहलवाई हैं। ये कविताएँ कवि की चिंतन दृष्टि को और भी अधिक मुखर करती हैं। इस तरह भी निशंक सीधे बिना लाग-लपेट के अपनी बात कभी-कभार कह देते हैं। समस्त कथा तो उनका आख्यान होता ही है।

इनसान भविष्य में जो करना चाहता है या जो बनना चाहता है, वह बहुत कुछ उसके जीवन-मूल्यों, सिद्धांतों पर निर्भर करता है, लेकिन वह लक्ष्य पाता है या नहीं, यह तो परिस्थितियों पर निर्भर करता है।

इस तर्ज पर अपनी एक कहानी में निशंक स्वयं पात्र बनकर कहते हैं, 'देखो रावत, बच्चों को अच्छे स्कूल में रखो, उनको पढ़ने का पूरा समय मिलना चाहिए। उनमें ऐसी प्रेरणा पैदा करो कि वे किसी दबाव में न पड़ें, अपितु उन्हें अपने भविष्य की स्वयं चिंता हो कि उन्हें क्या करना है, क्या बनना है!'

'कृतघ्न' उपन्यास का 'शालीन, सुसंस्कृत और पढ़ा-लिखा' अंबुज श्रीवास्तव निशंक (तहजीब सलीके की, इनसान करीने का) का प्रतिरूप तब हो जाता है, जब वह उनके व्यक्तिगत और सामाजिक जीवन-मूल्यों और आदर्शों को निकष पर कसने लगता है, स्वार्थ और परमार्थ के बीच, संतुलन की चेष्टा करने लगता है। अनेक कहानियों और उपन्यासों में पुरुष पात्रों की सृष्टि करते समय या कविताओं में 'मैं' को लेकर प्रस्तुति करते समय की रचनाकार की मनोस्थिति का वर्णन विश्लेषण किसी फ्रायड के लिए छोड़ देने पर भी पाठक की यह जिज्ञासा होना स्वाभाविक है कि कविता में जो पीड़ा-वेदना है और कथा-कहानी में प्रेम-विवाह आदि हैं, उनका आलंबन कौन हो सकता है। कुछ वर्षों बाद निशंक की आत्मकथा या प्रामाणिक जीवनी में ऐसी तमाम जिज्ञासाओं का समाधान हो सकेगा। जीवन-मूल्यों को केंद्र में रखकर तो विद्वानों ने पुस्तकाकार ग्रंथ ही निशंक पर लिख डाले हैं और इसमें कोई संदेह भी नहीं कि निशंक की भावना सद्मूल्यों की स्थापना में

सदा रही है। उद्धरणों का अतिरेक कर आपको आतंकित करने का विचार नहीं है, इन तमाम वक्तव्यों में निशंक के कथा संसार की व्यापक चेतना समाहित है, जिससे उनकी तत्त्वदर्शी दृष्टि की ओर संकेत मिलता है।

संस्कारित व्यक्तित्व

उपनिषदों के सार तत्त्व श्रीमद्भगवद्गीता में जीवन के दो आदर्श बताए गए हैं—आत्म-लाभ और लोक-संग्रह। निशंक को इस अर्थ में तत्त्वदर्शी कहा जा सकता है, क्योंकि वे एक ओर तो व्यक्तित्व विकास और आत्म-कल्याण के लिए साहित्य और साहित्येतर लेखन करते हैं। दूसरी ओर लोक में मर्यादा बनाए रखने के लिए लोक-संग्रह की भावना से रचनात्मक लेखन की ओर प्रवृत्ति होते हैं। रामचंद्र शुक्ल ने 'लोकमंगल' की अवधारणा पर 'चिंतामणि' में विस्तारपूर्वक विचार किया है। एक वाक्य में कहें तो सबकी चिंता और सबका कल्याण निशंक के लेखन का उद्देश्य है। 'छूट गया पड़ाव' उपन्यास से इस व्यापक दृष्टि का एक उदाहरण देखिए।

संवेदनाएँ खत्म हो गई हैं, इसलिए सहकार और सरोकार भी खत्म हो रहे हैं। दुनिया बस घर तक और अपने बच्चों तक सिमटकर रह गई है।

'अपना पराया' उपन्यास में इसी सोच पर प्रहार हुआ है। 'पहाड़ से ऊँचा' में डॉ. मोहन के चरित्र से भी यही ध्वनित होता है कि जिसने अपनी आत्मीयता का विस्तार नहीं किया, उसे स्थायी सुख नहीं मिल सकता। विश्वभाव मन में उत्पन्न करना ही होगा। मनुष्यता, मानवता और मनुजता जैसे शब्दों के प्रयोग के द्वारा व्याप्त निराशा, आक्रोश और तुच्छता पर प्रहार करके जीवनरूपी पथ में आगे बढ़ने के संघर्ष को व्यक्त करतीं, कविताओं में यही चेष्टा कवि की है कि बारूद के ढेर पर खड़ा दानव पुन: मानव बन जाए।

महाजनो येन गत: स पंथा।

अब इस व्यक्तित्व के निर्माण में प्रत्यक्ष या परोक्ष योगदान करनेवाले प्रेरणास्पद महापुरुषों पर रोशनी डाली जाए। स्वामी विवेकानंद से लेकर अटल बिहारी वाजपेयी तक पर पुस्तकाकार लेखन करके निशंक ने अपने पाठकों को प्रेरित किया है, क्योंकि उन्होंने इनसे पहले से ही और निरंतर प्रेरणा प्राप्त की है। 'संसार कायरों के लिए नहीं' के ब्लर्ब-2 के निशंक को 'सहृदय साहित्यकार' कहा गया है। सफल साहित्यकार, सफल राजनीतिज्ञ (प्रो. स्मरप्रिया मिश्र), जागरूक, संवेदनशील और जिम्मेदार नागरिक (डॉ. रवि शर्मा 'मधुप'), कुशल राजनीतिज्ञ और सच्चे साहित्य साधक (डॉ. अनिल शर्मा), जीवन-मूल्यों के साधक रचनाकार (डॉ. योगेंद्र नाथ

शर्मा 'अरुण'), व्युत्पन्न और संवेदना-संपन्न साहित्यकार (प्रो. हरि शंकर मिश्र), संवेदनशील राष्ट्रीय भावनाओं से ओतप्रोत कवि (प्रो. हरि मोहन), निरभिमान, सहज, स्वभावी, पारदर्शी व्यक्तित्व (प्रो. ऋषभ देव शर्मा) और राष्ट्रवादी चिंतन के प्रखर कवि (डॉ. बेचैन कंडियाल) आदि विशेषणों से सुशोभित कोई किसी को यों ही नहीं कर देता। इसके लिए जीवन भर तपस्या करनी होती है। स्फुट विचारों से नहीं विचारकों के सान्निध्य में ज्ञान और अनुभव प्राप्त करना होता है। काल्पनिक चेतना के स्थान पर 'प्रयत्नो-विधेय' का मंत्र सिद्ध करना होता है। जीवन-संग्राम में सिद्धि के पश्चात् आई प्रसिद्धि को सब देखते-सराहते हैं। पृष्ठभूमि पर यवनिका डाले रखा जाता है। निशंक की यह 'खरी कमाई' उन्हें विचारशील से विचारक बनाती चली गई है, जिसमें अनेक अन्य विचारशील व्यक्तित्वों का भी अनवरत योगदान रहा है।

निशंक की सर्व-समावेशी दृष्टि का परिचय उनकी रचनाओं से प्राप्त करनेवाला पाठक उन संपर्क-सूत्रों के प्रति सजग हो जाता है, जिनसे यह व्यक्तित्व बना है। राष्ट्रीयता की भावना के जन्म और विकास में देश की पराधीनता कभी एक महत्त्वपूर्ण कारक रहा है, किंतु स्वतंत्रता के पश्चात्, विभाजन के दंश के कारण, अखंड भारत के ध्येय को डॉ. श्यामाप्रसाद मुकर्जी जैसे नेताओं ने अपने प्राण उत्सर्ग करके प्रेरक के रूप में प्रस्तुत किया। नवोदित लेखक, कवि और साहित्यकार के रूप में तब के रमेश पोखरियाल ने 'निशंक' होकर अनुशासन की राष्ट्रीय धारा का स्वयंसेवक बनकर 'पाञ्चजन्य' के स्वर में अपना सुर मिलाया। राष्ट्रीयता के नवीन स्वरूप का प्रतिफलन निशंक के 'समर्पण' (1983) कविता-संग्रह के समर्पण में (पूत के पैर पालने में) 'आजीवन संघर्ष करनेवाले उन मातृ सपूतों' और 'पुण्य पवित्र भारत माँ' के पूज्य पादों में होता है। 'समय की चुनौतियों को स्वीकार करते हुए' निशंक लिखते हैं—

> समय की चुनौतियों को मेरी कविताओं ने स्वीकार किया है। अतः अंतस्थ से जाग्रत् इस पुकार को जनमानस तक पहुँचा सकूँ, इसी विश्वास के साथ मैंने अपने छिन्न-छिन्न पड़े, गीत व कविताओं को 'समर्पण' का रूप दिया। अपने पूर्वजों के आदर्शों पर चलकर, मेरा यह समर्पण राष्ट्र-निर्माण के लिए हर देशभक्त को त्याग व बलिदान के पाठ पर प्रेरित कर सके, इसी उद्देश्य से समय-समय के अनुभवों की सरल शब्दों में मेरी अभिव्यक्ति है।

'अपने पूर्वजों के आदर्श' में महात्मा गांधी और वीर सावरकर दोनों का शुमार

है। तुलसीदास और मैथिलीशरण गुप्त की भक्ति-भावना और राष्ट्रीय चेतना का सामंजस्य है। 'यही राष्ट्र है देश सभी का' जैसी कविताओं में देशभक्ति का एक ऐसा नवीन स्वर है, जिसमें पराधीनता की विवशता और दैन्य के स्थान पर परंपरित भारतीय पौराणिक गाथाओं की पृष्ठभूमि में—

भव्य पुरुष बन राष्ट्र खड़ा है, यह ब्रह्म ब्रह्मांड यही।
षड ऋतु जिसमें स्वर्ग हार है, वेद भूमि भू हार यही।

कवि निशंक स्वामी विवेकानंद, पं. दीनदयाल उपाध्याय और अटल बिहारी वाजपेयी से अत्यधिक प्रभावित रहे हैं तथा उनके समेकित व्यक्तित्व से जो रंग बनता है, वही निशंक की कविता का रंग है। तिरंगे के तीन रंगों-सा वैविध्य इस कविता में कहाँ से और कैसे आता है? गहरा केसरिया बाँकपन कहानियों और उपन्यासों में जहाँ से आता है। निशंक के लेखन में 'भारतीयता' का अंतर्निहित सागर हिलोरे ले रहा है। भारतीय संस्कृति यहाँ स्वयंभू और स्वतः गतिमान है। उस पर बाहरी प्रभाव न के बराबर है। तथाकथित 'गंगा-जमुनी' तहजीब का इतना भी प्रभाव नहीं दिखाई देता कि कोई गौण पात्र भी कहीं किसी कहानी या उपन्यास में आया हो, जो कोई सूक्ति परक बात कह दे। एकाध कविता में कोई गिनती का-सा स्वर आया भी है तो न तो उसको उद्धृत करने की आवश्यकता है और न उसके होने-न-होने से कोई अंतर पड़ेगा। निशंक की चिंता और चिंतन के केंद्र में उनका अपना 'लोक' (जन-क्षेत्र या पब्लिक स्फियर) है, जिसे वे अपने संवेदनपूर्ण लेखन से आलोकित करते हैं। इस लोक में 'उत्तराखंड' है और है अखिल भारतवर्ष।

पं. दीनदयाल उपाध्याय

पं. दीनदयाल उपाध्याय के अनुसार मैं कौन हूँ, हम कौन हैं, 'अहं ब्रह्मास्मि' का प्रश्न युगों से चला आ रहा है। दीनदयालजी ने कहा था, "मानव न केवल व्यक्ति है, मानव न केवल समाज है, वरन मानव व्यक्ति और समाज की एकात्मता में से पैदा होता है। व्यक्ति और समाज को बाँट दें तो मानव मर जाता है। अस्तित्व में ही नहीं आता। व्यष्टि और समष्टि यह एकात्म इकाई है। इस एकात्म इकाई का नाम मानव है और इसलिए मानव को सुखी करना है तो व्यक्तिवादी होकर नहीं कर सकते, क्योंकि व्यक्तिवादी समाज की उपेक्षा करता है। समाजवादी होकर भी नहीं कर सकते, क्योंकि समाजवाद व्यक्ति के व्यक्तित्व को कुचल देता है।" (राज नाथ सिंह, 2007) 'प्रखर राष्ट्रभक्त एकात्म मानववाद के प्रणेता पं. दीनदयाल उपाध्याय' (2019) पुस्तक में निशंक एक ओर तो पं. दीनदयाल उपाध्याय को

'भारतीय सनातन संस्कृति के राजदूत' कहते हैं, दूसरी ओर उनके मौलिक चिंतन में 'मानव कल्याण' की छटपटाहट को भी रेखांकित करते हैं। कहना न होगा कि निशंक के वैचारिक व्यक्तित्व के निर्माण में पंडितजी के घोष वाक्यों—'जैसी संस्कृति होगी, वैसी ही राजनीति होगी' और 'एकात्म मानववाद' का अमित योगदान रहा है। निशंक के शब्द हैं—

> भारत में रहनेवाला और इसके प्रति ममत्व की भावना रखनेवाला मानव समूह एक जन है। उनकी जीवन प्रणाली, कला, साहित्य, दर्शन सब भारतीय संस्कृति है, इसलिए भारतीय राष्ट्रवाद का आधार यह संस्कृति है। इस संस्कृति में निष्ठा रहे, तभी भारत एकात्म रहेगा। 'वसुधैव कुटुंबकम्' भारतीय सभ्यता से प्रचलित है। इसी के अनुसार भारत में सभी धर्मों को समान अधिकार प्राप्त हैं। संस्कृति से किसी व्यक्ति, वर्ग, राष्ट्र आदि की वे बातें, जो उसके मन, रुचि, आचार-विचार, कला-कौशल और सभ्यता की सूचक होती हैं, पर विचार होता है। दूसरे शब्दों में कहें तो यह जीवन जीने की शैली है।

स्वामी विवेकानंद

इसी प्रकार निशंक ने संयम, समर्पण, अनुशासन, सेवा, त्याग का ज्ञान, स्वामी विवेकानंद के पुनरुत्थानवादी नजरिए से लिया और उनके जीवन सूत्रों से प्रभावित होकर जीवन प्रबंधन पर पुस्तक भी लिखी। जिस तत्त्व को नरेंद्र कोहली ने 'तोड़ो, कारा तोड़ो' नामक वृहद् उपन्यास के माध्यम से स्पष्ट करने की कोशिश की थी, उसी को 'तोड़ो बंधन' कविता में कवि ने अपनी तत्त्वान्वेषी दृष्टि से सूत्र रूप में प्रस्तुत किया है—

तोड़ सको तो तोड़ो बंधन, जो तुमने जकड़े हैं।
कर्म करो वह कारा तोड़ो, जो तुमको पकड़े हैं।

इस माया के प्रसार के पीछे एक अविनाशी, अखंड, आनंदमय परमेश्वर है, जिसके सामने इंद्रियों का सुख कुछ भी नहीं है, तो उस परमेश्वर को प्राप्त किए बिना वह मनुष्य चुपचाप बैठ सकता है ? क्या वह अपने प्रयत्न क्षण भर के लिए भी स्थगित कर सकता है ? कदापि नहीं—असह्य छटपटाहट के कारण, वह पागल हो जाएगा। (रामकृष्ण परमहंस—नरेंद्र कोहली द्वारा उल्लेख, पृष्ठ 3)

'संसार कायरों के लिए नहीं' (2014/2016) पुस्तक में जटिल होते समय और समाज में जीने के लिए व्यक्ति को जीवन-नियोजन करने के लिए दिए गए, सूत्रों को निशंक ने अपने जीवन में आत्मसात् किया और अपने कृतित्व में समाहित

किया। निशंक स्वामी विवेकानंद को 'योद्धा संन्यासी' कहते हैं, जो कठिन-से-कठिन परिस्थिति का सामना करने और उससे विजयी होकर निकलने का आदर्श प्रस्तुत करते हैं। 'शक्ति पाए' (ऐ वतन तेरे लिए) कविता में कवि कहता है—

हम विवेकानंद जैसे ही चरित्रवान बन जाएँ।
महावीर की दया को समझें, त्याग दधीचि का पाएँ॥

स्पष्ट है कि कवि ने दूसरी पंक्ति में जैन धर्म के तीर्थंकर महावीर स्वामी को लिया है और वहीं एक पौराणिक ऋषि को। प्रथम पंक्ति में स्वामी विवेकानंद समग्र संस्कृति और धर्म के ध्वजावाहक के रूप में उपस्थित हैं। दोनों पंक्तियों में 'अष्टादश' पुराणों की छाया है। भारतीय समन्वय दृष्टि का जैसा परिपाक और संगम है, उससे कवि की संपृक्त और समावेशी मानसिकता का बोध होता है। पता चलता है कि कवि निशंक काव्य-रचना के लिए, विस्तृत भाव भूमि और नवीन चिंतन प्रक्रिया के प्रवाह में अवगाहन करते हैं। ऐसी कविताई है निशंक की।

अटल बिहारी वाजपेयी

अटल बिहारी वाजपेयी के लिए जब निशंकजी 'मेरे अटल' संबोधन करते हुए लिखते हैं—तुम पर मानवता बलिहारी, तुम्हें नमन अटल बिहारी, तब उस राष्ट्रप्रहरी से यह राष्ट्रप्रहरी भी सीखता है और सिखाता भी चलता है। वे अटलजी के कारण राजनीति में आए, अटलजी का अंतिम सार्वजनिक कार्यक्रम निशंक की पुस्तक 'खड़े हुए प्रश्न' का लोकार्पण था। इस प्रसंग का निशंक के लेखन और वक्तव्यों पर प्रभाव पड़ा। वाजपेयीजी ने लालबहादुर शास्त्री के दिए गए नारे 'जय जवान, जय किसान' को परिवर्धित करके उसे 'जय जवान, जय किसान, जय विज्ञान' का रूप दिया, जिसे निशंक ने शिक्षा क्षेत्र में अनुसंधान से जोड़ते हुए प्रस्तुत किया। 'युगपुरुष भारतरत्न अटलजी' पुस्तक में निशंक 'भारतीय संस्कृति के पुरोधा, राजनीति में देदीप्यमान सितारा, सरल, संवेदनशील, जिसने अपना सर्वस्व माँ भारती को अर्पण किया' ऐसे युगपुरुष अटल बिहारी वाजपेयी पर लिखकर धन्य होते हैं। यह अनायास से कुछ अधिक है कि अटल के कवि-व्यक्तित्व से निशंक के कवि व्यक्तित्व को प्रेरणा मिली है। अटल की कुछ कविताओं के कथ्य और शीर्षक निशंक के कथनों का अंग हैं, जैसे—अँधेरा छँटेगा, सूरज निकलेगा, कमल खिलेगा। 'मैं देश नहीं बिकने दूँगा' जैसी जुझारू पंक्तियाँ अटलजी से लेकर मोदीजी तक निरंतर प्रवाहमान हैं और यह राष्ट्रीय भावधारा पुष्ट देशभक्ति से अनुप्राणित है।

ए.पी.जे. अब्दुल कलाम

इसी प्रकार भूतपूर्व राष्ट्रपति ए.पी.जे. अब्दुल कलाम के जीवन से प्रेरणा लेकर, 'सपने वे हैं, जो सोने न दें' जैसी आत्म-विकास पुस्तक लिखकर निशंक ने देशभक्ति के साकार रूप को देखा। डॉ. कलाम का अपनी पुस्तकों के हिंदी अनुवाद के प्रति खासा सतर्क आग्रह और उनके खरीदी मूल्य को कम रखने की सजगता का उल्लेख निशंक ध्यानपूर्वक करते हैं। उनका यह भी कहना था, "हर विद्यार्थी और शिक्षक अपने जीवन में एक लक्ष्य को तय कर, उसे पाने के लिए पुरुषार्थ करने और मुश्किल-से-मुश्किल परिस्थितियों में भी हार न मानने की बात को मन में बैठा ले। यही हमारे देश को विश्व में एक महाशक्ति के रूप में स्थापित करने का महामंत्र है।" दोनों को एकाकार करती, डॉ. कलाम की पसंदीदा निम्नलिखित काव्य पंक्तियाँ मेरा मंतव्य प्रगट कर देंगी—

अभी भी है, जंग जारी वेदना सोई नहीं है,
मनुजता होगी धरा पर संवेदना खोई नहीं है।
किया है बलिदान जीवन निर्बलता ढोई नहीं है,
कह रहा हूँ ऐ वतन तुझसे बड़ा कोई नहीं है॥

इन चार लाइनों में मानो चार युगों की बात है, चार पुरुषार्थों का आवास है, चार आश्रमों का निवास है और चार धामों का प्रवास है। देशभक्ति का महासागर, इस गागर में समाया है और थोथा को उड़ाकर सार-सार को लेनेवाले नीर-क्षीर विवेकी आप इसका आचमन करके संशय के विहग को करतल ध्वनि से उड़ा देंगे। 'सपने जो सोने न दें' में निशंक ने डॉ. कलाम के जीवन के अनेक प्रेरक प्रसंगों को प्रस्तुत किया है। ये प्रसंग स्वयं उनके लिए भी मार्गदर्शक रहे। जीवनीकार के रूप में निशंक का यह लेखन, युवा वर्ग के लिए अत्यंत सुखद है। जीवनी को जीवन-प्रबंधन की तरह से प्रस्तुत करने का कमाल, कलाम की इस जीवनी में है।

सांस्कृतिक राष्ट्रवाद

'साहित्य समाज का दर्पण है' कह-कहकर और इस पर स्कूली जीवन से ही निबंध लिखवा-लिखवाकर विद्वान् पंडितों ने इसके समर्थन में खासी फौज खड़ी कर ली है। पर वास्तविकता यह है कि साहित्य केवल 'शहर में घूमता आईना' ही नहीं है। समाज को ज्यों-का-त्यों प्रस्तुत कर देने से बात नहीं बनती। साहित्य सामाजिक जीवन का समग्र चित्र प्रस्तुत करता है, किंतु चित्रकार या फोटोग्राफर अपनी तरफ से कुछ योगदान न करे, ऐसा नहीं हो सकता। साहित्यकार के अपने

सरोकार और विचार होते हैं। उसका अपना अनुभव और ज्ञान होता है। आचार्य शुक्ल उसी कवि को अच्छा मानते हैं, जिसे 'लोक हृदय की पहचान' हो। वह केवल अपने उद्गारों का प्रकाशन ही न करे, बल्कि उनका प्रवक्ता भी बन जाए, जो स्वयं ऐसा नहीं कर सकते।

दिल्ली विश्वविद्यालय के एक सेमिनार में सूर्यकांत बाली ने जब यह कहा कि 'राष्ट्रवाद' सिर्फ और सिर्फ 'सांस्कृतिक राष्ट्रवाद' ही होता है, तब समझकर या बिना समझे ही ताली पीटनेवालों ने इसे स्वीकार इसलिए किया था, क्योंकि देश के स्वरूप को इसके बिना समझा ही नहीं जा सकता। स्पष्ट है कि सांस्कृतिक राष्ट्रवाद में 'संस्कृति' और 'राष्ट्र' दोनों का समावेश है। दोनों ही परिचित पद हैं और यह नहीं कहा जा सकता कि 'आया नहीं ये लफ्ज हिंदी जुबां के बीच'। संस्कृति पर आधारित राष्ट्रवाद के साथ हमारा अतीत (हम कौन थे), हमारा वर्तमान (क्या हो गए) और भविष्य (क्या होंगे अभी) तो जुड़ा हुआ ही है, हमारा जीवन-मूल्यों के प्रति आग्रह भी इससे जुड़ जाता है। सांस्कृतिक राष्ट्रवाद के प्रखर संवाहक अमित शाह ने प्रभात झा द्वारा संपादित पुस्तक 'सांस्कृतिक राष्ट्रवाद' (2003/2016) के आमुख में अपने विचार व्यक्त करते हुए, इस महत्त्वपूर्ण विचारधारा को निम्नवत् प्रस्तुत किया है—

> हमारे देश की एकता का मुख्य आधार हमारी संस्कृति है। यही कारण है कि हमारे देश के राष्ट्रवाद को सांस्कृतिक राष्ट्रवाद की ही संज्ञा दी गई है। जिस प्रकार शरीर बिना आत्मा के निरर्थक है, उसी प्रकार संस्कृति से रहित देश निष्प्राण हो जाता है। भारत देश मूलतः संस्कृति प्रधान देश है। हमारे यहाँ जीवन-मूल्यों का महत्त्व है, हमारे राष्ट्र का सांस्कृतिक राष्ट्रवाद अजर-अमर है। हमने अपनी विचारधारा का मूल ही राष्ट्र को जो मूल 'सांस्कृतिक राष्ट्रवाद' है, उसे ही धारण किया है। हमारे राष्ट्र की मूल अवधारणा का केंद्रबिंदु ही सांस्कृतिक राष्ट्रवाद है।

प्रभात झा 'प्रस्तावना' में कहते हैं कि देश की आराधना भाव पैदा हुए बिना हमारे मन में देश-प्रेम और राष्ट्र की संतान होने का गर्व पैदा नहीं होगा और आत्मा की आत्मीयता से ही इसकी रक्षा हो सकती है। प्रदीप जैन बनाम भारत संघ (1984) मामले में निर्णय देते हुए, उच्चतम न्यायालय के तत्कालीन मुख्य न्यायाधीश जस्टिस पी.एन. भगवती और अमरेंद्र नाथ सेन तथा जस्टिस रंगनाथ मिश्र ने कहा था—

यह इतिहास का रोचक तथ्य है कि भारत का राष्ट्र के रूप में अस्तित्व बनाए रखने का कारण एक समान भाषा या इस क्षेत्र में एक ही राजनैतिक शासन का जारी रहना नहीं है; बल्कि सदियों पुरानी चली आ रही एक समान संस्कृति है। यह सांस्कृतिक एकता है, जो किसी भी बंधन से अधिक मूलभूत और टिकाऊ है, जो किसी देश के लोगों को एकजुट करने में सक्षम है और जिसने इस देश को एक राष्ट्र के सूत्र में बाँध रखा है।

प्रख्यात आलोचक रेमंड विलियम्स के द्वारा प्रस्तुत पारिभाषिक शब्दावली (की वर्ड्स : ए वोकाबलरी ऑफ कल्चर एंड सोसाइटी–1976) में उनके अनुसार सर्वाधिक दो–चार कठिन शब्दों में से एक 'संस्कृति' है। वे संस्कृति के चार अर्थ बताते हैं, जिसमें से एक है—द होल वे ऑफ लाइफ। जीवन को समग्रता से देखना ही तो लेखक–साहित्यकार का काम होता है। निशंक कविता लिखें या कहानी, उपन्यास लिखें या संस्मरण लिखते वे यही संस्कृति हैं, जो उनका अनुभूत सत्य है, भोगा हुआ यथार्थ है। निशंक एक ऐसे सांस्कृतिक राष्ट्रवाद के पैरोकार हैं, जो हमें वेद–पुराणों, रामायण–महाभारत, राम–कृष्ण, गौतम–महावीर, गुरु नानक– शंकराचार्य, शिवाजी–महाराणा प्रताप, दयानंद–तिलक और गांधी–सावरकर से जोड़ता है। पं. दीनदयाल उपाध्याय के 'चिति तत्त्व' और 'एकात्म मानववाद' के सिद्धांतों को गोलवरकरजी के 'सांस्कृतिक राष्ट्रवाद' से अभिसिंचित करते हैं। कहना न होगा कि निशंक की रचनाओं में सांस्कृतिक राष्ट्रवाद का प्रवाह किसी बादरायण संबंध से नहीं आया। यह उनकी राष्ट्रवादी विचारधारा का फल है। अब यह दायित्व आलोचकों और पाठकों का है कि वे इस विपुल लेखन की पृष्ठभूमि में व्याप्त चिंतन को रेखांकित करें। यह तभी संभव है, जब पाठक सजग हो और उसे भी इस चिंतन का 'ककहरा' ज्ञात हो। वास्तव में, कमोबेश हर रचनाकार अपनी कहानियों, उपन्यासों और कविताओं में अपनी गहरी सांस्कृतिक चिंता को रेखांकित करता चलता है, जिससे उसे अभिव्यक्ति का एक असरदार तरीका भी मिल जाता है।

निशंक ने अपने एक काव्य–संग्रह 'संघर्ष जारी है' (2009) को 'राष्ट्रीय अस्मिता की कविताएँ' कहा है। इस प्रकार वे अस्मिता को संस्कृति के समकक्ष रखते हैं। इस दृष्टि से निशंक को सांस्कृतिक कवि कहा जा सकता है। अभी तक निशंक की कविता की सांस्कृतिक भूमिका पर विचार नहीं किया गया है। निशंक की सर्जनात्मकता में सांस्कृतिक मूल्यों की पहचान करना अभी शेष है। निशंक की कविता में सांस्कृतिक मूल्यों की अभिव्यक्ति के पुष्ट प्रमाण हैं। 'अपनी धरती के

लोग, धरती का जीवन, धरती का वैभव और उसी विभुमय भारत के लिए अपनी प्राणात्मा का सर्वस्व समर्पण 'निशंक' की कविता का मूल स्वर है।' कहकर आलोचक उनके राष्ट्रवाद की प्रशंसा करते हैं। निशंक की इस विचारधारा ने उनको चिंतक के रूप में नहीं, साहित्यकार के रूप में प्रतिस्थापित किया और तभी वे कह सके—

विश्व को बाजार जो माने धरा पर,
वे न मानव को कभी पहचान पाए।
परिवार भी जिनके लिए दुष्कल्पना है,
मूल्य मानव का कहाँ वे जान पाए॥

बाजारवाद को धता बताते हुए और भारतीय पारिवारिक व्यवस्था को स्वीकार करते हुए, वे स्पष्ट रूप से मानव मूल्यों को भारतीय पारिवारिक व्यवस्था से जोड़कर देखते हैं। शायद ही कोई उपन्यास होगा, जिसमें भारतीय सांस्कृतिक संवेदना मुखरित न हुई हो। 'टूटते दायरे' (2010/2012) जैसे कहानी-संग्रह इसी व्यवस्था के टूटने की कसक लिये हैं। स्वयं निशंक इसे अपना 'जज्बा और जुनून' और 'पावन मुहिम' कहते हैं। 'कृतघ्न' उपन्यास का केंद्रीय चरित्र अंबुज वस्तुतः निशंक ने अपनी मिट्टी से गढ़ा है और वे इस उपन्यास के माध्यम से असत्य पर सत्य की विजय की भारतीय उक्ति और जीवन-मूल्य की स्थापना करते हैं। वे प्रेमचंद आदि कथाकारों के समान यह भी रेखांकित करते हैं कि कोई भी व्यक्ति पूर्ण रूप से तुच्छ या क्षुद्र नहीं होता। परिस्थितियाँ भी उसे परिवर्तित कर देती हैं। 'पहाड़ से ऊँचा' उपन्यास के डॉ. मोहन के माध्यम से भी कथाकार, अपने आत्मीय लेखन से भारतीयता का विस्तार करता है।

यहाँ यह जोड़ देना ठीक रहेगा कि भारतीयता और भारतीय संस्कृति की पृष्ठभूमि यदि कोई अकेली अर्हता होती तो गुरुदत्त हिंदी के सर्वश्रेष्ठ उपन्यासकार कहलाते। निशंक ने अपनी रचनाधर्मिता में एक ऐसे संतुलन का परिचय दिया कि कोई तत्त्व अतिवाद का शिकार नहीं लगता।

संस्कारगत संवेदना

किपलिंग और रस्किन बॉन्ड का लेखन भी शिमला और देहरादून की पृष्ठभूमि में अपने चरित्रों को बैठाता है, फिर भी उनके लेखन में वह संवेदना नहीं, जो उत्तराखंड को लेकर शिवानी, मनोहर श्याम जोशी, हिमांशु जोशी और निशंक की है। भारतीय अंग्रेजी लेखकों की संवेदना भी कई बार अंतरतम को नहीं छू पाती।

आर.के. नारायण की तमाम कोशिशों के बावजूद जिस प्रकार उनका 'मालगुडी' 'कॉमिक विजन' की ही सृष्टि कर पाता है, उससे यह संकेत मिलता है कि भारतीय जीवन और भारतीय परिवेश में ऐसी कुछ बात है, जिसे निरी संवेदना और निरी वैचारिकता से न तो समझा जा सकता है और न ही अभिव्यक्त किया जा सकता है। रमेश चंद्र शाह के एक आलेख 'बीच बहस में लाल टीन की छत' में संस्कार और संवेदनशीलता के जिस पक्ष की ओर संकेत किया गया है, उसकी ओर देखते हुए कहा जा सकता है कि निशंक का समग्र लेखन संस्कारगत संवेदनशीलता का अप्रतिम उदाहरण है।

> *संवेदनशीलता अपने आप में एक नाजुक और निराकार वस्तु है, उसे रूप और अर्थ, संस्कारगत अस्तित्व के भीतर से ही मिल सकता है। मैं अपनी संवेदना ही नहीं हूँ। उससे पहले मैं अपना संस्कार हूँ और चूँकि यह संस्कार अवचेतन ज्यादा है, अतः रचनाकार की हैसियत से सबसे ज्यादा जरूरत मुझे उसी के साथ निपटने की है, अत्यधिक चेतन स्तर पर। संस्कार जानता है, वही तय कर सकता है कि इस संवेदना का—अगर वह अतिरिक्त भी हो, तो भी—वह क्या बन सकता है। (शाह, 2003:196)*

संस्कारगत संवेदना के बहुमुखी पक्षों को निम्नवत् प्रस्तुत किया जा सकता है।

भाषा संस्कार

हिंदी के मूलतः खड़ी-बोली प्रदेश के न होते हुए भी निशंक अपने जनपद और उत्तराखंड की क्षेत्रीय-भौगोलिक-राजनीतिक-सामाजिक परंपराओं को साथ लेकर, अपने भाषा प्रयोग को इस प्रकार साधते हैं कि उनकी रचना केवल हिंदी क्षेत्र के लिए होकर न रह जाए, अपितु समूचे देश के लिए संप्रेषणीय हो। आधुनिक यांत्रिक संचार व्यवस्था और सोशल मीडिया की आपाधापी का समय आ जाने पर भी निशंक की रचनात्मकता को नित नवीन पाठक वर्ग इसी कारण मिल रहा है, क्योंकि समकालीन पाठक वैचारिक स्तर पर उनकी रचनाओं से तादात्म्य स्थापित कर लेता है। भाषा संस्कार के ऊपर विचार का दबाव (विचारधारा का भी नहीं) पाठक महसूस नहीं करता। कथाप्रवाह में भाषा बाधा उत्पन्न नहीं करती। उत्तराखंड के जनजीवन को उकेरते समय स्वाभाविक रूप से जो वर्णन और शब्द प्रयोग कथाकार को कथा आगे बढ़ाने के लिए आवश्यक लगता है, वह उनका प्रयोग करने से नहीं चूकता। पहाड़ की मनोरम आबो-हवा हो या केदारनाथ का

भयावह जल-प्लावन सबकुछ अभिव्यक्त हुआ है, मगर धीरे-धीरे। समस्याएँ और चुनौतियाँ भी हैं और कुरीति और अंधविश्वास भी। विश्वविद्यालयों से उपाधि प्राप्त करने के इच्छुक शोधार्थी-वर्ग कुशल शोध-निर्देशकों के निर्देशन में गवेषणा करके डाटा एकत्र करते हैं। फिर उसे शोध-अनुशासन के अनुरूप प्रस्तुत करते हैं। इनके विवरण विश्लेषण से आगे जाकर, यदि देखा जाए तो 'पल्लवी' उपन्यास के ध्रुव के समान पूछना पड़ेगा, "कौन गा रहा था ये?" और स्वतः ही अंतरात्मा कह उठेगी, "वह तो अपना श्रवण ही है।" डूबकर लिखनेवाले निशंक को डूबकर पढ़नेवाले चाहिए। जिन खोजा तिन पाइयाँ। तत्त्वदर्शी को नदी किनारे बैठकर नहीं ही पाया जा सकता। भाषा व्यापार के पार जाकर देखा तो पाया कि निशंक का भाषा संस्कार 'अपना पराया' की मर्यादा का पूरा ध्यान रखनेवाली लक्ष्मी सरीखा है। बानगी स्वरूप पढ़ें, सुरेश को गाँव का रास्ता बता देने के बाद लक्ष्मी क्या सोचती है?

क्या सोच रहा होगा, वह उसके बारे में? पंदेरे में और भी तो लड़कियाँ थीं। क्या जरूरत थी, उसको दया भाव से विगलित हो, उसके पीछे जाने की? इतनी भीड़ में भी उसे नहीं पहचानता वह, लेकिन अब तो पहचान ही लेगा!

यदि इन पंक्तियों में संस्कृत का तत्सम शब्द 'विगलित' है तो देशज 'पंदेरे' भी है। संप्रेषण के स्तर पर दोनों ही बोधगम्य हैं। निशंक हिंदी क्षेत्र की 18 बोलियों में से एक के प्रयोक्ता हैं और यह स्वाभाविक है कि उनकी बोली (झूले पालने की भाषा) के शब्द आदि का प्रयोग हो। काव्य-भाषा में भी कई बार यह दिखाई दे जाता है। पर कवि का मुख्य बल श्रोता और पाठक वर्ग के लिए संप्रेषणीयता का भी रहा है—

बुग्यालों की हरी मखमली घास पर,
मिलना ऐड़ी आछरियों के वास पर।
मन का बर्फ पिघल उट्ठा मनुहार से,
पीला चाँद उगा है, पर्वत पार से॥

देश-संस्कार

'आनंद मठ' से लेकर आज तक स्वतंत्र राष्ट्र के रूप में भारत, स्थान का वाचक मात्र नहीं, का एक रूप-सरूप साहित्यकारों ने अपने संस्कारों से गढ़ा है। कभी बेनेडिक्ट एंडर्सन ने राष्ट्र को 'कल्पित जनसमुदाय' (इमेजिंड कम्युनिटी) कहा था। यही तो गल्प और कल्पना से बननेवाला देश है, जिसमें देश के इतिहास, भूगोल, मिथक, परंपराएँ, कथाएँ और विचार सबका योगदान होता है। इस राष्ट्र के जन्मजात निवासी होने के कारण इसके प्रति सहजात प्रेम और सहभाव से जिस साहित्य का

सृजन होता है, उसके प्रति नागरिकों की सद्भावना भी सहज और संपूर्ण होती है। दीनदयाल उपाध्याय के नक्शे-कदम पर चलनेवाले, निशंक ने राष्ट्र की अवधारणा उन्हीं से प्राप्त की है। यहाँ यह उल्लेख करना समीचीन होगा कि 'राष्ट्र' के लिए चार बातों की आवश्यकता उपाध्यायजी ने रेखांकित की है। प्रथम भूमि और जन, जिसे हम 'देश' कहते हैं। दूसरी सबकी इच्छाशक्ति यानी सामूहिक जीवन का संकल्प। तीसरी एक व्यवस्था, जिसे नियम या संविधान कह सकते हैं और सबसे अच्छा शब्द जो हमारे यहाँ प्रयुक्त हुआ है, यह 'राष्ट्र' है। देश, जाति, राष्ट्र, देश-प्रेम, राष्ट्र-प्रेम, राष्ट्रभक्ति, भारतमाता, जननी-जन्मभूमि, वंदेमातरम, राष्ट्रवाद, बलिदान, उत्सर्ग, …इस प्रकार के अर्थगर्भित पदों और शब्दों से आप्लावित निशंक की रचनावली एक ही ओर संकेत करती है कि इस साहित्यकार ने देश-प्रेम की भावना और विचारधारा को सर्वोपरि रखा है। अल्थुसर ने कभी किसी संदर्भ में कहा था कि अपने अस्तित्व को प्रतिनिधित्व देने और प्रकाशित करने के लिए लोग किसी व्यक्ति, वस्तु या स्थान से एक काल्पनिक संबंध बना लेते हैं। देश भी एक ऐसी ही अमूर्त अवधारणा है, जो भारतीयों के लिए कभी 'भारतमाता' हो जाती है और कभी 'तिरंगा'। दीनदयाल उपाध्याय ने स्पष्ट किया था कि हमारी राष्ट्रीयता का आधार 'भारतमाता' है, केवल भारत नहीं। माता शब्द हटा दीजिए तो यह जमीन का एक टुकड़ा रह जाएगा (देखें—राष्ट्र जीवन की दिशा)। इस भूमि की ओर हमारा ममत्व तब आता है, जब मातावाला संबंध जुड़ता है। अब इसे आप 'मिथक' कह लें या 'विचारधारा' आपकी मर्जी! पर नगण्य समीक्षा-शास्त्रियों और उनकी शब्दावली से आगे बढ़कर, पाठकों के संसार में आते ही इसे देश-संस्कार के रूप में देखा जा सकता है।

प्राय: हम किसी रचनाकार की समकालीनता का मूल्यांकन करते समय यह देखते हैं कि उसने अपने समय की चाल को कितना पहचाना है और वह कितना लकीर का फकीर है और कितना आधुनिक। निशंक के कवि रूप का गौरव इसमें भी है कि उसने हिंदी साहित्य की राष्ट्रीय कविता के अतीत और अपने पूर्ववर्तियों की लंबी परंपरा को भी आगे बढ़ाया है। अतीत के व्यतीत को ही नहीं, वर्तमान की वर्तमानता को भी साथ लेकर चलते हुए निशंक अपनी कविता में निरंतरता की व्यापक अनुभूति को प्रवाहित करते हैं। 'राष्ट्रदेव है सबका' (ऐ वतन तेरे लिए) कविता में कवि ने अपने मंतव्य को इस प्रकार व्यक्त किया है—

यही राष्ट्र है देव सभी का, यही पूज्य है हम सबका।
प्राण भरा है, ज्ञान दिया है, सुप्त हुआ था जन कब का॥

गहन बौद्धिकता के भार से बोझिल लेखनी से निशंक नहीं लिखते, वे सदा अपरिचित को छोड़कर परिचित का प्रकाशन करते हैं। इसलिए जादुई यथार्थ (मैजिक रियलिज्म) के स्थान पर वे अनुभूत यथार्थ का आश्रय लेकर, अपने कथा संसार को रचते हैं। निशंक राष्ट्रीयता का चना-चूरन नहीं बेचते, न ही वे देशभक्ति और राष्ट्र-प्रेम की टोकरी लेकर, फेरी लगाने निकले हैं। राष्ट्रीय भावबोध के फलस्वरूप निशंक की कविता में ईश या देव वंदना के स्थान पर देश वंदना का प्रखर स्वर सुनाई देता है। मध्यकालीन भक्ति-भावना से दूर और छायावादी अध्यात्म या रहस्यवाद से परे जाकर कवि निशंक सीधी-साधी देशभक्ति को साधते हुए, मातृभूमि और माता की वंदना करते हैं। 'लाल चूनरवाली, किसी रक्तध्वजाधारिणी, पाटल-कपोलवती, शक्ति का आह्वान' न कर निशंक 'कष्टकंटकित जीवनतरु पर फूल खिलाती, श्रमजल से सिंचित वीर-प्रसू माता और मातृ-भू' की 'अन्वीक्षा' करते हैं। 'प्रतीक्षा' खंड-काव्य की 'आराधना' में माँ सरस्वती की सरपट 'आराधना' करके जब एक पर्वतीय नारी की कथा का सर्जन करते हैं तो जननी जन्मभूमिश्च स्वर्गादपि गरीयसी' मंत्र की भावना लेकर लिखते हैं—

जिसने संघर्षों में तपकर, दिव्य बनाया था जीवन।
ऐसी जननी-जन्मभूमि को, अर्पित मेरा तन-मन-धन॥

जिस वातावरण में समकालीन जीवनक्रम चल रहा है और संपूर्ण समाज में सांस्कृतिक चेतना का ह्रास हो रहा है, उसको लक्ष्य कर कवि विद्योत्तमा और कालिदास के प्रसंग का स्मरण करते हुए, समकालीन कवियों-साहित्यकारों के द्वारा 'विद्योत्तमा-सी भारतमाता' को छलने का संकेत है। ऐसे प्रसंगों में स्त्री के प्रति कवि का व्यापक दृष्टिकोण भी प्रकट होता है, जो तथाकथित 'स्त्री-विमर्श' के चोखटे में बिल्कुल फिट नहीं बैठता।

निशंक की कथा-कहानियों और उपन्यासों में भी भारतमाता के कंठ की वर्तमान ध्वनि, उसके अतीत का वैभव और वर्तमान की चुनौतियाँ हैं। हिंदी का हानिकर साहित्य कहकर, कभी संदेह की दृष्टि से देखे जानेवाले उपन्यास को आज के युग का महाकाव्य माना जाता है। निशंक के कथा-सागर में समाज भी है और समाज की अच्छी-बुरी रीतियाँ भी, पर जनरुचि को विकृत करनेवाले प्रसंग नहीं। समाज के विद्रूप का चित्रण है तो इसलिए, क्योंकि परिदृश्य समकालीन है। पर्वतीय जीवन में उत्सर्ग, त्याग, बलिदान, समर्पण, भाईचारा आदि उच्च जीवन-मूल्य बचपन से ही जनजीवन का अंग बनते चलते हैं। साथ ही, अनेक कुरीतियाँ,

अंधविश्वास और अभाव भी जीवन का अंग हैं। 'मेजर निराला', 'पहाड़ से ऊँचा', 'पल्लवी', 'बीरा', 'भागोंवाली' आदि उपन्यासों में एक ही तत्त्व की प्रधानता है—राष्ट्रवादी चिंतन।

देशगान

गांधीजी ने कहा था कि मैं बहुत कुछ नया लिखना चाहता हूँ, लेकिन जो कुछ लिखा जाना चाहिए, वह भारत की तख्ती पर ही लिखा जाना चाहिए। निशंक जहाँ-जहाँ देश कहते हैं, वहाँ इससे तात्पर्य उसी 'राष्ट्र' से है, जो इंडिया नहीं 'भारतवर्ष' है और जो भारतमाता का रूपाकार और प्रतीक है। वे जो-जो जब-जब लिखते हैं, भारत की तख्ती पर ही लिखते हैं। रमेश पोखरियाल 'निशंक' की दृष्टि में रूपक या 'ऐलेगरी' का विधान रहता है, यह कहना उपयुक्त होगा। भारतवर्ष और भारतमाता के प्रति अनुराग, सद्भाव और समर्पण का शब्दांकन करके, प्रवाहमयी और प्रखर लेखनी से प्रस्तुत करने में निरत निशंक का रचनाक्रम यही सब भाव पाठक के मन में अंकित करते जाते हैं। कई देशों में देशभक्ति या 'पैट्रियटिज्म' वहाँ की जनता के लिए जन्मजात गुण होता है, जैसे पश्चिम में रोमन साम्राज्य की उन्नति का कारण देश-प्रेम की अतिशयता थी। भारत में उन्नीसवीं शताब्दी में 'नेशन' और 'नेशनलिज्म' की भावना का अतिशय प्रवाह हुआ और इसमें साहित्य की प्रेरणा भी रही। "देशभक्ति की सामान्य मानवीय वृत्त स्वचेतन होकर राष्ट्रीयता का रूप ग्रहण करती है और यों वह स्वचेतन राष्ट्रबोध आधुनिक संवेदना का पहला महत्त्वपूर्ण कारण और प्रमाण दोनों है।" (चतुर्वेदी, 1998: vi) गया प्रसाद शुक्ल 'सनेही की अमर पंक्तियाँ हैं—जो भरा नहीं है भावों से, बहती जिसमें रसधार नहीं, वह मनुष्य नहीं है, पत्थर है, जिसमें स्वदेश का प्यार नहीं (Breathes there the man, with soul so dead/Who never to himself hath said,/ This is my own,/ my native land!- Sir Walter Scott)।

हिंदी में राष्ट्र-वंदना के जिस क्रम को मैथिलीशरण गुप्त जैसे कवियों ने प्रारंभ किया और एक के बाद एक नाम जुड़ते गए, उस क्रम में निशंक का नाम भी शुमार किया जा सकता है। भारतेंदु से लेकर प्रसाद और निराला तक और निराला से रघुवीर सहाय तक आते-आते राष्ट्रीयता का रूप परिवर्तित हुआ। पराधीनता के समय 'भारत दुर्दशा' की चिंता थी, स्वतंत्रता के बाद राष्ट्रीय चेतना के स्वर बदले। बच्चन, नरेंद्र, नेपाली, अंचल, प्रभात, आरसी, सुधींद्र, प्रेमी आदि उन कवियों के नाम-उपनाम हैं, जो अपने युग में रहते हुए भी उनसे असंपृक्त रहे। छायावाद,

प्रगतिवाद, प्रयोगवाद, मार्क्सवाद जैसा कोई तमगा न लगाकर, इन कवियों ने 'मानवतावाद' के मिजाज को अपनाया।

इसी क्रम में निशंक को रखना होगा। निशंक की रचनाओं में पश्चिमी अनुकरण की मात्रा आवश्यकता से भी कम है। यहाँ कुछ भी विदेशी नहीं है। प्रभाव और अनुकरण भी नहीं के बराबर है। निराशा, अवसाद, मूल्यहीनता, कुंठा आदि नकारात्मक पदों की खपत यहाँ नहीं है। विदग्ध पाठक (सीजंड रीडर) किसी पाठ या टेक्स्ट को न समझ पाने से विचलित नहीं होता, वह उसका पुनः पाठ करता है, वह 'करत-करत' अभ्यासी होकर दुरूहता को सहजता से लेता है। डूबकर पढ़ने से लगता है कि निशंक ने कोई भी ऐसा विषय नहीं उठाया है, जिसका संबंध अपने देश, समाज और संस्कृति से न हो। वह न तो पंतजी की तरह 'बाला के बाल जाल' में फँसने के प्रश्न से दो-चार होता है, और न रीतिकालीन केशव सरीखे 'शब्द-जाल' की उसे परवाह है। निशंक इसी कारण 'स्वचेतन' साहित्यकार हैं, जो समकालीन परिदृश्य के आक्रोश और तीखेपन से विरत होकर स्वाधीन भाव से देश-निर्माण में निरत रहते हैं। विद्रोह और संघर्ष भी है तो वह प्रेरक होकर पाठक के पास जाता है। 'ऐ वतन तेरे लिए' संग्रह से उदाहरण प्रस्तुत है—

संकट की घड़ियों को झेले, विश्वास अटल हो जाता है।
तूफान स्वयं ही हटते हैं, प्रभाव सुहाना आता है।
विध्वंसों के तांडव में भी, गीत सृजन का गाया है।
हमने तो संघर्षों से ही, लक्ष्य शिखर को पाया है।

जिस प्रकार अमीर खुसरो की परंपरा को आगे बढ़ाकर, भारतेंदु ने अपनी मुकरियों के द्वारा 'भीतर तत्त्व न झूठी तेजी' के द्वारा पश्चिम की भाषा और संस्कृति के दुष्प्रहार की ओर तत्कालीन पराधीन जनता को जाग्रत् करने का कार्य किया था, उसी प्रकार निशंक ने स्वाधीन भारत के लोक को आलोकित करने का बीड़ा उठाया। बुद्ध प्रतिमा को तोड़नेवाले, चरारे शरीफ को जलानेवाले और संस्कृत-संस्कृति के दीप को बुझाने की चाहत रखनेवाले दुष्टों से सावधान करने की भावना को बढ़ाने के निमित्त 'देश हम जलने न देंगे' की निम्नांकित पंक्तियों में कवि अपने पाठकों को प्रेरित करता है—

हर कदम इतिहास स्वर्णिम, हम इसे गलने न देंगे।
हम स्वयं जल जाएँगे पर, देश हम जलने न देंगे॥

भारत की स्वतंत्रता के पश्चात् देश भर में समाजवाद, धर्मनिरपेक्षता, प्रांतीयता

आदि भाव खूब प्रकाशित हुए और 'भारतमाता' के गुणानुवाद गायन के साथ गरीबों, मजदूरों, दलितों, स्त्रियों का दु:ख-दर्द भी उसमें आ मिला। गरीबी का जीवन बिता चुके या बिता रहे, कवियों ने खासतौर पर शोषितों के प्रति हमदर्दी प्रकट की।

न वर्ग-वर्ण हैं कहीं, न ऊँच-नीच है कहीं,
न जात-पात रंजिशें, कहीं रंगभेद भी नहीं।

कवि निशंक 'मातृ वंदना' जैसी कविताओं के माध्यम से एक ओर तो सैकड़ों मस्तकों को नत-मस्तक करता है, दूसरी ओर भारतीयों को भी यह स्मरण कराता है कि हमें स्वार्थ त्यागकर एकजुट होकर मातृ-भू की रक्षा के लिए तत्पर रहना है। निशंक के तत्त्वान्वेषी व्यक्तित्व की संश्लिष्टता उनके कवि रूप में प्रकट है। वे हृदय से कवि हैं, संस्कार और भंगिमा भी कवि समान प्रतीत होती है। शिक्षक, राजनेता, समाज-सेवी, पत्रकार आदि भूमिकाओं के निर्वहन से प्राप्त होते गए, संस्कारों और चेतना के फलस्वरूप जब उन्होंने गद्य और उसकी अनेक विधाओं के माध्यम से भी सर्जनात्मक लेखन किया तो प्रेमचंद से अधिक कहानियाँ और उपन्यास हिंदी-जगत् को प्राप्त हो गए। राजनीति और साहित्य का सामंजस्य और संतुलन करके निशंक ने अपने साहित्यिक व्यक्तित्व को इस प्रकार से व्यवस्थित किया हुआ है कि उन्हें अब अतिरिक्त सतर्कता बरतने की आवश्यकता नहीं है। अटलजी की कविताई राजनीति ने मंद कर दी थी, निशंक को उनकी राजनीति—पद और प्रतिष्ठा—ने कुछ पल निरंतर प्रदान किए, जिनका वे सदैव सदुपयोग करते हैं। खुदी को बुलंद करने का भाव बन कवि अपने लिए जो मार्ग निर्धारित करता है, वह 'देश हम जलने न देंगे' संग्रह की निम्नांकित पंक्तियों में दृष्टव्य है—

मैं स्वयं नव राह बन नव चेतना संचित करूँगा।
स्वयं बन इतिहास नूतन सत्य का शोधन करूँगा।
मैं स्वयं अब किरण बनकर निशा को भी प्रभा करूँगा।

राजनीति

साहित्य में राजनीति होती है और राजनीति में कविताई भी देखी जाती है। लेकिन यह बात पक्की है कि कविता राजनीति का 'बाई-प्रोडक्ट' तो नहीं ही है। कविता जीवन अवश्य है और राजनीति भी जब जीवन से सीधे जुड़ी है, इसलिए साहित्य में राजनीति न हो, यह नहीं हो सकता। आचार्य हजारीप्रसाद द्विवेदी के पट्ट शिष्य व आलोचक नामवर सिंह ने लेखक और उसकी राजनीति पर एक व्याख्यान में संकेत दिया था—

लेखक की राजनीति और लेखक की जीवन-दृष्टि तथा लेखक के साहित्य के बीच क्या रिश्ता होता है, यह इतना बड़ा मुद्दा है कि इस पर विस्तार से बात होनी चाहिए। किसी साहित्यिक कृति के मूल्यांकन में राजनीतिक विचार हमेशा निर्णायक नहीं होता। लेखक की राजनीति, उसकी संपूर्ण जीवन-दृष्टि या विश्व दृष्टि नहीं है, यह उस विश्व दृष्टि का एक अंश है, जिससे लेखक का सौंदर्य-बोध निर्धारित होता है और जिसकी अभिव्यक्ति स्वयं साहित्यिक कृति है। किसी कृति के अंदर लेखक की राजनीति तथा चित्रित जीवन यथार्थ में कभी-कभी अंतर्विरोध भी होता है। इसलिए किसी कृति के मूल्य-निर्णय में ऐसे अनेक जटिल प्रश्नों पर ठोस ढंग से विचार जरूरी है। (कहना न होगा, पृष्ठ 50)

निशंक के साहित्य पर विचार करते हुए उनकी राजनीतिक चेतना की ओर ध्यान जाता है। साहित्य और राजनीति, एक साथ नहीं चल सकते या चल पाते, ऐसा लोक विश्वास है। निशंक ने अपने लेखन से इस धारणा को गलत साबित किया है। श्रीकांत वर्मा का नाम यकायक याद आ जाता है, जो राजनीति और साहित्य का संतुलन करने का सदा प्रयत्न करते रहे। माटी की मूरतें रचनेवाले, रामवृक्ष बेनीपुरी अपने समय के निशंक ही थे। और भी कई नाम हैं, जो स्मरण हो आते हैं, पर निशंक इन नामों में एक विलक्षण नाम है, क्योंकि वे राजनीति में भी वे ही मूल्य ले आए हैं, जो साहित्य में हैं। साहित्यकार भी निशंक कुछ अलग हैं। राजनीति और साहित्य के दो छोरों को मिलाने के निशंकीय प्रयत्न को लक्ष्य करते समय पास्काल की वह उदात्त उक्ति बरबस सामने आ जाती है, "एक छोर पर जाकर ही कोई अपनी महानता प्रकट नहीं करता, महानता प्रकट करता है, दोनों छोरों को एक साथ छूते हुए बीच की समूची जगह को स्वयं भरकर!"

वस्तुत: लगभग सौ वर्ष पूर्व प्रगतिशील लेखक संघ के प्रथम अधिवेशन (1936) में अध्यक्ष पद से बोलते हुए, उपन्यासकार प्रेमचंद ने अपनी वसीयत रूपी वक्तव्य में आनेवाले उपन्यासकारों को अपनी दो टूक शैली में सावधान कर दिया था कि वह (साहित्यकार) देशभक्ति और राजनीति के पीछे चलनेवाली सच्चाई भी नहीं, बल्कि उनके आगे मशाल दिखाती हुई चलनेवाली सच्चाई है। निशंक ने कथाकार के रूप में राजनीति को वह मशाल दिखाई है, पर यह भी ध्यान रखा है कि उनका रवैया राजनीति के प्रति निरपेक्षता का रहे। समकालीन राजनीति पर न लिखकर, निशंक समाज को और समाज के आम आदमी को केंद्र में रखते हैं। वे

अपने लेखन में गांधी से लेकर आज तक के किसी नेता को पात्र के रूप में उपस्थित नहीं करते। कविता में भी वे जनता का गुणगान करते हैं और अपने साहित्यिक विवेचन में राजनयिकों से अधिक समाज-सेवकों को आगे लाते हैं।

यथार्थपरकता

प्रेमचंद ने एक बार अपने मित्र कहानीकार जैनेंद्र कुमार से कहा था कि रियलिस्ट हम में से कोई भी नहीं है। जो व्यक्ति एक आम आदमी की तरह जीवन बिताता है, साधारण व्यक्ति की भाँति अपने सामाजिक परिवेश का अंग बनकर उसके सुख-दुःख का भागी होता है। परिचित को ही नहीं, अपरिचित को भी गले लगाता है, उसी की लेखनी में सहजता, स्वाभाविकता और संवेदना का ऐसा प्रभाव और संप्रेषण हो पाता है। निशंक कवि और कथाकार के नाते उस 'वास्तव' को लिखते हैं, जो उन्होंने देखा है, जिसे उन्होंने भोगा है। वे न उस वास्तव का अनादर करते हैं, न उसकी हँसी उड़ाते हैं और न उससे भागकर किसी 'मधुमय देश' की कल्पना में खोकर रह जाना चाहते हैं। वे अपने समूचे परिदृश्य को देखते हैं, जिसमें चुनौतियाँ और संभावनाएँ दोनों हैं। निशंक की कहानियों में 'यथार्थ' न तो शब्दों के जाल में छिपा है और न संवादों की परतों में! पाठक को भी चाहिए कि वह अंग्रेजी मुहावरे 'बीटिंग अबाउट द बुश' के अनुसार रचना पर छड़ी लेकर न पिल पड़े, यथार्थ के खरगोश को झाड़ी में ही छिपा रहने दे और जो समक्ष है, उसे पहले देखे। वर्तमान सुख-दुःख में पड़कर सामाजिक यथार्थ की समझ आती है। जयशंकर प्रसाद अपने प्रारंभिक आख्यान-काव्य 'प्रेम-पथिक' में लिखते हैं—

वर्तमान सुख-दुःख में पड़कर हर्ष विषाद मानता जो
उपन्यास-लेखक है वह परिणाम स्थिति ही सच्ची है।

लगभग चौदह कहानी-संग्रह और दस उपन्यासों के पाठ के उपरांत यह तो स्पष्ट रूप से देख ही लिया है कि यहाँ जो कुछ है, वह यथार्थ है, उसके सिवाय कुछ नहीं। कहीं हजारीप्रसाद द्विवेदी ने कहा था कि यथार्थ का अंकन करना एक कौशल है। यह कौशल इसलिए है, क्योंकि साहित्य का उद्देश्य 'सत्य' की व्यापक प्रतिष्ठा है। यथार्थ का अंकन करके, पाठक को लेखक केवल यह यकीन दिलाता है कि वह जो कुछ कह रहा है, वह सत्य है। यथार्थ के सहारे यथार्थ का चित्रण निशंक करते हैं। 'खड़े हुए प्रश्न' सामाजिक यथार्थ को ही अभिव्यक्त करते हैं। 'वाह जिंदगी' की कहानियाँ वर्तमान सुख-दुःख को प्रस्तुत करते हुए भी 'फिर जीवन के लिए' लौट आता है। थॉमस हार्डी के लिए 'प्रसन्नता' दुःखी जीवन

का साधारण अनुच्छेद भर है, पर निशंक के लिए 'आनंद' परम लक्ष्य है। उत्कट जिजीविषा से निशंक की कहानियाँ और उपन्यास जो यथार्थ प्रस्तुत करते हैं, उसमें 'विपदा' जीवित रहती है, पर उसकी चाल बदल जाती है। यह भी कहना होगा कि इस लेखन का पाठक इस यथार्थ बोध को अधूरा पाएगा, क्योंकि यथार्थ का भयावह और घिनौना चेहरा उसके सामने उस तरह नहीं आता, जैसा आज का ट्रेंड है।

समकालीनता

समकालीनता एक स्थिति मात्र नहीं है, प्रतिमान भी है। यह कोई मुहावरा नहीं, बल्कि जीवन-दृष्टि है। अपने समय से लेखक का संबंध कितना है, कितना गहरा है, यह समकालीनता का सूचकांक है। अशोक वाजपेयी ने एक व्याख्यान में कहा था, "हमारे यहाँ एक तरह की समकालीनता नहीं है, बल्कि कई समकालीनताएँ हैं। हम तो पंचांगों में कई समयों में एक साथ रहनेवाले लोग हैं।" देवीशंकर अवस्थी 'रचना और आलोचना' में हमें यह ध्यान रखने के लिए सचेत करते हैं कि 'समकालीनता' एक कटा हुआ टुकड़ा नहीं है; वह भी परंपरा यानी इतिहास बोध का अंग होता है।

निशंक की साहित्य साधना का एक आयाम समकालीनता भी है। वे अतीत का गौरव अवश्य गाते हैं, किंतु अतीत में उनका वास नहीं! वे रहते इस जग में हैं। यह भी यहाँ उल्लेखनीय है कि उनकी समकालीनता महानगरीय परिवेश से आच्छादित नहीं है, वह ग्रामीण और उत्तरांचल से अनुप्राणित है। संवेदनशीलता और स्वचेतना से आप्लावित होकर निशंक ने 'प्रतीक्षा' खंड-काव्य में परंपरा और समकालीनता का ऐसा संतुलन और परिपाक उपस्थित किया है, जिसको आप मैथिलीशरण गुप्त की रचना 'यशोधरा' से मिलाकर देख सकते हैं। साकेतकार गुप्तजी ने परिवार की जिस मर्यादा को तुलसीदास और प्रेमचंद के समान अंगीकार किया है और उसे अपने अनुभव की प्रामाणिकता से तथा समकालीनता के आग्रह से अभूतपूर्व बनाया था, उसी को निभाते हुए, निशंक 'प्रतीक्षा' में 'पहाड़ी ग्रामीण समाज एवं संस्कृति की यथार्थानुभूति' के माध्यम से प्रस्तुत करते हैं। 'स्मृति पर्व' खंड में कवि 'एक कहानी' अतीत की स्मृति से पद्यबद्ध करते हैं, पर है यह समकालीनता का पर्यवेक्षण ही और भविष्य के प्रति शुभाशीष भी। 'प्रतिज्ञा' उपन्यास में भी समकालीनता 'इतिहास ने फिर एक बार अपने आपको दोहराया' पर जा पहुँचती है।

टी.एस. इलियट के प्रसिद्ध निबंध 'ट्रेडीशन एंड इंडिविजुअल टैलेंट' का भावानुवाद अज्ञेय ने 'रूढ़ि और मौलिकता' शीर्षक से 1940 में ही कर लिया था।

इस निबंध में संकेत किया गया है कि परंपरा के सजीव स्पंदन की चेतना के लिए निरी जानकारी और पांडित्य जरूरी नहीं है। रमेश पोखरियाल 'निशंक' के विपुल कृतित्व के 'स्थालीपुलाकन्याय' से किंचित् पाठ करने से ही मुझ जैसे पांडित्य रहित अकिंचन को जो अनुभव और अनुभूति हुई है, वह किसी बड़े आलोचक को दुर्लभ हो सकती थी। मैंने इस लेखन में भारतीयता का आख्यान और गाथा पढ़ ली है। आलेख के शीर्षक को 'तत्त्वदर्शी' विशेषण से सुशोभित करना–सिरमौर बनाना इसी अनुभूति की शाब्दिक अभिव्यक्ति है।

□

5

स्त्री पक्ष

पश्चिम के सयानों से सुनकर, कई बार विमर्श को एक धार्मिक घटना से जोड़कर स्पष्ट किया जाता है। जब ईसा मसीह को सूली पर चढ़ाया जा रहा था, तब ईसा ने कहा था, "हे ईश्वर, इन्हें माफ करना, ये नहीं जानते हैं कि ये क्या कर रहे हैं!" तब ही विमर्श उठे। ईसा मसीह ने कहा, "अगर ये नहीं जानते तो इन्हें जानना चाहिए!" तब ही से जानने और चिंतन करने की परंपरा शुरू हुई। पूर्व में किसी ने क्या कहा, ठीक से पता नहीं, पर यह पता जरूर है कि भारतीय कहते रहे हैं—अथातो ब्रह्म जिज्ञासा। बादरायण का 'ब्रह्मसूत्र' इस अत्यंत सुंदर और अर्थगर्भी वाक्य से प्रारंभ होता है। "आओ, अब हम परम सत्य की जिज्ञासा करें।" उपनिषद् और हैं क्या? विमर्श ही तो हैं। 'अब' शब्द को लेकर ही हमारे यहाँ इतना विमर्श और इतनी टीकाएँ हो चुकी हैं कि एक ग्रंथ लिखा जा सकता है। विमर्श का अर्थ हुआ—जीवंत और सार्थक बहस। हमारे यहाँ जो शास्त्रार्थ होते थे, वहीं विमर्श है। विचार से विमर्श। सुधेश के शब्दों में विचार या विचारों का विमर्श ही विमर्श है। विमर्श विचारहीन नहीं हो सकता—

> व्यक्तिगत रुचि या आग्रह को किसी गंभीर विमर्श में केंद्रीय स्थान हासिल नहीं हो सकता। विमर्श किसी शेखचिल्ली की चखचख या काल्पनिक उड़ान नहीं होता। विमर्श की धुरी विचार है। और विचारधारा? मेरे विचार में विमर्श विचारधारा केंद्रित भी हो सकता है, पर उसकी प्रकृति साहित्य केंद्रित विमर्श से अलग होगी। यह रेखांकित करना जरूरी है कि विचारधारा साहित्य नहीं है, यद्यपि साहित्य किसी विचारधारा से प्रेरणा ले सकता है। साहित्य का आधार जीवन और जगत् है। जगत् में मानो जगत् भी शामिल है। विचारधारा का आधार कोई सिद्धांत, विचार सरिणि या पुष्ट विचार होता है, जो जीवन के अनुभव से निकलता है।

'Give us this day our daily bread' पश्चिम की कामना रहती है, जबकि धन-धान्य से सदा परिपूर्ण भारतवर्ष का विमर्श है—तमसो मा ज्योतिर्गमय। वैदिक काल में ऋषियों ने विमर्श किया और पूछा—कस्मै देवाय हविषा विधेम? और प्रत्युत्तर में उन्हें अनेक उत्तर मिले। 'हिंदी साहित्य विमर्श' नाम से लगभग सौ वर्ष पूर्व लिखी गई, पुस्तक के लेखक पदुमलाल पुन्नालाल बख्शी ने हिंदी, हिंदू और हिंदुस्तान के साहित्य को समझने की एक कुंजी दी थी।

> *परंतु सच पूछो तो हिंदू धर्म कोई वस्तु नहीं है। हिंदू समाज ही सबकुछ है। धर्म का जो स्वरूप समाज से निश्चित होता है, एक वही धार्मिक समझा जाता है। जब कोई व्यक्ति समाज से अपना स्वत्व माँगता है, तब समाज उसे अधार्मिक कहकर दबाना चाहता है। यही जब साहित्य में प्रकट होता है, तब समाज के पक्षपाती आदर्श की दुहाई देकर उसको निर्मूल करना चाहते हैं। साहित्य में आदर्श की दुहाई देकर उसको निर्मूल कर देना चाहते हैं। साहित्य में आदर्श की जो कल्पना की गई है, वह बिल्कुल मिथ्या है। साहित्य में आदर्श की सृष्टि हो नहीं सकती। किसी विशेष परिस्थिति में यदि किसी ने किसी प्रकार के जीवन को आदर्श माना हो तो क्या उसका वह परिमित जीवन अनंत मानव-जीवन के लिए आदर्श हो सकता है? जब लोग साहित्य में किसी आदर्श की सृष्टि कर यह कहते हैं कि वस्तुत: जीवन ऐसा होना चाहिए, तब वे किसी विशेष परिस्थिति का वर्णन करते हैं, आदर्श का नहीं। (1923:176)*

हिंदी साहित्य में विमर्श की उपस्थिति इस प्रकार अर्वाचीन नहीं, प्राचीन है। विचार-विमर्श हो या खालिस विमर्श 'वार्त्तालाप' से यह अगली स्थिति है। यह अवश्य है कि कुछ दशकों से दलित, आदिवासी और स्त्री के अलग-अलग विमर्श हाशिए से केंद्र में आ गए हैं। यह उत्तर आधुनिकता की भावना भी है। उत्तर आधुनिकता में डिसकोर्स की सैद्धांतिक विवेचना मिशेल फूको से लेकर हेबरमास तक चली आती है। क्या है और क्या नहीं है विमर्श? बहुत गहरे जाने के स्थान पर यदि इतने से ही, निशंक के विचारों की थाह लेने के लिए विमर्श की युक्ति अपना ली जाए तो आसान होगा। निशंक की रचना में विचार भी है और उसके पीछे राष्ट्रीय विचारधारा भी। विमर्श स्वत: अनुगामी होगा।

कई साल पहले वीर भारत तलवार ने हैदराबाद में एक व्याख्यान दिया था,

जिसमें उन्होंने स्त्री विमर्श को हिंदी का सबसे दयनीय विमर्श बताते हुए कहा था कि मर्द को मुक्त समझना और मर्द के जैसा बनने की कोशिश करना नारीवाद नहीं है। नर को मर्द बनाना, मादा को स्त्री बनाना, ये हमारे समाज की संस्कृति की बुनियादी समस्या है। स्त्री-पुरुष की अवधारणा एक झूठी अवधारणा है। दोनों मनुष्य हैं, दोनों की जरूरत एक है, दोनों की भावना एक है। रमेश पोखरियाल 'निशंक' का एक उपन्यास है—'निशांत'। कोई उपन्यास का नाम ही जानकर कह उठेगा, "इस उपन्यास में निशांत नामक पात्र की कथा होगी।" पर आद्योपांत यह कथा है एक स्त्री की जिसका नाम है—मीताली। और यह स्त्री इस निशांत नामक पुरुष की चिर कृतज्ञ है। उपन्यास के प्रारंभ में ही वह गंभीरता से कहती है—

> इस चिड़िया को तो तुमने ही अहसास कराया कि इसके पंख हैं, वरना वह तो उड़ना ही भूल गई थी। उसकी उड़ान को दिशा एवं पंखों को ताकत तो तुमने ही दी है।

फिल्मों में और विदाई के समय सुना, वह पंजाबी लोकगीत 'साड़ा चिड़िया दा चंबा वे' तो स्मरण में आ ही जाता है, दूसरी ओर एक दूसरा रूपक भी सामने आ खड़ा होता है। स्त्री चिड़िया है? पुरुष चिड़ीमार है? ये एक-दूसरे के पूरक हैं या प्रतिद्वंद्वी! एक विचार फेमिनिज्म और स्त्री-सशक्तीकरण के पैरोकारों का है, दूसरी ओर एक विचार भारतीय है, जिसमें स्त्री गृहस्थ-जीवन की धुरी है। स्पष्ट दिखाई देता है कि उपन्यासकार अपने समय के नारीवादियों और स्त्री सशक्तीकरण के झंडाबरदारों के साथ तू-तू, मैं-मैं नहीं करना चाहता। वे यह बोध अपने पाठकों को करा देना चाहते हैं कि आदर्श स्थिति में स्त्री और पुरुष की सहभागिता की दरकार होती है। स्त्री 'एकला चलो रे' की ध्वजा फहराकर ही क्या समाज में आदर की पात्र बन सकती है? स्त्री-विमर्श और स्त्री-लेखन को समेटते हुए समय-समय पर 'हंस' आदि पत्रिकाओं में लिखे गए, आलेखों को पुस्तकाकार रूप में सहेजकर राजेंद्र यादव ने 'आदमी की निगाह में औरत' (2001) को प्रस्तुत किया था। पुस्तक की भूमिका में वे लिखते हैं—

> स्त्री हमारा अंश और विस्तार है। वह हमारी ऐसी जन्मभूमि है, जिसे हमने अपना उपनिवेश बना लिया है। हमारी सोच और संस्कृति के सारे सामंती और साम्राज्यवादी मूल्य उपनिवेशों के आधिपत्य और शोषण को जायज ठहराने की मानसिकता से पैदा होते हैं। बीसवीं शताब्दी के उत्तरार्ध में दुनिया भर में जो उपनिवेश भौतिक और मानसिक रूप से स्वतंत्र हुए, उनमें 'स्त्री' नाम का

उपनिवेश भी है। ...उनकी मुक्त हमारी मुक्त है।

बड़े आदमियों की बड़ी बातें! स्त्री को स्त्री मुक्ति (देह की स्वाधीनता) का पाठ पुरुष ने शायद इसलिए पढ़ाया कि कुछ विवाद हो चाहे विमर्श फैले या न फैले। उत्तर आधुनिक युग में विदेशों से आयातित विचारधाराओं और विमर्शों से प्रेरित होकर, हिंदी साहित्य की विविध विधाओं में सायास विमर्श केंद्रित लेखन की यह नियति है कि वह न घर का रहता है और न घाट का। सीमोन द बुवा ने कह दिया—स्त्री पैदा नहीं होती बनाई जाती है और हमने मान लिया, पर इस दौरान भारतीय साहित्य के 'कांतासम्मित उपदेश' को भूल बैठे। चिर-कुमार और सुकुमार पंतजी ने यदि कह दिया कि 'योनि मात्र रह गई नारी' तो यह कोई आप्त वचन हो गया? महादेवी वर्मा के लेखन को क्यों भुला दिया गया? 'यत्र नार्यस्तु पूज्यन्ते रमन्ते तत्र देवता' जैसी राष्ट्र-व्याप्त सूक्ति को आनन-फानन में विस्मृत कर दिया।

उल्लेखनीय है कि निशंक के लिए 'हिंदुस्तानी स्त्री की उदारता और सरलता व व्यक्तित्व में समाविष्ट महान् लेखिका एवं कवयित्री महादेवी वर्मा' आदरणीय और अनुकरणीय हैं। मुझे निशंक के लेखन में स्त्री पक्ष की भारतीय संतुलित दृष्टि का समावेश दिखाई दिया। निशंक की स्त्री प्रायः अपनी जमीन नहीं छोड़ती और यदि 'कृतघ्न' की पूनम की तरह छोड़ने की जिद करती है तो हार जाती है। स्त्री की शक्ति के पीछे उसके परिवार और समाज का संबल है। स्त्री की 'देह, भूख और प्यास' का चित्रण यहाँ ढूँढ़ने से भी नहीं मिलता। निशंक सदा ऐसी भूमिकाएँ और चरित्र रचते हैं, जो यथार्थ से दूर के न हों और स्त्री के अधिकारों के साथ ही उसके कर्तव्यों को भी परिभाषित करते चलें। 'पल्लवी' उपन्यास की पल्लवी ने इस परिभाषा को इस प्रकार समझाया है, "नहीं पापा! मैं कुछ ऐसा करना चाहती हूँ, जिसमें आत्मिक संतोष मिले। लगे कि समाज के लिए कुछ किया है। सिर्फ पैसा कमाने के लिए मैं अपना भविष्य नहीं बनना चाहती।" देश और समाज-सेवा का जो भूत लेखक के सिर पर सदा से सवार रहा है, वह उसके स्त्री पात्रों के सिर चढ़कर भी बोलता है।

औरत को शरीर और सेक्स माननेवाले ही नहीं होते। प्रेमचंद की 'सुमन' हो या मिर्जा हादी रुसवा की 'उमराव जान' भारतीय कथा साहित्य के उदय की कहानी देवरानी जेठानी की कहानी से ही शुरू होती है। निशंक के रचना-संसार की स्त्री का स्वरूप और उसका वैविध्य स्त्री के द्वारा स्त्री का, स्त्री के लिए नहीं है। यहाँ नारी भारतीय पारिवारिक जीवन का एक महत्त्वपूर्ण अंग है और वह बेटी, बहू, बहिन,

माँ और न-जाने रिश्ते-नातों की भारतीय शब्दावली में कितने रूपाकार लेती है। वह न तो इस्तेमाल की कोई चीज है और न उसके प्रति कोई हलकापन लेखक को रुचता है। लड़की या बेटी के रूप में उसके पूर्ण समर्पण और संकल्प का केंद्र उसके माता-पिता, भाई-बहन आदि हैं और विवाह के उपरांत वह एक नए रिश्ते में बँधकर नई भूमिका भी बखूबी निभाती है। निशंक स्त्री या स्त्री-विमर्श के अतिवादी रूप को अपने साहित्य में प्रस्तुत या चित्रित नहीं करते। उनके लिए नारी विमर्श कोई 'नारा' या रेडीमेड झंडा नहीं, जिसे पताका-सा फहराया जाए। उन्हें पश्चिम की अवधारणा को भारतीय समाज पर थोपकर वाहवाही लूटने का कोई शौक नहीं है।

निशंक के रचना-संसार में स्त्री और उसके विविध रूप का पारंपरिक होने का कारण यह है कि लेखक ने भारतीय परिवार व्यवस्था और गृहस्थ जीवन को ही नहीं देखा-भाला, बल्कि 'रामायण' और 'महाभारत' जैसे दो परस्पर विरोधी विकल्पों से अपनी लेखकीय मान्यताओं को सँजोया भी है। 'हिंदी साहित्य और संवेदना का विकास' (1986) के लेखक आचार्य रामस्वरूप चतुर्वेदी ने 'हिंदी का स्वरूप और हिंदी भाषी क्षेत्र' में आचार्य रामचंद्र शुक्ल के सिद्धांत 'विरुद्धों का सामंजस्य' और हिंदी मानस में अंतर्विरोधों को समोने की शक्ति की ओर संकेत करते हुए लिखा है—

> अपने चिंतन में ही नहीं, अपनी रचना-प्रक्रिया में भी हिंदू-मानस इसी प्रकार के छोरों को दरशाता है। हमारे दो आदि काव्य 'रामायण' और 'महाभारत' अपनी परिकल्पना में एक-दूसरे के विरोधी हैं। एक आदर्श की चरम गाथा है तो दूसरा यथार्थ का नग्न रूप। कथा का मूल ढाँचा, दोनों जगह भारतीय हिंदू परिवार में भाइयों के आपसी संबंध पर टिका हुआ है। पर इन संबंधों की दिशा अलग-अलग है। 'रामायण' के भाई इस बात के लिए तत्पर हैं कि दूसरा गद्दी पर बैठे, जबकि 'महाभारत' के भाई दूसरे को सुई की नोंक बराबर जमीन भी नहीं देना चाहते। इन दो छोरों में हिंदू जातीयता का पूरा विस्तार समा गया है।

एक ओर तो निशंक का लेखन इन दो आकर ग्रंथों को आदर्श मानता प्रतीत होता है, दूसरी ओर वह उस युग से निकलकर, इस युग के 'क्षरित होते हुए जीवन-मूल्यों और परंपराओं, ऊष्माहीन रिश्तों, दम तोड़ती हुई संवेदनाओं, संघर्षों, विडंबनाओं और विद्रूपताओं को मर्मांतक ढंग से चित्रित भी करता है।' 'टूटते दायरे' संग्रह की कहानियाँ प्रमाण हैं, जिनमें पहली ही कहानी 'जग की रीत' में वह

पारिवारिक व्यवस्था चूर-चूर हो जाती है—

दुनिया में औलाद के सुख से बड़ा कोई सुख नहीं है। पर इसी औलाद के दुःख से बड़ा कोई दुःख नहीं है। यही औलाद माँ-बाप को स्वर्ग दिखाती है, तो यही नरक भी भुगतवाती है। माँ की बरसों पुरानी ये सीख सुप्रिया को आज समझ में आ रही थी। जिंदगी के ताने-बाने का जैसे रेशा-रेशा सुलगने लगा।

'भागोंवाली' नाम के पात्र के रूप में जिस स्त्री का चरित्र प्रस्तुत किया गया है, वह है तो चार-चार बेटों की माँ होने के कारण भाग्यवान, भाग्यशाली और भागोंवाली, किंतु पति के निधन के पश्चात् परिवार के विघटन को देख एक-एक पैसे को मोहताज होने पर, अपने आप को अपने नाम के अनुरूप न पाकर इस नाम को व्यर्थ मानती है। स्त्री की इस दशा को पेश करके उपन्यासकार स्त्री को नहीं, समाज को बेनकाब करता है। स्त्री को मातृवत माननेवाला यह समाज कितना हृदयहीन हो सकता है!

जीवन के एक-एक संबंध को सँजोकर प्रस्तुत करते हुए, स्त्री को भारतीय संबंधों के केंद्र में रखकर निशंक का कवि मन कथाकार हो जाता है, पर कथावाचक नहीं बनता। उपदेश नहीं देता। 'छूट गया पड़ाव' उपन्यास की सरोज को स्थापित करने के लिए कथाकार निशंक जो कुछ भी लिखता है और जो कुछ भी अपने पात्रों से कहलवाता है और जिन प्रसंगों की सृष्टि करता है या उसके समानांतर रखता है, उन सबसे उसके व्यक्तित्व का मुकुल सरोज बनता है।

शिक्षा-संस्कारों का पावन संगम थी सरोज। जितनी प्रबुद्ध, उतनी ही विनीत। प्रखर भी और परिपक्व भी। एक सच्ची गुर। संत कबीर के बिल्कुल कुम्हार-सी। जो घड़ा गढ़ने को अंदर तो हाथ का सहारा दे और बाहर से चोट मारे। सुंदर घड़े को आकार देने की जुगलबंदी बच्चों तक ही नहीं, उनके माँ-बाप पर भी वह लागू करती।

पति जानता था कि सरोज काफी समझदार है। पढ़ी-लिखी है और उससे कहीं ज्यादा परिपक्व भी। एक बार वह गच्चा खा सकता है, पर वह नहीं! आखिर है तो औरत ही, कोई मर्द तो नहीं, लेकिन आज एक मर्द और ऊपर से पति का वह दर्प, पत्नी की सोच, सद्इच्छा और संकल्प के आगे बिलाकर रह गया।

अंततोगत्वा लेखकीय दृष्टि पुरुष की केंद्रीयता के दर्प को रेखांकित करने की ठान ही लेती है। पाठक जब किसी उपन्यास या कहानी को पढ़ रहा होता है तो वह

प्रति क्षण लेखक को अपने साथ नहीं रखता। कुछ समय पश्चात् चरित्र उसके साथ हो जाते हैं। ठीक उसी प्रकार निशंक जब अपने चरित्र और पात्रों को कागज पर आकार देते हैं, तब वे रचनाकार होते हैं, एक सच्चे रचनाकार का कोई स्त्री-पुरुष (लिंग) नहीं होता। वह खरगोश किस्म का दब्बू नहीं होता। वाचाल न भी हो, तो भी वह कलम का धनी होता है। वह सच्चा रचनाकार होता है।

एक कहानी है—पगली। निशंक इस कहानी को एक स्त्री के रूप में प्रस्तुत करते हैं। कहने का तात्पर्य यही है कि एक लेडी डॉक्टर कमला नामक पगली के जीवन की कहानी, उसी की जुबानी सुनकर बेसाख्ता कह उठती है—जिस औरत को कल तक मैं पागल समझ रही थी, वो तो आम महिलाओं की तरह है। फिर लोग इसे पागल क्यों कह रहे थे? क्यों बनी रहती है ये पागल की तरह! ये प्रश्न अब भी मेरे मन में तैर रहे थे। वह यह सोचने पर मजबूर थी कि पागल कौन है। 'स्त्री के प्रति समाज की असंवेदनशीलता और उसके प्रति लोलुपता से खुद को बचाने के लिए कमला का पगली के रूप में स्वांग करना' पुरुषवादी मानसिकता पर परोक्ष प्रहार है।

तभी तो 'निशांत' उपन्यास लिखने बैठा कथाकार मीताली लिखने लग जाता है। कोई भूमिका न लिखकर भी लेखक भाई-बहन = शेखर-मीताली के जोड़े में से दूसरे को प्रथम बना देता है। 'शेखर! आज तुमने जो किया, वह ठीक नहीं है। हम सुंस्कारित लोग हैं, यह सब हमको ठीक नहीं लगता।' कहकर एक क्षण में ही लेखक स्त्री को बड़ा कर देता है। शिक्षा को किस प्रकार विकास और प्रगति के लिए स्त्री सशक्तीकरण के निमित्त किया जा सकता है, यह बताता है। समतावादी समाज की ओर उन्मुख निशंक-दृष्टि में पुरुषसत्तात्मक समाज के वर्चस्व को चुनौती देनेवाली स्त्रियाँ भी कम नहीं हैं।

यह माना जाता है कि तुलनात्मक रूप से 'पहाड़ की नारी' अपनी अदम्य जिजीविषा, अखंड धैर्य, अथक परिश्रम और अटूट आत्मविश्वास के कारण आदर की पात्र रही है। 'पहाड़ोंवाली' कहते ही मन भक्ति-भाव से भर जाता है। उसके जुझारूपन के उदाहरण अनेक हैं और समाज में अपने दम पर संघर्ष करनेवालों में पहाड़ की स्त्री का कोई जोड़ नहीं। अनेक बार निशंक के रचनाकार व्यक्तित्व ने इस स्त्री को अपनी कलम से चित्रित किया है। मातृशक्ति की प्रतीक नारी को कल्पना और यथार्थ के मेल से बनाया है। जैसे—'बीरा' उपन्यास की नायिका, योगेंद्र नाथ शर्मा 'अरुण' के शब्दों में, उत्तराखंड की नारी के दर्पदीप्त, त्यागमय,

उत्सर्गपूर्ण, और आदर्श जीवन की सच्ची प्रतीक है। 'भावना से कर्तव्य ऊँचा होता है' का आदर्श प्रस्तुत करके, इस उपन्यास की नायिका 'बीरा' ने एक साथ ही प्रेम, त्याग और सेवा की त्रिवेणी प्रस्तुत कर दी है। इस उपन्यास की एक अन्य पात्र विमला कुछ तथाकथित आधुनिकता है, फिर भी वह अपने आपको नियंत्रण में रखती है, "ये दुनिया विचित्र है, यहाँ किस पर भरोसा किया जाए और किस पर नहीं, कुछ कहा नहीं जा सकता! हर इनसान अपने चेहरे पर मुखौटा लगाए हुए है, पता नहीं कब मुखौटा उतरे और इनसानियत की हैवानियत सामने आ जाए।" और सबसे अलग, किंतु पहाड़ की आम-स्त्रियों का प्रतिनिधित्व करनेवाली 'निशांत' उपन्यास की सावित्री की संध्यचर्या और दिनचर्या को पढ़ लें, पता चलेगा कि बड़े फौजी अफसर की पत्नी होने से ही उसमें सुर्खाब के कोई पर नहीं लग जाते—

सावित्री घास का गट्ठर सिर पर रखे गौशाला पहुँची। साँझ ढलनेवाली थी। उसे अभी गाय दुहनी है। फिर जानवरों को घास देकर 'अड़या मोर' लगाना है। उफ् कितनी थकान भरी जिंदगी है! रोज-रोज की घास, लकड़ी और पानी की किल्लत। घास, लकड़ी सिर पर ढोते-ढोते तो बाल भी निकल गए। बड़ा कठिन जीवन है पहाड़ में महिलाओं का! पुरुष बेचारे ठीक हैं। बाहर नौकरी करते हैं। वर्ष में एक बार आ गए छुट्टी। खूब मौज-मस्ती मारी और फिर चले।

महिलाओं को कितना-कितना काम करना पड़ता है घर का। सुबह मुँह अँधेरे उठो, सबसे पहले अड़या खोलो। जानवरों को घास-चारा खिलाओ। फिर पानी लेने जाओ धारे पर, उसके बाद चूल्हा जलाओ, बच्चों का चाय-नाश्ता तैयार करो। तब जाकर कहीं थोड़ी सी फुरसत मिलती है, एक कुल्ला चाय पीने की।

'अपना पराया' उपन्यास की लक्ष्मी त्याग, समर्पण, प्रेम, आदर, परोपकार, परदुःखकातरता और क्षमा आदि गुणों से युक्त है। उसके गुणों को उभरने देने के लिए लेखक एक दूसरे स्त्री-पात्र को उसके उलट प्रस्तुत करता है। लक्ष्मी की सास कमला स्वार्थ, ईर्ष्या, लालच, जलन, हिंसा और क्रोध आदि की खान है। कमला के चरित्र के विकास के फलस्वरूप उसमें सद्गुणों का आगमन हो जाता है। लक्ष्मी को सदा इस बात का भय रहता है कि कोई उसके बारे में क्या सोचेगा! वह नाम की ही नहीं, रूप की भी लक्ष्मी है। अपनी सास के कटु वचन (बस नाम और रूप की ही लक्ष्मी है, बाकी तो कंगाल है) सुनकर भी वह अपनी सास के दिल में अपनी जगह बनाने की सोचती है।

अपने आसपास बिखरी कहानियों की पारखी नजर और संवेदनशील मन से शिनाख्त करते हुए, जब पाठक 'कैसे संबंध' और 'दहलीज' जैसी बिखरी कहानियों से रूबरू होते हैं, तब वे स्त्री-जीवन की अनेक वर्जनाओं से परिचित होते हैं। 'लिव-इन-रिलेशनशिप' के चलन को बच्चे और बड़े अपनी-अपनी तरह से देखते हैं। 'सिर्फ अच्छे दोस्त' का तमगा संस्कारी मन को ही नहीं, तमगा प्राप्तकर्ता को भी आहत करता है। 'कैसे संबंध' कहानी में 'न' बोलनेवाली नारी के रूप में पलक का व्यवहार पाठक को एकदम 'लाइफ इन ए मेट्रो' की कंगना से आगे ले जाकर 'पिंक' और 'थप्पड़' की तापसी पन्नु की याद दिला देगा, लेकिन पलक जानती थी उसे क्या करना है। सिद्धार्थ को उसके द्वार पर भेजकर ईश्वर ने उसके साथ इनसाफ किया है। ईश्वर की सत्ता पर विश्वास होता दिखा उसे। अब 'न' बोलने की बारी पलक की थी। निशंक के स्त्री पात्र कभी कमजोर नहीं पड़ते। वे संघर्ष करते हैं, सहायता करते हैं और कभी-कभी ईंट का जवाब पत्थर से भी देते हैं। 'दरार कहाँ पड़ी' कहानी की स्त्री-पात्र अपने पति के जुल्म-ओ-सितम की इन्तहा होने पर आहत होकर कह देती है, "किसी की भीख पर नहीं जी रही हूँ। नौकरी करती हूँ, नौकरी। ठाठ से रहूँगी और अलग रहूँगी तो कम-से-कम ये रोज-रोज का सिर दर्द तो मेरा दूर होगा।"

इच्छित दहेज न लाने के कारण प्रताड़ित की गई स्त्री पर ही नहीं, निशंक वधू पक्ष की ज्यादतियों से त्रस्त पुरुषों की कथा भी कहते हैं। 'सजा तो मिलेगी' कहानी में पिता और पुत्री मिलकर वर पक्ष को लूटते हैं। स्त्री विमर्श की जिस आदमी की निगाह की मैं सामान्यत: उपेक्षा होते देखता हूँ और जिसे अनेक लेखिकाओं ने भी छींके पर रख दिया है, उसे निशंक चर्चा के केंद्र में 'दहलीज' जैसी कहानियों के माध्यम से लाते हैं। 'पुरुष विमर्श' का जिक्र आपको हास्यास्पद लग सकता है, किंतु ऐसी स्त्रियाँ भी हैं, जो परिवार की मर्यादा को ढकोसला और संबंधों को खामख्याली समझती हैं। इस लंबी-कहानी में फिल्मी अंदाज जरूर है, फिर भी यह 'घर-घर की कहानी' है।

मानव-मन के लालच की कोई सीमा नहीं। एक समय था, जब अनुराधा के पास कुछ न था। ऐसे घर में जन्म लिया था, जहाँ बमुश्किल दो जून की रोटी ही मिल पाती। किस्मत ने पलटा खाया और अनुकूल की पत्नी बन सुविधा-संपन्न घर में आ गई। अनुकूल ने भी उसे कोई कमी न होने दी, लेकिन उसी अनुकूल की परिस्थितियाँ विपरीत हुईं तो अनुराधा ने मुँह फेर लिया। भूल गई उस समय को,

जो उसने अनुकूल के साथ बिताया था। जिस अनुकूल के नाम पर आज वह इन ऊँचाइयों पर थी, वही अनुकूल उसे आज नालायक, निकम्मा इनसान प्रतीत होता था।

उपन्यास 'कृतघ्न' का संपूर्ण कथ्य यही है कि पुरुष यदि स्त्री को मानव-मात्र समझकर उसकी सहायता करता है तो कई बार स्त्रियाँ उसे प्रेम मान लेती हैं। उन पर अपना अधिकार जताने लगती हैं। इस उपन्यास में पूनम पहले तो अपने घर में रह रहे किराएदार की सहायता, सहयोग और मार्गदर्शन को प्रेम समझकर, उसके साथ घर छोड़कर चली जाना चाहती है। असफल होने पर अंबुज नामक समाज-सेवी सेठ की पत्नी के निधन पर उससे विवाह करने के लिए हठ कर बैठती है। अहसान फरामोश कोई है तो यह स्त्री ही है, जिसका नाम है—पूनम। पूनम में कुछ करने की कूवत है। 'उसके मन में सपने थे, उड़ान थी। तलाश थी तो एक अदद संभावना की। वह कोशिशें कर रही थी और इन सब में उसका मददगार बना अंबुज।' पूनम ने इस मददगार से मदद ली और अपने उग्र स्वभाव से उसकी इज्जत मिट्टी में मिला दी। क्या 'पुरुष विमर्श' की दृष्टि से भी इस उपन्यास का पाठ नहीं होना चाहिए। अंबुज के माध्यम से पाठक यह भी पढ़ लेता है कि अतिशय दयावीर होना भी ठीक नहीं। पूनम की अतिशय महत्त्वाकांक्षा और क्षुद्र मानसिकता का चित्रण करने के लिए वर्षा, सुकन्या, गुंजन जैसे सकारात्मक स्त्री-पात्रों को भी तुलनात्मक रूप से देखना चाहिए। पूनम भी बीरा उपन्यास की नायिका के समान 'नर्स' जैसे सेवा-कार्य को अपनाती है, पर दोनों में कितना अंतर है। बीरा विवाह के प्रस्ताव को स्वीकार नहीं करती, पूनम जिसके समक्ष भी यह प्रस्ताव रखती है, वह उसे अस्वीकृत कर देता है। कहना न होगा कि पुरुष वर्ग के शोषण का शिकार स्त्रियाँ हैं तो उनका साथ पाकर जीवन में आगे बढ़नेवाली भी। प्रेमचंद की मुलिया का मानो पुनर्जन्म ही हो गया है।

उन्नति की चाह में कुछ समय के लिए भटक गई स्त्री को पुरुष भी सही मार्ग दिखा सकता है। एक-दूसरे के पूरक बनने की सीख देती निशंक की अनेक कहानियाँ स्त्री विमर्श को नई ऊँचाइयाँ देती हैं। स्त्री का दमित और दयनीय रूप ही दिखाकर वाहवाही लूटते हुए चर्चा में आना और बात है, किंतु परिवार और गृहस्थ के दायित्व का निर्वाह करना अलग है। 'वापसी' और 'नई आशा' कहानियों में पतिगृह को त्यागने वाली आधुनिकाएँ कालांतर में वापस आ जाती हैं। 'दरार कहाँ पड़ी' कहानी भी परिवार की मर्यादा की कहानी है। 'कर्तव्य' कहानी में गीतिका

अविवाहित रहकर अपने भाई-बहन, विधवा माँ की सेवा व भरण-पोषण करती है। पथ-भ्रष्ट बहन का विवाह अपने प्रेमी से करा देती है। स्त्री अनेक सामाजिक दायित्वों का वहन करती चली जाती है, किंतु वह 'मर्यादा' नहीं छोड़ती। अपने मूल्यों को निशंक अपने पात्रों में थोप देते हैं और यथार्थ के नाम पर आधा-अधूरा पक्ष ही देखा जा सकता है।

कहना न होगा कि निशंक मूलतः फेमिनिज्म के अर्थ में स्त्री सशक्तीकरण के पैरोकार नहीं हैं, वे कथाकार हैं। अपनी कहानियों और उपन्यासों में जिस स्त्री को वे रचते हैं, वह उनकी पहचान की स्त्रियाँ हैं। निशंक न तो पूरे शरतचंद्र हैं और न पूरे प्रेमचंद। उन्होंने स्त्री के उसी रूप को प्रस्तुत किया है, जिसे वे जानते हैं। विवाह पूर्व या विवाहेतर प्रेम-प्रसंगों आदि का बार-बार वर्णन करके निशंक स्त्री की गरिमा को चुनौती नहीं देना चाहते। स्त्री का माँ का रूप उनकी दृष्टि में सर्वोपरि है और उसके पश्चात् भी वह बहन, पत्नी आदि ही अधिक है। यह कहना भी अतिरंजना न होगी कि स्त्री को बदलते समय के अनुरूप यकायक बदलते वे नहीं दिखाते। पितृसत्तात्मक व्यवस्था के विरोध में वे अपना स्वर मुखर नहीं करते। फिर भी स्त्रियाँ अपनी उपस्थिति को दर्ज कराती चलती हैं। उनका विरोध व्यक्तियों से भी इसलिए है, क्योंकि वे उस पुरुष प्रधान व्यवस्था के अंग हैं। उनका अब खुद को लेकर विचार बदल रहा है। यही नहीं, पुरुष वर्ग के विचारों में भी आमूल-चूल तो नहीं फिर भी बदलाव है अवश्य। निशंक की कुछ औपन्यासिक नायिकाएँ, जैसे 'अपना पराया' की लक्ष्मी सकारात्मक जीवन-मूल्यों की प्रतीक है। ये जीवन-मूल्य वे हैं, जिन्हें कथाकार 'सकारात्मक' समझता है। 'पल्लवी' उपन्यास में भी नायिका उच्चादर्शों की प्रतीक है और 'कुंती' चरित्रवान और जिसे छोटी उम्र में ही चरित्रहीन पति ने घर से निकाल दिया था। भागोंवाली स्त्री मातृत्व और वत्सलता की टोकरी सिर पर धरे रहती है। 'छूट गया पड़ाव' की सरोज को 'शिक्षा-संस्कारों का पावन संगम' इसीलिए कहा गया है, क्योंकि 'पति जानता था कि सरोज काफी समझदार है' पर फिर भी वह यही कहता है—आखिर हो तो औरत ही, कोई मर्द तो नहीं।

निशंक की कविता में स्त्री-पक्ष

हिंदी कविता में नारी के प्रति कवियों के दृष्टिकोण में निरंतर परिवर्तन होता गया है। आधुनिक काल में इसमें आमूल-चूल परिवर्तन हुआ और महावीर प्रसाद द्विवेदी ने खासतौर से कवियों को समाज की उपेक्षिता नारी पर लिखने के लिए

कवियों से कहा। महावीर का 'प्रसाद' प्राप्त गुप्तजी ने इस पर तुरंत ध्यान दिया। मैथिलीशरण गुप्त की नारी भावना का प्रसंग आते ही 'अबला जीवन हाय तुम्हारी यही कहानी, आँचल में है दूध और आँखों में पानी' जैसी काव्य-पंक्तियाँ सामने आ जाती हैं। वास्तव में, द्विवेदी युग का कवि स्त्री के प्रति सहानुभूति रखता है, पर संकोच के कारण दूर-दूर रहता है। छायावादी कवियों ने नारी को महिमामंडित किया। आधुनिक कवि स्त्री को न भक्तिकालीन मायावादी दृष्टि से देखता है, न रीतिकालीन भोगवादी दृष्टि से, किंतु अब भी अनेक कवियों के छायावादी संस्कार कमोबेश उपस्थित हैं। स्त्री के प्रति प्रेम की अनुभूति कवि निशंक में है या नहीं, पर उनकी कुछ कविताओं में यह संस्कार सिर चढ़कर बोलता है। कवि के खंड-काव्य 'प्रतीक्षा' की अंतिम पंक्तियाँ हैं—

ममता से है व्यूहित यह, करुणा से भरी कहानी।
अबला भी सबला बन जाती, दृग पथ में लेकर पानी॥

कवि निशंक की कविता का आलंबन स्त्री भी है और यह स्त्री मुख्यतः 'भारतमाता' है। 'मातृभूमि के लिए' कविता-संग्रह में यही कामना है—धन-दौलत, वैभव न मिले माँ, भारतभूमि की धूलि मिले। 'प्रतीक्षा' खंड-काव्य में माँ का अपने देशभक्त पुत्र के लिए प्रेम की व्यापकता शब्दबद्ध की गई है। वात्सल्य और करुण रस से ओतप्रोत काव्य-पंक्तियों में ममत्व और वेदना का समाहार है। वृद्धा माता को भारतमाता और पुत्र को देशभक्त सैनिक के रूप में प्रस्तुत करके स्त्री को वीरप्रसूता माता के रूप में देखा दिखाया गया है। 'मेरी माँ' जैसी अनेक कविताओं में 'मेरी माँ मेरी पूजा, तुझे मेरा वंदन है' आदि पारंपरिक पंक्तियाँ लिखते-लिखते कवि थकता नहीं।

प्रेम का वह प्रेमी-प्रेमिका, पति-पत्नी का रूप कविता के शिल्प में कहीं है भी, तो बस ऐसा कुछ है—जा रहा पथ गामिनी, पर मीत तेरे गीत गाता। और यौवन फकत-स्वार्थ ताजे कंटक पाएँ। निम्नलिखित पंक्तियाँ कुछ कहती तो हैं—

तुम ही तो मेरे जीवन के, घोर तिमिर को हरती हो।
श्वास प्रश्वास में दिखती हो तुम, मूक प्रेरणा भरती हो।

स्त्री को प्रेरणाशक्ति आदि कहने के अतिरिक्त स्त्री-पुरुष के संबंधों को सँजोकर कवि निशंक जब प्रस्तुत करते हैं, तब कुछ रूमानी होते हुए भी बहुत संतुलन का परिचय देते हुए, बस इतना ही कहते हैं। 'प्यार रहे' कविता का अंश है—

दीपक से बाती का संबंध जितना,
जीवन में अपना रहे प्यार इतना।
तुम्हीं प्रेरणा बन मन में समाए,
हृदय के अँधेरे तुम्हीं ने मिटाए॥
है सूरज का किरणों से संबंध जितना,
जीवन में अपना रहे प्यार इतना।
तुम्हीं ने तो जीवन हर पल सँवारा,
तभी तो हृदय ने तुमको पुकारा॥
चाँदनी का चंदा से संबंध जितना,
जीवन में अपना रहे प्यार इतना॥

आप अगर ध्यान दें तो उपरोक्त पंक्तियों में 'मैं' अर्थात् अहं का कहीं नाम नहीं है। 'अपना' और 'तुम' का प्रयोग इस प्रकार से है कि इन पंक्तियों का गायक कोई भी हो सकता है, स्त्री या पुरुष कोई भी। जब कवि एक कविता-संग्रह को 'तुम भी मेरे साथ चलो' के आह्वान से प्रस्तुत करता है, तो इस 'तुम' के संबोधन में वेदना और संवेदना दोनों हैं। जिस प्रकार बच्चन, अपनी कविता में 'साथी' का प्रयोग खूब किया करते थे, निशंक का प्रिय शब्द 'तुम' है—

तुम न मिलते, प्रिय न मिलता,
जीवन का यह पुष्प न खिलता।
कितना भोलापन है तुम्हारा,
तुमको कुछ भी ज्ञान नहीं है।

वागर्थ के समान स्त्री-पुरुष को संपृक्त कहनेवाले कालिदास रहे हैं, उसी परिपाटी को कविता में अब भी जीते हैं कवि-कोविद गण। निशंक को भी इनमें शामिल जानकर भला लगेगा ही।

□

6

कहानी ही तो है

यह विचित्र, किंतु सत्य है कि आम पाठक से लेकर वरिष्ठ आलोचक तक जब कहानी की चर्चा करते हैं तो कथक या कथाकार का नाम सबसे पहले लेते हैं—प्रेमचंद की कहानी। स्वयं कहानीकार भी कहते हैं—मेरी प्रिय कहानियाँ। शोधार्थी शोध-प्रबंध लिखते हैं—अमुक की कहानियों में स्त्री विमर्श। ठीक वैसे ही पुस्तकें भी प्रकाशित होती हैं—निशंक की कहानियों में मानवीय संवेदना। लगता है कि कहानीकार का उसकी कहानी पर कोई ठप्पा लगा होता है। क्या हम, किसी कहानी को बिना उसके लेखक के नाम को जाने नहीं पढ़ सकते? रॉस चेंबर्स ने इसी को लक्ष्य करते हुए लिखा है—कहानी कहना, अपनी प्रभुता की अभिव्यक्ति है (to tell a story is to exercise power)। जब कोई कथाकार किसी कहानी को कहता है, तब वह यह बता रहा होता है, 'सुनो, तुम्हें नहीं पता, असल में हुआ क्या था? हुआ यह था कि…। 1962 की भारत-चीन की लड़ाई की कहानी आज भी कही-सुनी जाती है। 'लम्हों ने खता की थी, सदियों ने सजा पाई' में भी तो कहानी की एक निरंतरता ही है। कालजयी कहानी वह है, जिसके रचनाकार से पहले, रचना का नाम लिया जाए। 'उसने कहा था' कालजयी है, क्योंकि उसके रचनाकार का नाम बाद में लिया जाता है। ग्रीक भाषा में एक शब्द है—gnarus। इसका अर्थ है—जानना—इसी से बना-नरेटर-जाननेवाला-उसे जानकर कहनेवाला। वह सर्वज्ञ है और कहानियाँ इसी कारण अपने कहनेवाले से जुड़ी होती हैं। कहानियाँ खत्म नहीं होतीं (फिर क्या हुआ?)। कहानी की कहानी की कहानी चलती रहेगी। ए बाबू मोशाय, जिंदगी बड़ी होनी चाहिए…लंबी नहीं। (We are all just stories in the end. Just make it a good one, eh? The Doctor in Doctor Who) धनंजय वर्मा के अनुसार, कहानी की लोकप्रियता का कारण यह है कि वह अधिक सहज (डाइरेक्ट) संबोधन और संवाद है, उसमें पाठक का

'पार्टीसिपेशन' अपेक्षाकृत अधिक और आसानी से हो जाता है, उसकी 'अपील' भी इसीलिए अधिक व्यापक रही है और हो रही है। 'कहानी : विचारधारा और यथार्थ' (2020) में लेखक वैभव सिंह के शब्दों में कहानी केवल यांत्रिक किस्म की सामाजिक शक्ति नहीं है, जिसका काम सामाजिक परिवर्तन करना है, वह मानवीय सृजन व श्रेष्ठतम विचारों की अभिव्यक्ति का कलात्मक माध्यम है, जिससे बेहतर समाज की कल्पना को बल मिलता है।

कहानी जितने ध्यान से पढ़ी जानी चाहिए, उतने ध्यान से उसकी समीक्षा करनेवाले भी नहीं पढ़ते। समीक्षक भी बस, कहानी-कला के पाँच-छह तत्त्वों के आधार पर कुछ कह-लिख देते हैं। सामान्य पाठक उसके कथानक को दुहरा भर देता है। कहानी के तत्त्व तो केवल साधन हैं, साध्य रूप में केवल एक ही प्रतिपाद्य होगा। वही कहानी की संपूर्ण सर्जना का केंद्रबिंदु होता है। इसे डॉ. जगन्नाथ प्रसाद शर्मा 'मूलभाव' कहते हैं। कहानी का यह मूल भाव ही तो पाठक को द्रवित करता है। नामवर सिंह कहते हैं कि हिंदी के पाठक कहानी को असाहित्यिक ढंग से पढ़ते चले आए हैं और वे उनसे 'आत्मपूर्ण ग्रहणशीलता' की अपेक्षा रखते हैं। समय काटने, मनोरंजन करने या नींद लाने के लिए कहानी पढ़नेवाले, कहानी के 'तंत' (मूलभाव) तक नहीं जा सकते। वे केवल कहानी को अच्छा या बुरा ही कहते हैं। कुछ पाठक, जिन्हें सुरेंद्र चौधरी 'समर्पित पाठक' कहते हैं, वे पाठक बड़ी सहजता से लेखकीय दृष्टिकोण को धारण कर लेते हैं। पर जो पाठक मानवीय अस्तित्व के प्रति तत्पर होते हैं, सजग और सचेत होते हैं, ऐसे 'तत्पर पाठक' अपने जीवनानुभवों को भी कहानी से मिलाकर, कहानी का सही अर्थों में 'पाठ' करते हैं। वे कहानी का 'सरसरा-पाठ' (surface-reading) नहीं करते, वे कहानी की तह तक जाते हैं। कहानी के पाठ के द्वारा उसके मर्म तक जाकर उसके अर्थ का संधान करते हैं।

समकालीन कहानी में 'मानवीय मूल्यों के संरक्षण, जीवनी शक्ति के परिप्रेषण एवं सामाजिक नवनिर्माण की उत्कट प्यास है।' नामवर सिंह के अनुसार, कहानी की 'सफलता' का अर्थ है—कहानी की सार्थकता! यह सार्थकता इसमें है कि किसी भी छोटी-से-छोटी घटना में अर्थ के स्तर-स्तर उद्‌घाटित करता हुआ, उसकी व्याप्ति को मानवीय सत्य की सीमा तक पहुँचा देता है। ऐसे अर्थगर्भत्व को नामवर सिंह 'सार्थकता' कहते हैं। जीवन के प्रत्येक प्रसंग में निहित अंतर्विरोध को पकड़कर जागरूक कहानीकार उसे सार्थकता प्रदान करता है। अपने आसपास फैली कहानियों को झट से लपककर फट से उसे लिख डालने की कला में माहिर

निशंक की कहानियों में मानवीय संवेदना सरसराहट से नहीं निकल और फिसल जाती। वे अतिरिक्त संवेदनशील चाहे न भी हों, किंतु संवेदनहीन नहीं होते। निशंक की कहानियों में हम, सामाजिक अंतर्विरोध के पारिवारिक पक्ष को अधिकतर देखते हैं।

जब कोई पाठक किसी कहानी को पढ़ लेता है, तब वह उस कहानी को फिर से किसी को सुना सकता है। लिखकर भेज सकता है। उसकी वह कहानी उसे भी एक कहानीकार बना देती है। निशंक की कुछ कहानियाँ ऐसी ही हैं, जिसमें लगता है कि वे किसी घटना को देखकर फिर से बता रहे हैं, बिना किसी लाग-लपेट के और बिना कोई 'इशटाइल' मारे। 'एक कहानी और' संग्रह की कई कहानियाँ देखने से ऐसा ही लगता है। 'संवेदनहीन' कहानी में 'भैंस के कान काटने' वाली बात में कितनी पीड़ा, व्यंग्य और परिहास है! लगता ही नहीं कि लेखक लिख रहा है, वह तो कह रहा होता है, जिसे पाठक सुन रहा होता है। आप इस कहानी को फिर-फिर दूसरों को न सुनाएँ तो कहना! 'बेजुबान' कहानी में दो मजदूरों की दो घोड़ियों नीलम और भूरी के माध्यम से पशुओं के शोषण को दिखाया गया है।

> *नीलम और भूरी को देखिए¨ इनसानों की तरह आचरण कर रहे हैं। लगता है, जैसे मानवीय व्यवहार को अच्छी तरह समझते होंगे। कितने संवेदनशील, अपने मालिकों के प्रति इतना संवेदनशील तो इनसान कभी हो ही नहीं सकता, जितने संवेदनशील ये निरीह व बेजुबान जानवर हैं।*

ये कहानियाँ आप दिन में भी सुन, कह और पढ़ सकते हैं। मामा रास्ता नहीं भूलेगा, यह गारंटी मेरी है। प्रेमचंद की कहानी 'सवा सेर गेहूँ' में कथाकार ने जो लिखा है, वह बरबस स्मरण आ जाता है—पाठक! इस वृत्तांत को कपोल-कल्पित न समझिए। यह सत्य घटना है। ऐसे शंकरों और ऐसे विप्रों से दुनिया खाली नहीं है। निशंक की इन निरीह सी इकहरी लगनेवाली कहानियों में भी वही प्रेमचंदी लुभाव है। 'गरीबी हटाओ' कहानी का समापन वाक्य है—यदि गरीब भूखे पेट रामदेई और उसके बच्चों की तरह इसी प्रकार हटते रहे, तो एक दिन गरीबी तो सदा के लिए अपने आप ही हट जाएगी न¨। कहना न होगा कि निशंक जब अपने अनुभव से या दूसरों के भोगे और उन्हें बताए, विवरणों से कोई कहानी बनाकर प्रस्तुत करते हैं तो वे भी अपने अनुभव को अपने पाठकों से साझा करके पाठकों का अनुभव बना देते हैं। नामवर सिंह, जिसे कहानी का 'आंतरिक समवाय' कहते हैं, वह यही तो

है। कथाकार भावना का प्राधान्य लेकर लिखता है, संवेदना से कथा की भाव-भूमि को सींचता है। किसी ने ठीक ही कहा था कि कहानी-लेखन 'लाजवंती' की तरह नाजुक कला है और लाजवंती की यह बूटी ज्यादा कलाबाजी से भी कुम्हला सकती है और रूखे हाथों से भी। निशंक बड़ी सतर्कता और सजीवता से कहानी कहते हैं।

कहानी में कहानीपन है कि नहीं। निशंक की कहानी के पाठक कम-से-कम एक बात के बारे में तो निश्चित रूप से कह सकते हैं कि वे किसी-न-किसी तरह दुखती रग को जरूर छूते हैं। किसी छोटी सी घटना या बात को लेकर कहानी की बुनावट में वह बात इस तरह से गूँथ देते हैं कि उसे पढ़ते ही वह बात झट से कौंध जाती है। कहानी में विट, गल्प और रूमानियत भी दाल में नमक के बराबर होता है। निशंक की कहानी अबूझ पहेली न होकर, जीवन और समाज से लिया गया कोई पेज होती है, जिसमें कोई रहस्यमय सोती सुंदरी के स्थान पर कोई संघर्ष करती रामदेई या कुंती होती है। निशंक की कहानी आम जिंदगी के साधारण लोगों से हमें मिलवाती है, जो असाधारण काम कर देते हैं। आह जिंदगी के स्थान पर 'वाह जिंदगी' को उकेरती निशंक की कहानियाँ पथ-भ्रष्टों को मार्ग दिखाती हैं। 'जीवन जीने के लिए' यह समझाकर सही मार्ग दिखाती हैं। 'टेढ़े-मेढ़े रास्ते' भटकाव भरे हैं तो उनसे निकालने का काम, ये कहानियाँ प्रभावशाली ढंग से करती हैं।

कथा कहनेवाले को आजकल कथाकार कहते हैं, कथा सरितसागर में उसे 'कथक' कहा गया है, कथानक भी उससे ही बना लगता है। उसे मार्मिक स्थलों की पहचान होती है। उसे पता होता है कि कहानी का अंत कहाँ करना है और उसी के आधार पर उसका आरंभ कैसे किया जा सकता है। कहानीकार के रूप में निशंक ने विविध विधियों से अपनी कहानियों को प्रस्तुत किया है। वास्तव में, कहानी के संपूर्ण रचना-विधान में तीन स्थल बड़े ही महत्त्वपूर्ण माने गए हैं। कुछ कहानियों का आदि, मध्य और अंत देखने से कुछ पैटर्न बनता दिखाई देता है। आदि और अंत में विद्वानों ने 'आधार-आधेय-संबंध' का संचार माना है। डॉ. जगन्नाथ प्रसाद शर्मा के शब्दों में 'अंत में प्रतिपाद्य है तो आरंभ उसकी पूर्व पीठिका।' अंत में जो कहना होता है, उसकी भूमिका आरंभ में स्थिर कर देनी पड़ती है। ऐसी स्थिति में दोनों का अन्योन्य संबंध स्थापित हो जाता है। मध्य-बिंदु को चरम सीमा की ओर जाने के लिए प्रयुक्त किया जाता है।

आरंभ (Ab ovo)

कहानी को आरंभ करने का सबसे साधारण और सामान्य रूप है—विवरण

देते हुए लेखक अपने मूलभाव को प्रस्तुत कर दे। निशंक की अनेक कहानियाँ इसी प्रकार से शुरू होती हैं। जिन कहानियों का आरंभ इस प्रकार हुआ है, उसमें रोचकता और नाटकीयता का पक्ष कुछ कम हो जाता है, किंतु परिचय-पक्ष सुदृढ़ और सुस्पष्ट हो जाता है। प्रेमचंद की तरह निशंक भी इस तरह से लेखन करने में सिद्धहस्त हैं। 'बड़ी सीख' कहानी का आरंभ है—कचहरी परिसर के बाहर आज कुछ ज्यादा ही मजमा लगा था। तीन दिन से यहाँ पूर्व स्वतंत्रता सेनानी संतन सिंह का बेटा जितेंद्र अपने परिवार सहित अनशन पर बैठा था।

कहानी शुरू होते ही संवाद बिंदु उपस्थित हो जाता है। प्रसादजी की कहानी 'आकाशदीप' की तरह 'बंदी/क्या है ?/सोने दो' जैसी टोका-टोकी अब दुर्लभ ही हो गई है। पर निशंक कई बार अपनी कहानी को सीधे संवाद से शुरू करते हैं। वे अपनी कहानी के आरंभ-स्थल को विशेष रूप से सजाते हैं। नाटकीय समारंभ की इस युक्ति के तीव्र आकर्षण से पाठक कहानी से बँधता चला जाता है। 'एक और बेड खाली हो गया' कहानी का आरंभ इस प्रकार होता है, "अरे राजू, जल्दी से आओ, एक और बेड खाली हो गया, डेड बॉडी हटाकर चादर बदल दो और जिसका अगला नंबर हो, उसे बेड दे दो।" नर्स सिस्टर रोजी ने वार्ड ब्वाय राजू को आवाज देते हुए कहा।

कभी-कभी निशंक की कहानी चित्र विधान से शुरू होती है। कभी यह चित्रण मानव स्वभाव या क्रिया का होता है और कभी प्रकृति के स्वरूप का। इनसे प्रस्फुटित होकर, जब कहानी निकलती है तो उसके प्रभाव में पाठक आगे चल पड़ता है। निशंक इस प्रकार के चित्रण में विस्तार नहीं करते, बल्कि उतना ही लिखते हैं, जितना आवश्यक समझते हैं। 'ईर्ष्या' कहानी का प्रारंभ है—सर्दियों की खुशनुमा सुबह, बाहर लॉन पर गुनगुनी धूप पसरी थी। दिल्ली जैसी धुंध और कोहरे भरी सर्दियों में ऐसी खिली-खिली धूप बिरले ही नसीब होती है।

कभी यह आरंभ किसी उक्ति से होता है, जैसे 'प्रायश्चित्त' कहानी का पहला वाक्य—रिश्ते भी मुट्ठी से रेत की तरह रीत जाते हैं। 'आखिर क्यों' के प्रारंभ में दी गई कहावत—कहते हैं, ममत्व से भरे आत्मीय रिश्ते अपनी ममता पर आसन्न अनिष्ट की पहले ही आहट दे देते हैं। कभी कौतूहलपूर्ण आरंभ करके निशंक जिज्ञासा, आश्चर्य, रोमांच और चमत्कार पैदा कर देते हैं। 'आतंक' कहानी कुछ इस तरह खुलती है—रात के सन्नाटे को तोड़ती, गोलियों की आवाज आई तो महक चीख उठी—'प्रखर, मुझे उसके पास जाने दो प्लीज।'

मध्य (In medias res)

वस्तुतः देखा जाए तो न कोई अंत अंत है और न कोई आरंभ आरंभ। उसका आदि, मध्य और अवसान नहीं होता, कहकर ईश्वर की आराधना की जाती रही है। साहित्य में भी यही देखा गया है कि किसी कथा का प्रारंभ 'भए प्रगट कृपाला' से कदापि नहीं होता। जन्म से लेकर मृत्यु तक का बयान कोई कहानी या उपन्यास नहीं होता। यहाँ सबकुछ 'मध्य' से शुरू होता है और वहीं पर खत्म। इसे पाश्चात्य आलोचना में मध्य से लेकर (in medias res-Horace) कहा जाता है। दांते की 'डिवाइन कॉमेडी' इसका अच्छा उदाहरण है। निशंक के कथा-क्रम को देखें तो कम-से-कम तीन 'मध्य' दृष्टिगोचर होते हैं—जीवन का मध्य, कथा का मध्य या असमंजस और अंधकार का मध्य। कहना न होगा कि पूर्ण प्रारंभ निशंक के रचना-संसार में मुझे दिखाई नहीं दिया। 'मेजर निराला' का आरंभ ही देखें—

पंद्रह वर्ष!

जी हाँ, पूरे पंद्रह वर्ष जेल की सलाखों के पीछे काट दिए थे, मेजर निराला ने। कम नहीं होते जीवन के पंद्रह बसंत। एक-एक दिन मानो एक-एक युग के बराबर। अपराध क्या था उसका?

आर.के. नारायण का उपन्यास 'द गाइड' भी लगभग ऐसे ही शुरू हुआ है। कोई भी कहानी लेकर देख लें। यही दिखाई देगा। निशंक के एक कहानी-संग्रह का शीर्षक ही 'अंतहीन' है। इसकी पहली कहानी 'अतीत की परछाइयाँ' है, अर्थात् कहानी वर्तमान से अतीत में जाती है। इस प्रकार भूत-वर्तमान-भविष्य का जो क्रम है, वह क्रम रचनाकार की संरचना का नहीं होता। हिंदी भाषा में भूत और भविष्य के लिए एक ही शब्द है—कल। 'दहलीज' कहानी में प्रारंभ ऐसे होता है—अनुराधा आज बहुत प्रसन्न थी। बहुत दिनों से खुशियाँ, जैसे इस घर से रूठी हुई थीं। कहीं से भी कोई ऐसा समाचार नहीं मिलता, जिससे जीवन में नवरस का संचार हो।' देख सकते हैं कि कोई कहानी पूर्णतः 'प्रारंभ' नहीं होती, वे पहले से शुरू हो चुकी होती हैं। पाठक को उससे जुड़ना होता है और वह जुड़ता भी है।

अंत (Epilog)

आदि और अंत में से अंत को अधिक महत्त्व दिया जाता है, क्योंकि यहीं कहानी का मूल भाव प्रकट और स्पष्ट होता है। अंत न बिगड़े, यह चिंता सार्वभौम है। हिंदी कहानी के साधक आलोचक 'प्रभावन्विति' की बहुत चर्चा करते हैं। कई पाठक ऐसे होते हैं, जो कहानी का अंत पढ़कर कहानी में पहले हुए समस्त

क्रियाकलाप का अनुमान लगा लेते हैं। आरंभ की तरह अंत भी निशंक की कहानियों में काबिले-तारीफ है। यहाँ यह कहना समीचीन होगा कि निशंक जब अपनी कहानी कहते हैं तो उसके अंत करने में उनकी अभिरुचि और आकांक्षा का प्रभाव होता है। वे अपने व्यक्तित्व और विचार के अनुसार अपनी कहानी का अंत करते हैं। वे अपनी साहित्य रचना को उद्देश्यपूर्ण कहते हैं और कहानी के 'पात्रों की सार्थक व रचनात्मक भूमिका के जरिए समाज को सीख, संदेश और संस्कार देने की कोशिश' करते हैं। बात यही है, जब कहानी कही जाती है और जिस विचार अथवा भाव से कहानी का आरंभ हुआ, जिन चरित्रों और घटनाओं से कहानी का विकास हुआ उनका अंत भी इस प्रकार करते हैं कि पाठक के मन पर कहानी की अमिट छाप पड़ जाए। निशंक की कहानियों में अंत या समाप्ति-स्थल सरल, सहज, वास्तविक और प्रसारगामी होता है। 'संकल्प' कहानी का अंत, उदाहरण के लिए, अति सहज और सपाट है—गाँवों में 'नशा उन्मूलन' के संकल्प की चमक कुंती के चेहरे पर दमक रही थी। 'छलावा' कहानी का अंत एक प्रकार से कहानीकार की नपी-तुली टिप्पणी है—मवलेश की गिरफ्तारी के बाद, लोग अच्छी तरह समझ गए थे कि पहाड़ संघर्ष के साथी, साक्षी और प्रेरणास्रोत तो हो सकते हैं, परंतु पहाड़ किसी के गुनाहों पर परदा नहीं डाल सकते। सदियों से चली आ रही, यही इस पहाड़ की रीत है, जिस पर प्रत्येक पहाड़वासी को गर्व है।

नाटकीय अंत—कहानी की समाप्ति का नाटकीय अंत बेहतर माना जाता है। आरंभ में नाटकीयता लाने के लिए चुटीले संवाद आवश्यक हैं, पर अंत में उतने नहीं। यहाँ बात को समाप्त करते हुए केवल एक वाक्य भी दिया जा सकता है। 'ईर्ष्या' कहानी का अंतिम वाक्य है—मन फिर कड़वाहट से भर गया था। यह छोटा सा वाक्य ही पाठक के मन को मथ देता है।

कहानी का अंत अनेक बार संवाद व उक्ति से होता है। 'पश्चात्ताप' कहानी का अंत इस प्रकार होता है—'तुम लोगों को सही दिशा और अच्छे संस्कार देकर बेटी और बहू दोनों को तनिक भी सुकून पहुँचा सकूँ, तो यही मेरा सच्चा पश्चात्ताप होगा।' और चिंतामणि की बूढ़ी आँखें आत्मविश्वास से भर गईं।

नाटकीय अंत के साथ ही निशंक अपनी कहानी का अंत किसी प्रश्न से करते हैं। 'भय' कहानी का प्रश्न है—क्या वह उसे अपने प्यार, आकर्षण, अपनत्व का अहसास दिला पाने में सफल हो सकेगा? 'महान् कौन?' कहानी में इसी प्रश्न से समापन होता है। 'महान् कौन है, शशांक या मैं? दुरुस्त हालातों में कोई भी महान्

हो सकता है, लेकिन विषम और विपरीत परिस्थितियों में इन गुणों का बने रहना ही सच्ची महानता है और मेरी नजर में वही महान् है।

जिस प्रकार कहानी का प्रारंभ कई बार इतिवृत से होता है, वर्णन से होता है; वैसे ही निशंक कहानी का अंत कई बार पुरानी रीति से करते हैं। 'भगवान् ने जैसा भला इसका किया, वैसा सबका करें।' कई बार ऐसे अंत कोई चेतना नहीं जगा पाते और पढ़े भी बार-बार नहीं जाते। फिर भी इनसे निशंक पाठकों की बालकोचित जिज्ञासा पूर्ति तो कर ही देते हैं। 'आनंद मरते नहीं' कहानी का अंत है—आज शरत से मिलकर, मुझे अनायास ही आनंद फिल्म के हीरो की याद आ गई। वह हमारे काल्पनिक जीवन के रंगमंच का पात्र था। पर यह आनंद तो जिंदगी के असली रंगमंच का पात्र है, जो हमेशा हमारे दिलों में धड़कता रहेगा।

जनोन्मुखी, जनसरोकारी और लोककल्याणकारी कहानियाँ

लूसिए गोल्डमैन ने एक बार कहा था कि साहित्यिक कृतियाँ प्रकृत्यः सामाजिक होती हैं (कल्चरल प्रोडक्ट्स आर इनहेरेंटली सोशल)। इसलिए हमारी दृष्टि में रचनाकार से अधिक रचना का महत्त्व होना चाहिए। कोई रचना एक व्यक्ति के द्वारा लिखी जाने पर भी व्यक्तिगत संस्मरण मात्र नहीं होती, वह 'ट्रांसइंडिविजुअल' होती है, यानी 'अधिवैयक्तिक' होती है। डार्विन, मार्क्स और फ्रायड ने क्रमशः मानव की उत्पत्ति, उसके क्रियाकलाप और उसके मनोविज्ञान के संबंध में पुरानी धारणाओं को परिवर्तित किया और पुराने विचारों में परिवर्तन हुआ। कहानीकार ने इसे लक्ष्य किया, क्योंकि उसे भी पुराने माने हुए सत्य अब असत्य लगने लगे। जो वह कहना चाहता है, वह कह भी देता है और उस कहे को पाठक समझ भी लेता है। सोवियत रूस के कथाकारों ने इसमें उल्लेखनीय पहल की और विश्व को कालजयी कहानियाँ दीं। अपनी प्रत्येक रचना को 'जनोन्मुखी, जनसरोकारी और लोककल्याणकारी' बनाकर प्रस्तुत करने की चेष्टा में लगे, निशंक अपनी रचनाधर्मिता को पूरी संवेदना, स्वच्छंदता और नैसर्गिकता से निभाने की भरसक कोशिश करते रहे हैं। कथाकार के रूप में वे जीवन-मूल्यों को समेटने का ध्येय भी रखते हैं। उनका यह उद्देश्य नैतिकता और सामाजिक मूल्यों से युक्त है। सोद्देश्य साहित्य मूल्यों पर आधारित होता है। सामाजिक रूप से पूर्ण रूप से जागरूक निशंक मूल्य और उनसे जुड़े, अनेक प्रश्नों का अपनी रचनाओं में ध्यान रखते हैं। उन्होंने पूरी जिम्मेदारी से मूल्य तथा उससे जुड़े अनेक प्रश्नों पर विचार किया है। इस भयावह समय में अपने लोगों को अपनी कहानी सुनाकर वे वही कुछ

कर रहे हैं, जो आम और खास साहित्यकार करता रहा है। यह जरूरी नहीं कि हर कहानी अच्छी ही बन पड़े, लेकिन कहनेवाले के अंदाज में वह बात होनी चाहिए, ईमानदारी होनी चाहिए। मानवीय संवेदना किस रूप में कहाँ तक चलती चली जाती है, इससे यदि निशंक की कहानी की जाँच करें तो पता चले। कहानी गढ़ना नहीं, कहानी को बुनना होगा। और इसके लिए कच्चा माल जीवन की आँच से तपाना होगा, यही निशंक करते हैं।

निशंक की कई कहानियों में न तो कोई अघटित-घटना होती है और न घटना-वैचित्र्य ही। कोई घुमाव नहीं और न ही बेकार की माथापच्ची। बस सामान्य सा जीवन और जीवन-प्रवाह। फिर भी कहानी कही जाती है, बन जाती है। पाठक भी 'आत्मपूर्ण ग्रहणशीलता' (नामवर सिंह के शब्द) से उसे जब आत्मसात् करता है तो उसके सामने कहानी का मर्म उद्घाटित हो जाता है। कथात्मक गहराई के स्थान पर, वह भावात्मक गहराई से कहानी के मर्म तक पहुँचता है। कभी-कभी यह भी होता है कि बिना घटना-वैचित्र्य, बिना किसी घुमाव के और बिना किसी रहस्य के सामान्य से जीवन की सामान्य सी घटना अंदर तक चली जाती है। कुछ कहानियाँ भावात्मक स्तर पर पाठक को द्रवित करती हैं। एक छोटा सा वाक्य ही दिल को चीर जाता है। 'मेरे संकल्प' कहानी में निरुत्तर करनेवाला प्रश्न है—माँ वे इतने अमीर और हम इतने गरीब क्यों हैं? यह छोटा सा वाक्य कहानी की मूल संवेदना को व्यक्त कर देता है। और फिर माँ की विवशता, 'बेटा, वे बड़े लोग हैं। तेरे पिता और भाई उनके खेतों में मजदूरी करते हैं। हम उनकी बराबरी नहीं कर सकते।' निशंक की इन लघु-कलेवर की कहानियों पर तो प्रेमचंद की 'गल्प समुच्चय' (द्वितीय संस्करण, पृष्ठ 2) में दी गई उक्ति सत्य चरितार्थ होती है—संक्षिप्त रूप से गल्प एक कविता है, जिसमें जीवन के किसी एक अंग या किसी एक मनोभाव को प्रदर्शित करना ही लेखक का उद्देश्य होता है। प्रेमचंद के इस कथन और कहानीकार चेखव के दूसरे कथन को निशंक याद रखते हैं—संक्षिप्तता ही प्रतिभा की सहोदरा है। आकार में शायद ही कोई कहानी 'बहुल' है। यहाँ तक कि निशंक के एक कहानी-संग्रह की कहानियाँ एक ही बैठक में पढ़ी जा सकती हैं। यह भी उल्लेखनीय है कि निशंक के कई उपन्यास अपने संक्षिप्त कलेवर के कारण 'लंबी कहानी' का भ्रम पैदा करते हैं।

देवभूमि की लोकप्रिय विदुषी प्रो. डॉ. सविता मोहन ने निशंक के एक कहानी-संग्रह 'बस एक ही इच्छा' की समीक्षा करते समय 'कथानक' की चर्चा

को रचना की परख का आधार मानते हुए, कथाकार का व्यक्ति चित्र भी प्रस्तुत किया है—निशंकजी के व्यक्तित्व के साथ उनका इतिहास भी गुंथा हुआ है—संघर्षमय बाल्यकाल, पत्रकार युवक, सचेत शिक्षक और ओजस्वी राजनेता। उनसे मिलकर कभी ऐसा प्रतीत होता है, जैसे आप किसी बीस साल के युवक से बात कर रहे हों। भविष्य की योजनाओं के विषय में वे घंटों व्याख्यान देते हैं। कभी जीवन के अनुभवों से समृद्ध प्रौढ़ व्यक्तित्व उनमें झलकता है, जब वे चिंतित होते हैं कि इतनी सक्रियता के बावजूद राज्य समस्याओं से अब भी जूझ रहा है। साहित्यकार के रूप में उनका व्यक्तित्व सबसे अलग है। अनुभवों का विशाल भंडार उनकी कहानियों में झलकता है। पहाड़ के जीवन और समाज का चित्रण जितनी सरलता से उन्होंने किया है, वह दुर्लभ है।

यह मैं अनुमान के आधार पर ही कह रहा हूँ, किंतु इसमें सत्य का अंश कम नहीं हो सकता। नेताओं और मंत्रियों के यहाँ प्रतिदिन अनेक आम लोग, अपनी-अपनी समस्याएँ लेकर आया करते हैं और मंत्रीजी या उनके किसी नियत अधिकारी उन लोगों से अर्जियाँ लेकर उनका यथोचित निष्पादन करते हैं। निशंकजी ने अवश्य ही आम लोगों को मिनटों में निपटाकर अपने कर्तव्य की इतिश्री नहीं की होगी। बल्कि वे हरेक की व्यथा और उसकी कथा को ध्यानपूर्वक सुनकर अधिकारपूर्वक उसका हल खोजकर रहते होंगे। इसी प्रक्रिया में उन्हें कदम-कदम पर कहानियाँ मिलीं। निशंक हर चेहरे के पीछे की कहानियाँ पढ़कर उसे लिख भर देते हैं। पाठकीय संवेदना उसे ठौर पर पहुँचाती है। क्या आपको भी यह पढ़ते हुए, जैसा मुझे लिखते हुए हुआ, मुक्तिबोध के ये शब्द याद नहीं आए?

कहानियाँ लेकर और
मुझको कुछ देकर ये चौराहे फैलते
जहाँ जरा खड़े होकर
बातें कुछ करता हूँ,
उपन्यास मिल जाते।

अनेक पाठक हैं, जो यही मानते हैं कि जीवन की सच्चाई इन कहानियों का सबसे बड़ा गुण है। शायद ही कोई ऐसी कहानी होगी, जो पूरी तरह कल्पना की उपज हो। 'निरा सच' अधपका भी हो तो भी संपूर्ण मानवता के लिए आदर्श होता है। 'जो है, जैसा है, उसे वैसा ही चित्रित करो' इस मंत्र को लेकर, निशंक के पात्र बोलते कम हैं, पर कहते बहुत हैं। माँ अपने बेटे से कहती है—'बेटा वे

बड़े लोग हैं। हम उनकी बराबरी नहीं कर सकते।' मानवीय पीड़ा को 'अभिव्यक्त करती संवेदनहीन' कहानी हो या 'मनीऑर्डर' या कोई और, बात एक ही है—हम संज्ञाभ्रष्ट हो चुके हैं। 'दोषी कौन' की शर्मिला आत्महत्या से पहले एक पत्र लिखती है—मेरी ईश्वर से प्रार्थना है कि वह लोगों को सद्बुद्धि दे, ताकि मुझ जैसी हादसे की शिकार लड़कियों से जीने का हक भी न छीन लिया जाए। मैंने इन कहानियों के पाठ से यही पाया कि इन कहानियों के सभी पात्र मेरे इर्द-गिर्द भी हैं और मैं उन्हें अच्छा-भला देख भी पा रहा हूँ। बस, तीव्र संवेदना नहीं है, कभी द्रवित होता भी हूँ तो ऐसी लिखित प्रतिक्रिया नहीं कर पाता, इसलिए कहानीकार नहीं हो पाता।

निशंक की कहानियों के अंदर बहुत सी ऐसी बारीकियाँ भी हैं, जिनकी ओर पाठक की तो बिसात ही क्या, घाघ आलोचक भी नहीं जान सकता कि वे किस प्रकार अपनी कहानी में कोई संदेश पिरोते हैं। कहाँ और कैसे उसे कहानी का अंग बनाते हैं। 'निशंक की कहानियों में मानवीय संवेदना' पुस्तक के दर्जन भर विद्वान् अपने-अपने ढंग से स्वतंत्र रूप से लिखते हुए भी पूर्वाधारित 'मानवीय संवेदना' का संधान करते चले गए। मेरे विचार में कहानी में 'मानवीय संवेदना' के अतिरिक्त भी बहुत कुछ होता है। संवेदना तो कई बार अश्रुविगलित करके छोड़ सकती है, पर 'साक्षात् दर्शन' जैसी कहानियाँ 'जादुई यथार्थ' का भ्रम पैदा करती हैं। 'वाह जिंदगी' की कई कहानियाँ ऐसी ही हैं। कहानी में कई स्थानों पर अनमोल मोती मिल जाते हैं। कुछ कथोपकथन सूक्तियाँ हो जाती हैं। और ये कहानियाँ निशंक को इसलिए इतनी इफरात से मिल जाती हैं, क्योंकि वे सोशल डिस्टेंस नहीं रखते। उनका 'फील्ड वर्क' निस्संदेह उनके 'टेबल वर्क' से कई गुना बेहतर है।

डॉ. योगेंद्र नाथ शर्मा 'अरुण' के शब्दों में अपनी कविताओं में जहाँ डॉ. 'निशंक' हमें राष्ट्रचेता के रूप में दिखते हैं, वहीं अपने कथा-साहित्य में डॉ. 'निशंक' जीवन-मूल्यों की सशक्त अभिव्यक्ति करानेवाले साहित्य साधक के रूप में प्रतिष्ठित होते हैं। डॉ. हरिमोहन मानते हैं कि अमानवीय होते आज के समय में मानव-मूल्यों के ह्रास के प्रति, उनकी गहन चिंता उनके समूचे लेखन में परिव्याप्त है। निशंक की कहानियों को मानवीय संवेदना और नैतिक-मूल्यों की दृष्टि से देखने से उनकी कहानी-कला से न्याय नहीं होगा। प्रत्येक कहानी में कुछ संवेदना तो होगी ही। पर मानवीय व्यवहार केवल मूल्यों और संवेदना तक सीमित नहीं। हर कहानी में यही ढूँढ़ने से बेहतर है कि निशंक की कहानी को सजगता, आत्मीयता और आत्मनिर्णयपूर्वक पढ़कर देखा जाए।

निशंक की कहानियों में मानवीय संवेदनाएँ ही नहीं हैं, इनमें तथाकथित 'कथानक' के अतिरिक्त भी कुछ है, जो कहानी के पाठ के पश्चात् मन में उभरता-उतरता है। कभी कोई चरित्र या पात्र रुला देता है, कभी कोई घटना। कुछ कहानियों में केवल किसी पात्र का व्यक्तित्व ही पूरे विस्तार से पाठक को प्रभावित करता है और फिर वह उसके साथ-साथ आगे बढ़ता है। कहानी का घटनाक्रम गौण हो जाता है। 'विपदा जीवित है' में विपदा का मानवीकरण तो है ही, विपदा से द्रवित होनेवाला एक पत्रकार भी है, जो तब से लगातार लगभग बीस वर्षों से गरीबों और गाँव की समस्याओं को अपने अखबार में प्रमुखता से प्रकाशित कर रहे हैं। एक पात्र एक समूचे कहानी-संग्रह में व्याप्त हो जाता है। 'तृप्ति के आँसू' कहानी में भी इस श्लेष का कमाल है। ये खुशी के आँसू हैं।

कथानक की सरलता के बीच, अनेक मानवीय भावनाओं का परिपाक निशंक की कहानियों में मिलता है। वे सहज रूप से बिना किसी उपोद्घात के, बिना लंबी भूमिका बाँधें, कथा के मूल मंतव्य पर जा पहुँचते हैं। यह निशंक की रचना-कौशल का कमाल है। कहना न होगा कि ये कहानियाँ मानवीय भावनाओं के विविध रूपों को इस प्रकार प्रतिष्ठित करते हैं कि उन्हें घटनाओं के चमत्कार की जरूरत ही नहीं पड़ती। निशंक की कहानियों में कथात्मक स्थैर्य (Narrative calm) के कारण पाठक को अनुभूति की तीव्रता बहुत समय तक सालती रहती है। निशंक विचार को ही कहानी के रूप में नहीं ढालते, बल्कि किसी घटना विशेष से प्रभावित होकर भी कहानी का निर्माण करते हैं।

निशंक ने कहानीकार के रूप में जीवन और भारतीय समाज के अनेक मुद्दों को अपने लेखन में स्थान दिया है और निरंतर देते रहे हैं। सामाजिक शोषण, हिंसा, अन्याय, अभाव और परिस्थितिजन्य विवशताओं के बारे में कथा का ढाँचा खड़ा करके, वे कर्तव्यच्युत नहीं हो जाते, बल्कि अपने रचनाकार होने के दायित्व को भी ध्यान में रखते हैं। वे भारतीय अस्मिता को तलाशने और रचने के लिए लेखनी उठाते हैं, इसलिए पाठक कथा के माध्यम से अपने सामने घटते हुए दृश्यों को एक व्यापक सांस्कृतिक-सामाजिक परिप्रेक्ष्य में भी देखता है। कोई भी कहानी या उपन्यास यहाँ निराशापस्त और घटाटोप अंधकार से आच्छादित नहीं है। चरित्र संघर्ष करते हैं और आत्मविश्वास से भरे-पूरे रहते हैं। पर ये इनसान हमारे जैसे हैं, लेखक निशंक अपने पात्रों को मसीहा नहीं बनने देता। उसके पात्र भारत की सांस्कृतिक, सामाजिक और पारिवारिक नैतिकता और मूल्यों की आँच पर सिककर अरुणाभा प्राप्त करते हैं। वे

अपने परिवेश को रचकर ही संतुष्ट हैं और न तो 'वाद' के विवाद में पड़ते हैं और न ही मिथकों को प्रवेश कराकर, पाठक से नए अर्थ-संदर्भों को खोजने की माँग करते हैं। व्यवस्था-विरोध के प्रति निशंक के पात्र अपना क्रोध व्यक्त करते हैं, पर हिंसक और बगावत पर नहीं उतर आते। निशंक की प्राथमिक चिंता यह है कि आज के समय में मानवतावादी मूल्यों और भारतीय संस्कारों का जो पतन हो रहा है, उसे कैसे रोका जाए और रचनात्मक रूप से उसकी सहज अभिव्यक्ति कैसे हो? आज की पीढ़ी मूल्यहीनता की सीढ़ी पर लगातार जिस प्रकार चढ़ती जा रही है, उससे सावधान करने के लिए कथाकार अपनी रचनाओं में एक नए सत्य से अपने पाठकों को रूबरू कराता है। निशंक के मुख्य सरोकारों में प्रथम है—सामाजिक सजगता और समरसता।

प्रेम, परिवार और स्त्री-पुरुष संबंध

उपन्यास का वास्तविक जीवन से संवाद होता है, इसलिए इसके मूल्य भी कुछ हद तक वास्तविक जीवन के मूल्य होते हैं, लेकिन यह स्पष्ट है कि 'औरतों के मूल्य मर्दों द्वारा निर्मित मूल्यों से अकसर भिन्न होते हैं।' उपन्यासकार वर्जीनिया वुल्फ की पुस्तक 'ए रूम ऑफ वन्स ओन' के ये शब्द अपनी जगह और किसी हद तक निशंक के उपन्यास पर भी लागू होते हैं। जिस रूप में किसी शिक्षित पुरुष के लेखन में स्त्री आ सकती है और आनी चाहिए, वह रूप यहाँ अपनी संपूर्णता से आया है। स्त्री यहाँ एक व्यक्ति से अधिक एक व्यक्तित्व है, एक गढ़ा हुआ बढ़ता व्यक्तित्व। नर-नारी संबंधों की दैहिक पड़ताल निशंक नहीं करते। काम और प्रेम का 'चॉकलेटी चित्रण' यहाँ ढूँढ़ने से भी नहीं मिलता। न कोई बोल्ड बिंब हैं और न काम के आवेग का चटखारेदार ब्योरा। न कोई मछली मरी हुई है, न मारी गई है। पुरुष उत्तेजना का धधकता ज्वालामुखी और स्त्री की चाह में लेखक का न तो मन रमता है और न कहीं ठीक-ठिकाने का वर्णन वे करते हैं। प्रेम का सात्त्विक और वह भी गृहस्थ प्रेम का उदात्त स्वरूप यहाँ बहुतायत से मिलता है। निशंक की लोकप्रियता का रहस्य यह भी है कि वे अपनी रचनाओं में जीवन के एक-एक संबंध का एकदम शालीन वर्णन करते हैं। उदाहरण के लिए, 'वापसी' कहानी की अनु और 'नई आशा' कहानी की आशा आधुनिकाएँ हैं और परंपरागत जीवन से हटकर पतिगृह छोड़ अवश्य देती हैं, पर अंत में वापस लौट आती हैं। भगना, भागना, भगाना आदि यहाँ देखने में कम ही आता है। एकाध बार 'लिव इन' की सरपट चर्चा बस कहने भर के लिए है।

निशंक के सहज, सरल, रैखिक और घरेलू कथा संसार में किसी प्रकार की आपाधापी, जल्दबाजी या मटरगश्ती नहीं दिखाई देती। यहाँ एक विशेष प्रकार की 'कामनेस' एक विशिष्ट शांति प्रतीत होती है। कथाकार की भलमनसाहत पहली पंक्ति से ही महसूस होने लगती है। सुरेंद्र चौधरी 'हिंदी कहानी प्रक्रिया और पाठ' (1963) में जिस 'कथा शक्ति' (नेरेटिव एनर्जी) की चर्चा करते हैं और जो कहानी का स्वभाव होना चाहिए, इस 'प्रशांति भाव' को निशंक की कथा शक्ति कहा जा सकता है। जैनेंद्र कुमार ने कभी कहा था—कहानी की भाषा जीने की भाषा है, जानने की भाषा नहीं। निशंक कहानी को जीकर लिखते हैं, लिखकर जीते हैं। जिस टोन में निशंक अपनी कहानी को उठाते हैं, वह टोन कहानी कह नहीं रही होती, उसे जी रही होती है। निशंक की कहानियाँ एक संपूर्ण जीवन-पद्धति को सहेजते हुए चलती हैं। उदाहरण के लिए, 'रद्दीवाला' कहानी को देखें तो इस कहानी की एक ही घटना, एक संपूर्ण जीवन-बोध को प्रकाशित करती है। निशंक की कहानियाँ उद्देश्यपूर्ण हैं, किंतु वे यथार्थ का चित्रण करते हुए, कभी उस पर अपने विचार या निष्कर्ष नहीं थोपते।

हम जब निशंक के कथाकार रूप की ओर दृष्टिपात करते हैं तो पाते हैं कि उनकी चरित्र-सृष्टि ऐसी अलबेली है कि पाठक को पता ही नहीं चलता—लेखक की सहानुभूति किसके लिए अधिक है। वे कभी इकहरे और दोहरे चरित्रों का निर्माण नहीं करते। उनके लिए प्रत्येक पात्र सुपात्र है और कोई पात्र गौण या मुख्य नहीं। वे अपने चरित्र को इतना मानवीय बना देते हैं कि हम चरित्र से नहीं, परिस्थिति से घृणा करने लग जाते हैं। तभी तो 'टूटते दायरे' संग्रह की कहानियों के केंद्र में 'मानव और मानवता' है। मूल्यों का क्षरण है। 'मेरे संकल्प' कहानी-संग्रह में एक कहानी है—'आश्रय'। इस कथा का आरंभ होता है—इस दुनिया में न-जाने कितने परिवार होंगे, जिन्हें रात को रहने के लिए छत एवं खाने के लिए रोटी नसीब नहीं होती। और कहानी के उपन्यास जैसे कलेवर में रूपेश की जेल से रिहाई महानायक सरीखी होती है—उसे लगा कि उसने तो अनाथ, अशक्त, बेसहारा और समाज द्वारा ठुकराए हुए बच्चों व महिलाओं को आश्रय दिया था, लेकिन लोगों ने और समाज ने उसे सिर-आँखों पर बिठाकर एक ऐसा आश्रय दे दिया है, जिसे कोई भी उससे छीन नहीं सकता। इस प्रकार व्यापक कलेवर को समेटकर भी निशंक कहानी बना सकते हैं।

'निशंक की कहानियों में मानवीय संवेदना' नामक पुस्तक के दर्जन भर आलेखों के उतने ही लेखकों ने बार-बार निशंक की कहानियों में कभी प्रेमचंद,

कभी किसी अन्य पूर्ववर्ती हिंदी कथाकार की अमुक-अमुक कहानियों की झलक देखी है। प्रेमचंद का गांधीवादी हृदय-परिवर्तन का ताबीज 'आदर्शोन्मुख यथार्थवाद' के रूप में उनके बाद के कथाकारों ने मानो गले में पहन रखा है। प्रेमचंद का यह कथन कि 'बुरा आदमी भी बिल्कुल बुरा नहीं होता, उसमें कहीं देवता अवश्य छिपा होता है।' निशंक के लिए भी पत्थर की लकीर न भी हो तो भी विचारणीय अवश्य रहा है। निशंक कहानी में घटना और पात्र का संतुलन बिठाने के लिए मानवीय अनुभूति को बार-बार अपनी कहानी-कला के आदर्श के रूप में प्रस्तुत करते प्रतीत होते हैं। 'रामप्रसादजी' कहानी में कथानायक की नेकदिली और मानवता तो है ही, जिस पर उन्होंने कृपा और सहायता की वह प्रकाश नामक युवक भी आत्मग्लानि और पश्चात्ताप से तो भर ही गया, उसने स्वावलंबी बनने का निश्चय भी कर लिया। मानवता को परिभाषित करते हुए, कहानी का समापन होता है—रामप्रसादजी की समाज-सेवा आज भी निर्बाध रूप से बदस्तूर जारी है। अभी तो उन्हें न-जाने कितने प्रकाशों की जिंदगी और सँवारनी है"यथार्थ से मुक्ति पाकर ही कोई रचना बड़ी होती है। व्यंजना-चातुरी नहीं, जीवन की कुशल अभिव्यक्ति इन कहानियों में जरूर है।

कुछ कहानीकार स्त्री पर लिखते हैं, कुछ दलित पर और कुछेक दोनों को एक कर देते हैं। अनेक विमर्शों को जोड़कर या अनेक सांगरूपकों को तोड़-मरोड़कर कहानी के शिल्प में निशंक नहीं पेश करते। न यहाँ खुसरो की जतन से पकाई खीर है और न भानुमति का कुनबा जोड़ा गया होता है। अल्पसंख्यकों, दलितों, स्त्रियों के उत्पीड़न को और उनके प्रति असंवेदनशीलता तथा उपेक्षा के प्रति अपनी संवेदना व्यक्त करते हुए, निशंक किसी की परोकारी करते नजर नहीं आते। वे अस्मिता विमर्श के नाम पर कथ्य के स्तर पर पाठकों और आलोचकों से किसी रियायत और ध्यानाकर्षण की अपेक्षा भी नहीं करते। वे अपनी कहानियों की ताकत पर भरोसा रखते हैं। वे स्वयं नहीं बोलते, कहानी बोलती है। किसी राजेंद्र यादव की इन कहानियों को कोई दरकार नहीं। इसलिए उपन्यास हो या कहानी निशंक स्त्री को अपनी पूरी ताकत से परिस्थितियों से जूझनेवाली हिम्मती नारी के रूप में चित्रित करते हैं। कई बार स्त्री हार जाती है, जैसे 'गरीबी हटाओ' की रामदेई भूख से हार जाती है। पुरुष और पुरुष सत्तात्मक समाज उसे हरा देता है। सामाजिक रूढ़ियाँ और अंधविश्वास उसे लील लेते हैं। 'गीतिका' नामक कन्या अविवाहित रह जाती है, पर अपने परिवार के 'कर्तव्य' का पालन करती है। बगावत करनेवाली

स्त्रियाँ हैं अवश्य, किंतु अंततोगत्वा वे परिवार के पास आ ही जाती हैं। 'लिव इन रिलेशन' के मायाजाल से बगावत करनेवाली पलक, एक बार धोखा खाने के बाद फिर उस रास्ते कभी नहीं जाती।

शहर की ओर पलायन, गाँव की ओर लौटने की चाह और 'घर की याद' के भाव को अभिव्यक्त करती कई कहानियाँ बार-बार कुछ गीलापन छोड़ जाती हैं। 'एक और बेड खाली हो गया' कहानी में पहाड़ का एक सीधा-सादा युवक, सुरेश अपने पिता के इलाज के लिए दिल्ली आकर शहर के लोगों का संवेदन-शून्य व्यवहार देखता है। कथाकार इस पात्र के माध्यम से इस युग को कुछ बताता है—

> एक पल के लिए वह सोचने को विवश हो गया था कि इससे लाख गुना बेहतर जिंदगी तो हम पहाड़ में जी रहे हैं, जहाँ की माटी में दुनिया भर की दुःख-विपदा को समेटकर सुख बाँटने की परंपरा जन्म-जन्मांतर से आज तक भी रची-बसी है। अपनों के बीच से सहानुभूति के बोल सुन, सुरेश की आँखों से दिल्ली में सूख चुके आँसू यकायक अश्रुधार बनकर निकल आए और वह फूट-फूटकर रोने लगा। रोते-रोते जब उसका मन कुछ हलका हुआ तो वह महसूस कर रहा था कि महानगरों और शहरों में आधुनिकता की चकाचौंध में कब की जिंदा दफन हो चुकी, मानवीय संवेदनाएँ तो वास्तविक रूप में पहाड़ के कण-कण में रची-बसी हैं।

उत्तराखंड त्रासदी की कहानियाँ

उत्तराखंड त्रासदी की पृष्ठभूमि में लिखे गए, कहानियाँ और संस्मरण किसी बुरे सपने के समान होने पर भी पाठक को बाँधते हैं, क्योंकि वे उसके अंदर छिपे मानव और दानव दोनों को संबोधित हैं। लेखक की सहानुभूति और संवेदना सब उन लोगों के साथ है। 'प्रलय के बीच' रहने के बाद भी वे न तो निराश होते हैं और न हताश। वैसे तो निशंक ने प्रलय के हृदय विदारक दृश्यों को ज्यों-का-त्यों रखा है, पर अपने शब्द-चित्रों में पीड़ा और करुणा का योग भी रखा है—'शरीर नजर आ रहे थे, जिनमें साँसें नहीं थीं। अब वे लाशें मात्र थीं। ये सब ही संबंधों और संवेदनाओं की परिधि से बाहर हो चुके थे। इनका क्या करें, कहाँ ले जाएँ इनको, कैसे इनका अंतिम संस्कार करें, इसके लिए कोई रास्ता नहीं है। अपनी ही आँखों के सामने अपना सबकुछ बरबाद होते देखते हुए भी लोग लाचार और विवश थे।' इस प्रकार की रचना करना लेखक और इस प्रकार की रचना पढ़ना पाठक के लिए पर्यावरण-संतुलन का चैतन्य पाठ भी है। 'फिर न दिखाना ऐसे दिन केदार बाबा'

कहकर आरंभ की गई यह पुस्तक चीत्कार और प्रलय के बीच जीवन की चाह को शब्दबद्ध करती है। दूसरी ओर 'केदारनाथ आपदा की सच्ची कहानियाँ' संग्रह में 20 कहानियाँ हैं।

आपदा में मानवीयता के कई उजले और कई श्याम पक्ष को आधार बनाकर लिखी गई इन कहानियों में जीवन-मरण के कई चित्र बड़े मार्मिक बन पड़े हैं। आदमी और पशु के बीच आपसी प्रेम और संवेदना को रेखांकित करती संग्रह की पहली कहानी 'और मैं कुछ न कर सका' प्रेमचंद की 'दो बैलों की कथा' का स्मरण करा देती है। इन दोनों संग्रहों के पाठ से एक अलग पुस्तक भी लिखी जा सकती है। पर्यावरण विमर्श की दृष्टि से भी इन कहानियों को देखा जाना चाहिए। संस्मरण, डायरी, रेखाचित्र और कहानी जैसी विधाओं की लेखकीय एकजुटता के कारण ये पुस्तकें अनेक बार पढ़ी जा सकती हैं। मानवीय जिजीविषा पर फिर से भरोसा होगा। निशंक लिखते हैं—'अँधेरा कितना भी घना हो, छँटता जरूर है। नई सुबह, नई उम्मीद लेकर आती है। यही जीवन का सत्य भी है।' कहना न होगा कि निशंक का रचना-संसार हमेशा लोक और जन से जुड़ा रहता है। यह लेखन जनता के लिए, जनता का है और जनतांत्रिक मूल्यों से अभिसिंचित है। 'एक और कहानी' संग्रह की कहानी 'बेजुबान' में नीलम और भूरी नामक दो घोड़ियों और दो मजदूरों—पुष्कर और केशर के पारस्परिक संबंधों के साथ ही जज साहब और उनकी पत्नी का पारस्परिक संवाद वस्तुतः अलौकिक है—'कितने प्रसन्नचित्त हैं ये लोग? आखिर इनकी खुशी का राज क्या है? शायद इनकी जन्मभूमि की माटी या फिर प्रकृति का यह सौंदर्य?'

कहानी लिखकर जिस प्रकार लेखक का अपने समाज, क्षेत्र और जीवन से परिचय और भी प्रगाढ़ हुआ, उसी तरह पाठक के रूप में मुझे भी वह सब तो मिला ही लेखक से परिचय अलग से हो गया। मैं अधिक फायदे में रहा न? आप मुझसे भी अधिक खरी कमाई करोगे, क्योंकि आपका परिचय मुझसे भी होगा। कैसी कही?

□

7

तमतमाते चेहरों की दुर्गम खड़ी चढ़ाई

'उपन्यास का विवेकशील पाठक खुद भी उपन्यासकार होता है। वह एक ऐसी पुस्तक का निर्माता होता है, जो पहले लेखक की चेतना में निर्मित हो चुकी है और उसने उसे शब्दों में बाँधने का प्रयास किया है। कोई जरूरी नहीं कि उसमें उसे पूरी सफलता मिली ही हो। यह भी आवश्यक नहीं कि पाठक ने अपनी चेतना में जिस पुस्तक का निर्माण किया हो, वह पूरी तरह से लेखक की पुस्तक ही हो। इसके लिए आवश्यक है कि उपन्यास के संसार को कुछ दूर से, जरा हटकर देखा जाए।' गोपाल राय ने 'उपन्यास की संरचना' पुस्तक में एक प्रकार से, पाठक को कुछ दिशा-निर्देश देकर उसे उपन्यास की विवेचना करना सिखाया है। उसी प्रकार से 'हिंदी उपन्यास : राष्ट्र और हाशिया' के लेखक शंभुनाथ के अनुसार, "उपन्यास की आलोचना करना पहले उसका पाठक होना है। हर पाठक के पास प्रश्न होते हैं। हो सकता है कि आलोचक के पास कुछ ज्यादा प्रश्न हों। कुछ साझा प्रश्न हों और जीवन को देखने-समझने की कुछ उसकी खुद अपनी साहित्यिक उत्कटता हो।"

आलोचक हूँ भी या नहीं, पर मैं उपन्यास का पाठक अवश्य हूँ, पुराना पाठक हूँ। मुझे उपन्यास पढ़ने की लत कक्षा 9 में लगी और कक्षा 12 तक आते-आते, मैंने हजार उपन्यास से कम न पढ़ें होंगे। इस 'लत' की चर्चा मेरी माँ तक जा पहुँची, जो पहले से ही मेरे पिताजी की इस बुरी आदत से परेशान थीं। मेरे बस्ते में उन्होंने जब आचार्य चतुरसेन शास्त्री का उपन्यास 'गोली' देखा तो उन्होंने क्रोध में आकर उसे घर के सामनेवाले कुएँ में फेंक दिया। मैंने कैसे उस उपन्यास के मूल्य को पुस्तकालय में जमा किया, यह मैं ही जानता हूँ। गुलशन नंदा से लेकर प्रेमचंद तक पढ़नेवाले उपन्यास-प्रेमियों को समाज और परिवार की सतर्क दृष्टि का सामना करते हुए, सौ वर्ष से अधिक हो गए। मेरे ननिहाल मेरठ में पं. गौरीदत्त शर्मा हिंदी का पहला उपन्यास 'देवरानी-जेठानी की कहानी' स्त्री शिक्षा के निमित्त 1870 में

लिख चुके थे और दिल्ली में लाला श्रीनिवास दास 'परीक्षागुरु' को अंग्रेजी ढंग से लिखकर उसे मुफ्त वितरित कर चुके थे। किंतु उपन्यास को प्रारंभ से ही 'हिंदी का हानिकारक साहित्य' माना गया। उपन्यासकारों को 'गंदे चित्र उघाड़ने वाला', 'कुवासना उत्पन्न करनेवाला', 'इश्क की उपासना करनेवाला', 'मन और बुद्धि का सुखियापन बढ़ानेवाला', 'तन-बदन सुलगाने वाला' और 'गंभीर-शास्त्रीय विषय पढ़ने की उत्सुकता समाप्त करनेवाला' माना गया।

प्रेमचंद ने स्थिति कुछ सुधारी। यह बताया कि बुरा आदमी भी बिल्कुल बुरा नहीं होता, उसमें कहीं देवता अवश्य छिपा होता है। इसे उन्होंने 'आदर्शोन्मुख यथार्थवाद' का नाम दिया। आदर्श और यथार्थ, घटना और अनुभूति का संतुलन प्रेमचंद ने करके दिखाया। 'मरजाद' (मर्यादा) का पालन और गृहस्थ धर्म की स्थापना की। उपन्यास के आम पाठक को प्रेमचंद वैसे ही सहज आज भी लगते हैं, जैसे तब लगते थे। वे मजा लेकर यथार्थ का चित्रण नहीं करते, जैसा 'घाट का पत्थर' जैसे उपन्यासों के लेखक आज तक करते रहे हैं।

रमेश पोखरियाल 'निशंक' के उपन्यास, प्रेमचंद परंपरा से सीधे जोड़े जा सकते हैं, क्योंकि न तो वे यथार्थ का अतिरंजित रूप प्रस्तुत करते हैं और न ही वे आलोचक के लिए लिखते हैं। 'हिंदी कथा साहित्य और उसके विकास पर पाठकों की रुचि का प्रभाव' पर डी. लिट्. करनेवाले और हिंदी उपन्यास कोश (दो खंड) लिखनेवाले गोपाल राय कहा करते थे कि समालोचक किसी विशेष काल के किसी प्रमुख उपन्यासकार की चर्चा के प्रसंग में इस बात को प्रायः भूल जाते हैं कि इस अवधि में अन्य लेखकों ने भी उपन्यास-रचना की थी (प्राक्कथन, हिंदी उपन्यासकोश-खंड दो)। कहना न होगा कि निशंक के उपन्यास गोपाल राय के लिए भी और गोपाल शर्मा के लिए भी सुग्राह्य हैं। मैं इन्हें निस्संकोच अपनी पत्नी, पुत्री और पुत्र को पढ़ने के लिए दे सकता हूँ। निशंक न तो अपने जीवन में और न लेखन में व्यक्ति, परिवार, समाज और देश के बीच कोई अंतर्विरोध पनपने देते हैं। उनके उपन्यास में पात्रों की प्रमुख चिंता—परिवार, समाज, देश, विश्व—इस क्रम से परिलक्षित होती है। उनके पात्र अपने परिवार, परिवेश, पर्यावरण की चिंता करते हुए, समाज और देश के प्रति भी जागरूक रहते हैं। निशंक के उपन्यासों को पढ़कर सबसे पहले तो यह कहने का मन होता है कि इनका रचना संतुलन काबिले-गौर ही नहीं, काबिले-तारीफ भी है। अनवरत संघर्ष, जीवन-मूल्य, समाज के प्रति आसक्ति, देश-प्रेम आदि गुणों का संतुलित प्रवाह और सबके प्रति सादर सहज भाव

कोई भी पाठक स्वत: देख-समझ सकता है। पर्वतीय जीवन का चट्टानी चरित्र, जिसमें गंगा की पवित्र तरलता आ मिली हो, भला कैसे न प्रभावशाली होगा? क्यों न आह्लादकारी होगा?

हिंदी उपन्यास साहित्य में 'मेजर निराला' निशंक का पहला उपन्यास है। 'पहाड़ से ऊँचा', 'प्रतिज्ञा', 'अपना पराया', 'पल्लवी', 'भागोंवाली', 'छूट गया पड़ाव', 'कृतघ्न', 'निशांत' और 'बीरा' उपन्यास मैं देख पाया हूँ। इन उपन्यासों पर कथानक-केंद्रित एक पुस्तक 'निशंक के उपन्यासों में जीवन-मूल्य' है, जिसमें डॉ. योगेंद्र नाथ शर्मा 'अरुण' के कुशल संपादकत्व में अनेक विद्वानों के एक-एक उपन्यास पर शोध-पत्र हैं। डॉ. योगेंद्र नाथ शर्मा 'अरुण' ने इससे पूर्व एक शोध-पूर्ण ग्रंथ 'कथाकार निशंक के उपन्यासों में जीवन-मूल्य' लिखकर विद्वानों के समक्ष प्रस्तुत किया था। इस पुस्तक को उत्तराखंड के जनमानस को, 'जिनके आदर्श मानव-मूल्यों ने इस पर्वतीय राज्य को एक विशिष्ट पहचान दिलाई है' समर्पित किया गया है। इन दस उपन्यासों से ही अभी बस नहीं हुई है, यह निश्चित है। कई उपन्यासों का भारत की विभिन्न भाषाओं में अनुवाद भी इनकी लोकप्रियता की ओर संकेत है।

निशंक के प्राय: सभी उपन्यास सामाजिक हैं। इन उपन्यासों में पात्र और घटनाएँ सभी भारतीय समाज और विशेष रूप से पर्वतीय जीवन को आधार बनाकर रची गई हैं। लोगों की आर्थिक, सामाजिक और रीति-रिवाजों आदि से संबंधित गतिविधियों को इस प्रकार से प्रस्तुत किया गया है कि पाठक कुछ सीखकर निकले। राजनीति के शुक्ल पक्ष और कृष्ण पक्ष को निकट से देखकर भी निशंक ने पूर्णरूपेण राजनीतिक उपन्यास नहीं लिखा। कुछ नेता और नेतानुमा चरित्रों की सृष्टि की भी गई है तो भी व्यापक रूप से वे कथा को आच्छादित नहीं करते, प्रभावित भर करते हैं। आचार्य रामचंद्र शुक्ल उपन्यास साहित्य का विवेचन करते हुए उपन्यासकारों को चेताते हैं—हमारे उपन्यासकारों को देश के वर्तमान जीवन के भीतर अपनी दृष्टि गड़ाकर आप देखना चाहिए, केवल राजनीतिक बातों को लेकर ही न चलना चाहिए। इस वचन का पालन निशंक आदेश मानकर करते हुए प्रतीत होते हैं। क्या मजाल अपने देश और परिवेश से कभी दृष्टि हट जाए। उदाहरण के लिए, 'पल्लवी' उपन्यास का कथानायक ध्रुव एक कवि है, कोई राजनेता नहीं! कवि के द्वारा, साहित्यकार के द्वारा वे पाठक के मन में कुछ जीवनोपयोगी भाव भरना चाहते हैं। माध्यम कवि रहे तो अच्छा, राजनीतिज्ञ की बात अलग रहे तो बहुत अच्छा।

उपन्यासकार के रूप में रमेश पोखरियाल 'निशंक' की समीक्षा या आलोचना करना मेरा ध्येय नहीं है। मैं तो इन दस उपन्यासों के अपने पाठ पर अपनी सहज प्रतिक्रिया देना चाह रहा हूँ। यह आप और मैं, दोनों जानते हैं कि उपन्यासकार एक मूर्त प्राणी है, किंतु उपन्यास एक अमूर्त रचना है। इस रचना का एक रूप तो अवश्य है, किंतु वह व्यक्ति के रूप के समान स्पष्ट नहीं होगा। उदाहरण के लिए, मैं जब निशंक के उपन्यास 'मेजर निराला' को पढ़ता हूँ, तब मेरी चेतना में 'मेजर निराला' उपन्यास कौंधने लगता है। उसके रचनाकार का शायद ही खयाल आता है। उसी के आधार पर मैं लिख पा रहा हूँ। हो सकता है कि उपन्यासकार ने अपने उपन्यास में कुछ दूसरी बात कही हो। लेखक के पाठ से मेरा और आपका पाठ जितना एकाकार होगा, उतना ही तादात्म्य हम स्थापित कर सकेंगे, यह अलग बात है। कथ्य, संवेदना, अनुभव, विचार, कथा, पात्र, परिवेश और भाषा आदि के द्वारा उपन्यास रचा जाता है और मेरी चेतना में भी इस 'कौंध' का आधार ये ही सब उपादान रहते हैं।

किसी उपन्यास के आरंभ में पुराने समय से ही प्रकृति के काव्यात्मक वर्णन किया जाता रहा है, आज भी किया जाता है। कभी-कभी पात्रों का विस्तृत परिचय दिया जाता है, कभी बिना संवाद की सहायता से एकदम नाटकीय पद्धति से एक दृश्य प्रस्तुत किया जाता है। कई बार किसी उपन्यास में नाटक की तरह से रंगमंच पर जैसे कलाकार आते हैं, वैसे एक पात्र से बात बनती है। कभी कथोपकथन या संवाद से शुरुआत होती है। 'कथा-रस' है कि नहीं, कथा है क्या? प्रख्यात उपन्यासकार और आलोचक ई.एम. फोर्स्टर के अनुसार—'कथा' अपने शुद्ध और मूल रूप में 'समयानुक्रम में नियोजित घटनाओं का विवरण मात्र' है और कथानक कथा के समान ऐतिहासिक समयानुक्रम में नियोजित घटनाओं का पुंज ही है। कथा में हम पूछते हैं, 'फिर क्या हुआ?' पर कथानक में पूछा जाता है, 'ऐसा क्यों हुआ?' कथा में इसी कारण रहस्य-तत्त्व उतना नहीं होता, जितना कथानक में होता है।

अभिप्राय का एक वाक्य

उत्तराखंड के प्रमुख कथाकार और फिल्म तथा टी.वी. धारावाहिक लेखक मनोहर श्याम जोशी द्वारा लिखित पुस्तक 'पटकथा लेखन' (2000) में लेखकों को एक सूत्र थमाया गया है—क्या आप, अपनी रचना का निचोड़ एक वाक्य में प्रस्तुत कर सकते हैं? ठीक उसी तरह डॉ. गोपाल राय 'उपन्यास की संरचना' में किसी

उपन्यास में विषय का एकलपन को जानने की कसौटी बताते हुए लिखते हैं—उपन्यासकार का अभिप्राय एक वाक्य में रखा जा सकता है कि नहीं। एक अनभिज्ञेय व्यवस्था है कि नहीं। डॉ. योगेंद्र नाथ शर्मा 'अरुण' ने निशंक के उपन्यासों की कथा-वस्तु को जीवन-मूल्यों की दृष्टि से देखकर ऐसी व्यवस्था-पालन की ओर संकेत किया है। वे निशंक के दस उपन्यासों की कथा-वस्तु को एक वाक्य से भी कम व्यवस्था में—एक पद में—इस प्रकार प्रस्तुत करते हैं—

1. सामाजिक-सांस्कृतिक जीवन-मूल्यों की सशक्त अभिव्यक्ति का प्रतीक उपन्यास 'बीरा'
2. राष्ट्रीय एवं मानवीय मूल्यों की अभिव्यक्ति का दर्पण उपन्यास 'मेजर निराला'
3. पर्वतीय समाज के जीवन-मूल्यों की सशक्त अभिव्यक्ति का दर्पण उपन्यास 'पहाड़ से ऊँचा'
4. नारीत्व की गरिमा के जीवन-मूल्यों की अभिव्यक्ति का जीवंत साक्षी उपन्यास 'निशांत'
5. मार्मिक संवेदनाओं एवं उदात्त जीवन-मूल्यों का जीवंत दर्पण उपन्यास 'अपना पराया'
6. नारी के शौर्य, साहस, समर्पण और उदात्त मूल्यों की अभिव्यक्ति उपन्यास 'पल्लवी'
7. असत्य पर सत्य, अन्याय पर न्याय और बुराई पर अच्छाई की विजय उपन्यास 'प्रतिज्ञा'
8. आदर्श एवं यथार्थ के झूले में झूलता मर्मस्पर्शी उपन्यास 'छूट गया पड़ाव'
9. नकारात्मक जीवन-मूल्यों की सजीव अभिव्यक्ति उपन्यास 'कृतघ्न'
10. समाज की बिखरते जीवन-मूल्यों को उकेरता उपन्यास 'भागोंवाली'

यहाँ यह भी उल्लेखनीय है कि यदि एक विद्वान् अमुक उपन्यास को अमुक दृष्टि से एक वाक्य या पद में रखता है तो दूसरा उसे किसी दूसरे दृष्टिकोण से रख सकता है। 'निशांत' उपन्यास को नारीत्व की गरिमा का जीवंत साक्षी माना गया है, किंतु उपन्यास का शीर्षक कथानायक 'निशांत' के नाम को सिरमौर मानता प्रतीत होता है। 'कृतघ्न' उपन्यास को जीवन-मूल्यों की दृष्टि से 'नकारात्मक जीवन-मूल्यों की सजीव अभिव्यक्ति' मानकर देखा जा सकता है तो 'निशंक की उदात्त मूल्यदृष्टि' के रूप में भी (दृष्टव्य निशंक के उपन्यासों में जीवन-दर्शन, पृष्ठ 101)।

उपन्यास में घटनाओं की ही तो दरकार होती है। जीवन के सामान्य कार्य को पाठक सरसरी तौर पर पढ़कर घटना-विशेष की ओर रुख करता है। एक के बाद एक। घटनाओं में कौतूहल पैदा करने की शक्ति हो। उनमें आकस्मिकता और अप्रत्याशितता के साथ-साथ नवीनता भी होनी चाहिए। 'फिर क्या हुआ?' का भाव होना चाहिए। यह देखा जाता है कि जब घटनाएँ समाप्त हो जाती हैं तो उपन्यास भी समाप्त हो जाता है। प्रबुद्ध कथाकार कथा को वर्णनों से जोड़ता है और घटना- शृंखला से ऊपर ले जाता है। वह कथा को थोड़ी देर के लिए रोक देता है और प्रकृति और पात्र के सौंदर्य के अंकन में लग जाता है। और अपनी भाषा के चमत्कार से वर्ण्य वस्तु को सजीव बिंबों में बदल देता है। उदाहरण के लिए, निशंक 'अपना पराया' उपन्यास में 'पहाड़ के सौंदर्य' को जनजीवन से जोड़कर, इस प्रकार प्रस्तुत करता है—

> दुर्गम पहाड़ी पगडंडी से गुजरते हुए, आधा मील की खड़ी चढ़ाई पारकर सुरेश ने गहरी साँस ली, और एक पत्थर पर निढाल बैठ गया। जेब से रूमाल निकाला और माथे पर पानी की बूँदों की तरह टपटपाते पसीने को पोंछने लगा। तेज चलने के कारण उसका चेहरा तमतमा गया था। यों तो अब तक सुरेश लगभग तीन मील की दूरी पैदल तय कर चुका था, लेकिन इस चढ़ाई को चढ़ने के बाद अब तो साँसें धोंकनी की तरह चल रही थीं। गाँव के कई बड़े-बूढ़े बताते हैं कि पानी और जंगल जहाँ अच्छा मिला, पुराने लोग वहीं बस गए। फिर चाहे वह जगह ऊँची पहाड़ी चोटी पर ही क्यों न हो। किंतु अब न तो ये जंगल ही अपने रहे और न पानी के वे प्राकृतिक स्रोत ही। बस रह गई तो ये दुर्गम खड़ी चढ़ाई, बंजर होते खेत-खलियान और तेजी से वीरान होते घर-गाँव!

पाठक के रूप में मैंने यही उम्मीद तो रखी ही थी कि उपन्यास के लेखक ने अपनी कल्पना के सहारे यथार्थ को एक यादगार रंग देकर साहित्य के स्तर पर पहुँचाया होगा। इस प्रकार के अनेक वाक्य निशंक के कथा-साहित्य में भरे हुए हैं, जो वर्णनों को सजीव बिंबों में बदल देते हैं।

एक ओर तरू की माँ की सिसकियाँ और दूसरी ओर शराबियों के हुड़दंग के बीच हमें कब नींद आ गई, पता ही नहीं चला। (बीरा)

यदि ऐसा समय रहते न किया गया तो फिर कुरी झाड़ियों की तरह यह अमर बेल फैलती चली जाएगी। (प्रतिज्ञा)

इस चिड़िया को तो तुमने ही अहसास कराया कि इसके पंख हैं, वरना वह तो उड़ना ही भूल गई थी। इसकी उड़ान को दिशा एवं पंखों को ताकत तो तुमने ही दी है। (निशांत)

कथा को उपदेश या शिक्षा से जोड़ने का सायास प्रयास

पं. विष्णु शर्मा से लेकर आज तक सभी कथाकार यही करते आए हैं। निशंक की सभी कहानियाँ और उपन्यास किसी-न-किसी प्रयोजन को लेकर चलती हैं। भाषिक सर्जनात्मकता का कोई विशेष आग्रह दिखाई नहीं देता, किंतु किसी-न-किसी जीवन-मूल्य और उद्देश्य की कोशिश रहती है। पर वे उपदेश नहीं देते, संवादों के माध्यम से भी नहीं कहते। घटनाओं और पात्रों के परस्पर संघर्ष और विचारों से मूल्यों की अनायास स्थापना होती है। कथा की दृष्टि से कमजोर रचना भी और कथ्य की दृष्टि से असंगठित रचना में भी कुछ-न-कुछ संदेश रहता है। अपने समय का यथार्थ व्यक्त करते समय कथाकार, अपने कथा-संसार को अपने 'विजन' के अनुरूप ढालता रहा है। कई बार कथा के भीतर कथा और फ्लैशबैक के प्रयोग से कथा के भीतर छोटी-छोटी कथाओं को गूँथकर कथाकार कुछ कहता है। उदाहरण के लिए, 'प्रतिज्ञा' उपन्यास में वर्तमान से अतीत में पाठक को ले जाकर वीरू की हत्या के कारणों का वर्णन किया गया है। बार-बार अतीत में जाने का कारण यह भी प्रतीत होता है कि पाठक अतीत के कर्मफल का भुगतान करते पात्रों को अपनी संवेदना से परखता चले। इस उपन्यास में इतिहास को फिर से दोहराने का जो उपक्रम है, उससे कथा आगे बढ़ी है। बिना किसी घटना के कथा का निर्माण-यौगपदिक कथा-संक्रमण (कई कथाएँ भिन्न-भिन्न परिच्छेदों में साथ-साथ आगे बढ़ती हैं) निशंक के कई उपन्यासों में पूर्वदीप्ति पद्धति को अपनाकर वर्तमान से अतीत की ओर ले जाते हैं। कई पात्र अपने अतीत में जाते ही हैं। उसके प्रभाव में पाठक के मन में आशा-निराशा के भाव ठीक उसी प्रकार आते-जाते रहते हैं।

निशंक के दस उपन्यासों में लगभग सौ से कम-ज्यादा पात्र होंगे। इनके कार्य-व्यापार विश्वसनीय हैं। उपन्यासकार के रूप में निशंक का आधार अनुमान शक्ति है, न कि कल्पना का निरंकुश प्रवाह। इसलिए वे अपने पात्रों की चारित्रिक विशेषताओं पर भी प्रकाश डालते हैं, पर यह उनका मुख्य लक्ष्य नहीं है। उनका मुख्य लक्ष्य मानवीय-मूल्यों की प्रतिष्ठा है। उनकी दृष्टि में कुछ मूल्य हैं और उन मूल्यों को स्थापित करने के लिए अपने पात्रों को गढ़ते हैं। उनके पात्र समतल होते

हैं, जो यथार्थ के प्रतिनिधि के रूप में दूसरे पात्रों से संवाद करते हैं। स्पष्ट है कि निशंक अपने उपन्यास में एक समस्या को लेकर चलते हैं, जिसका समाधान वे प्रस्तुत भी करते हैं। कथानक घटनाओं के द्वारा संयोग के सहारे, कथानक को आगे बढ़ाते हैं। अंत तक आते-आते स्वाभाविक रूप से 'मनुष्य के वास्तविक जीवन की काल्पनिक कथा' मानव-चरित्र पर प्रकाश डालते हुए, प्रेरक बनकर समाप्त होती है। निशंक 'प्रतिज्ञा' उपन्यास की भूमिका में स्वीकार करते हैं—

> मेरी अधिकतर कोशिश जड़ों से कटते, भटकते, संवेदनहीन होते लोगों को झकझोरने की रहती है, सामाजिक विसंगतियों से लड़ने की रहती है, उन माँ, बहनों और भाइयों को नायकत्व प्रदान करने की रहती है, जो बीहड़ हालात से भी लोहा लेकर स्वयं मिट जाते हैं, मगर समाज और पीढ़ी को नई दिशा, नया जीवन दे जाते हैं।'

स्पष्ट है कि उपन्यासों की कथा-वस्तु के केंद्र में राष्ट्रीयता का शंखनाद है और सामाजिक चेतना का प्रवाह है। स्वतंत्रता, लोकजागरण, हाशिए पर पड़े दलित, दमित, निर्धन, असहाय, विकलांग और स्त्रियों के प्रति सद्भावना है। वह उन्हीं की कहानी तो कह रहा है। इन उपेक्षितों में भी उसे पहाड़ के मध्यमवर्गीय लोगों से अधिक परिचय है। उनका प्रतिनिधि बनकर, वह अपनी कथा के पात्रों और घटनाओं को चुनता है। वह न तो इतिहास प्रसिद्ध चरित्रों का गुणगान गाता है और न ही राजनीति का श्याम-श्वेत चित्र उकेरने की उसे लगन है। इन उपन्यासों में जो कुछ है, वह साधारण लोगों के असाधारण कार्यों का रोजनामचा है। कुछ भी अनदेखा, अनभोगा और अनजाना नहीं। एक पाठक के रूप में मुझे लगता है कि इन उपन्यासों में व्यापक जीवन-दृष्टि और यत्र-तत्र वैचारिक प्रौढ़ता के अनेक स्थल हैं, जिनमें मैं कई बार भटका हूँ। तब जाकर कथाकार के सृजनात्मक जगत् में रमने का सुख मिला है।

एक भी पात्र ऐसा नहीं होता, जो यथार्थ की हू-ब-हू प्रतिकृति हो। उदाहरण के लिए, 'मेजर निराला' उपन्यास के मुख्य पात्र जैसा हू-ब-हू व्यक्ति कठिनाई से भी न मिलेगा। उसके जैसा मिल भी जाए तो क्या है? वह तो नहीं ही मिलेगा। दूसरे शब्दों में कह सकते हैं कि निशंक के पात्र अपने आप में लेखक के द्वारा गढ़े पात्र हैं, जिनका एक स्वतंत्र व्यक्तित्व है। हाँ, वे समाज के किसी खास वर्ग के प्रतिनिधि भी हैं। यदि वे जाने-पहचाने और परिचित से लगते हैं तो इसके लिए कथाकार की प्रशंसा करनी चाहिए। उसके संयोजन और कला को दाद मिलनी चाहिए। रस्म

अदायगी न समझी जाए तो लिखना होगा कि पाठक के रूप में यह सौदा घाटे का बिल्कुल नहीं रहा।

मैंने निशंक के दस उपन्यासों को किस क्रम से पढ़ा, यह महत्त्वपूर्ण नहीं है। किस क्रम से इनका प्रकाशन हुआ, यह उपन्यास के इतिहास लेखक के किसी काम का हो सकता है, मेरे किसी काम का नहीं। 'सेवासदन' से लेकर 'गोदान' तक प्रेमचंद ने लिखा और 'गोदान' को अधिकतर पाठक और विद्वान् उनका सबसे अच्छा उपन्यास मानते हैं। (पर इससे 'सेवासदन' की लोकप्रियता और श्रेष्ठता कम नहीं हो जाती। इस बात में कुछ सच्चाई अवश्य है कि कोई रचनाकर मँजते-मँजते मँजता है। 1926 में रामचंद्र मिश्र के उपन्यास 'प्रेमपथिक' की भूमिका में मुंशी प्रेमचंद ने लिखा था—हमारी आयु के साथ-साथ, हमारी साहित्यिक अवस्था में भी परिवर्तन होता रहता है। इस दृष्टि से देखें तो मेजर निराला को तो मुझे सबसे पहले देख लेना चाहिए। इस उपन्यास की पटकथा पर एक गढ़वाली फिल्म भी बन चुकी है।

1. मेजर निराला

मेरे पास इस उपन्यास की जो प्रति है, वह वाणी प्रकाशन की है, जिस पर प्रकाशन वर्ष 2016 छपा है और प्रथम प्रकाशन का वर्ष 2008 है। डॉ. योगेंद्र नाथ शर्मा 'अरुण' के द्वारा फ्लैप पर अपनी सम्मति लिख दी गई है। पर उपन्यास के बारे में वहाँ लगभग कुछ नहीं है। उपन्यासकार की प्रशंसा है, होनी भी चाहिए थी। 136 पृष्ठ के इस उपन्यास को पढ़ने में एक बैठक लगी। नाम से ही स्पष्ट हो गया था कि यह किसी कवि निराला की कहानी नहीं, किसी मेजर निराला की कहानी है। इसलिए इसमें देशभक्ति और उस पर बलिदान होने की भावना का बाहुल्य रहेगा और है भी! पहले शब्द और कुछ पंक्तियों को पढ़ते ही लगा—कुछ अघटित घटेगा। यह मेजर पूरे पंद्रह साल जेल में काट रहा है, कुलभूषण जाधव की तरह तो नहीं? अभिनंदन? न-जाने कितने नाम आए-गए। पर नहीं, मेजर तो हत्यारा बन गया, वह भी उस पत्नी का हत्यारा, जिसे वह जी-जान से चाहता था। नानावती? एक सतर्क पाठक की तरह मैं अपने मन में कहानी गुनता जाता था। एक-एक पल उसके स्मृति पटल पर चलचित्र की भाँति उभरता चला गया। न तो मैं कोई डिग्री अभिलाषी शोधार्थी हूँ और न समीक्षक, इसलिए मुझे वह सब लिखने के लिए आप मत ही कहिए। मुझसे तो यह सुनिए कि उपन्यास में एक-एक कर दृश्य आँखों के सामने से गुजरते हैं—कभी लड़ाई के मैदान के रोमांचक और लोमहर्षक और कभी

हरिद्वार-ऋषिकेश से होते हुए उत्तराखंड। फिर पहाड़ और उसके गाँव, मेजर का अपना गाँव—भितांई। फिर मेजर का परिवार, उसका पारिवारिक उत्तरदायित्व और पाँव छूनेवाली पत्नी-सावित्री-सावित्री! तुम कोई चीज या वस्तु थोड़े ही हो। तुम तो आधा अंग हो, आधा शरीर हो मेरा। तुम्हारे बिना तो मैं स्वयं अधूरा हूँ, अपूर्ण। गाँव के काम भी साधता है मेजर, पर झब्बन हवलदार अपने बेटे से कहता है—सबकी मदद करता है, किंतु हमारी नहीं करेगा। ये कहानी में ट्विस्ट है। आगे बढ़े जाती है कहानी। मैं उपन्यास की सारी कहानी कह दूँगा तो आप मुझे कोई 'शाबाशी' देंगे? यह कह दूँ, निम्नलिखित अनुच्छेद छब्बीस (पृष्ठ 90-91) इस कहानी का अभिप्रेय बनकर अब तक मेरे साथ है—

> हम इनसान अपना वर्तमान कभी नहीं जीते। छोटे रहते हैं तो बड़ों को देखकर उनके जैसा बनने की कल्पना करते हैं। बड़े होते हैं तो आगे बढ़ने की कल्पना करते हैं। हम हमेशा आगे ही देखते हैं। जो सामने है, उसे कभी नहीं जीते और जब जीवन के अंतिम पड़ाव में होते हैं तो फिर मुड़कर पीछे देखते हैं। अपने बचपन और जवानी को याद करते हैं। यानी आगे और पीछे, देखने में ही हमारा वर्तमान समाप्त हो जाता है।

मैं इसे आचार्य रामचंद्र शुक्ल की 'चिंतामणि' के अंतिम निबंध 'रसात्मक बोध के विविध रूप' से मिलाकर पढ़ने का लोभ संवरण नहीं कर सका—

> जिनका दिल सही-सलामत है, जिनका हृदय मारा नहीं गया है। उनकी दृष्टि अतीत की ओर जाती है। क्यों जाती है, क्या करने जाती है, यह बताते नहीं बनता। अतीत कल्पना का लोक है, एक प्रकार का स्वप्नलोक है, इसमें तो संदेह नहीं।

प्रेमचंद के पौत्र अजय राय अपनी अंग्रेजी पुस्तक 'हिंदी नेशनलिज्म' (2000) का प्रारंभ करते समय पहले तो उपन्यासकार एल.पी. हार्टले के उपन्यास 'द गो बिटवीन' की प्रथम पंक्ति उद्धृत करते हैं—The past is a foreign country, they do things differently there और फिर हिंदी के शब्द 'कल' को भूत और भविष्य दोनों काल का सूचक भी है, यह बताते हैं। कहना न होगा कि हिंदी की साझी संवेदना को जिस प्रकार प्रेमचंद के वंशज अपने लेखन के द्वारा रेखांकित करते हैं, ठीक उसी तरह निशंक भी अपनी तरह उसे व्यक्त करते हैं। उपन्यास के रूप में 'मेजर निराला' की कथा-शैली में यदि आर.के. नारायण के उपन्यास 'द गाइड' की छाया है तो यह संयोग से कुछ अधिक है। और हाँ, यदि किसी रचना का फिल्म बन जाना या किसी रचना पर फिल्म बनाया जाना, उल्लेखनीय और

महत्त्वपूर्ण है तो यहाँ लिख देना होगा कि इस उपन्यास पर 2018 में गढ़वाली फिल्म बन चुकी है। मेरठ के कैलाश खैर ने एक गीत गाया है। यू-ट्यूब पर कुछ गीत, संगीत और समारोहों को देखा तो अच्छा लगा। आप भी देखेंगे तो खुश होंगे।

2. प्रतिज्ञा

यदि 'प्रतीक्षा' खंड-काव्य के रूप में ध्यान आकृष्ट करता है तो 'प्रतिज्ञा' (2013) उपन्यास इसलिए आकृष्ट करता है, क्योंकि प्रेमचंद का भी एक उपन्यास इसी नाम से देखा गया था, जो 1907 में प्रकाशित 'प्रेमा' का संशोधित रूप है और जो बाद में उर्दू में 'बेवा' नाम से भी प्रकाशित हुआ था। इस उपन्यास में प्रेमचंद ने विधवा विवाह की समस्या का चित्रण आर्य-समाजी प्रभाव से किया था। निशंक के उपन्यास 'प्रतिज्ञा' में उपन्यास के आरंभ से पूर्व 'निवेदन' में कुछ संकेत मिल जाता है—मेरी अधिकतर कोशिश जड़ों से कटते, भटकते, संवेदनहीन होते लोगों को झकझोरने की रहती है, (सामाजिक विसंगतियों से लड़ने की रहती है। उन माँ-बहनों को नायकत्व प्रदान करने की रहती है, जो बीहड़ हालातों से भी लोहा लेकर स्वयं मिट जाते हैं, मगर समाज और पीढ़ी को नई दिशा, नया जीवन दे जाते हैं। मेरा यह उपन्यास 'प्रतिज्ञा' भी ऐसे ही नायकों को समर्पित है।

प्रेमचंद 'साहित्य का उद्देश्य' में कह गए हैं···जो दलित है, पीड़ित है, वंचित है, चाहे वह व्यक्ति हो या समूह, उसकी हिमायत और वकालत करना उसका फर्ज है। इस तरह निशंक और प्रेमचंद संवेदना के स्तर पर एक हो जाते हैं। प्रतिज्ञा में प्रतिज्ञा क्या है? नशाखोरी का विरोध? 'वीरू की विधवा ने यह सब किया है? इस बार भी कोई गवाह न मिला।' स्पष्ट है कि प्रेमचंद के समय और निशंक के समय में भारतीय सामाजिक व्यवस्था में कोई विशेष बदलाव अभी ग्रामीण जीवन में नहीं हो सका है। आम आदमी के सरोकार और चिंताएँ कमोबेश वे ही हैं। 'हृदय की परख' उपन्यासकार को है, इसलिए इस उपन्यास में जो मार्मिक स्थल हैं, उनमें पाठक का मन रमता है। फिल्मी पटकथा सी कहानी के क्लाइमैक्स में सुनीता कमर में छुपाई दराँती से कुलदीप को मौत के घाट उतार देती है। और फ्लैश-बैक में चली कहानी जैसे कभी खत्म ही नहीं होती। अंतिम पंक्तियाँ हैं—वह अभागी वृद्धा थी, जिसने अपना पुत्र फिर खो दिया था। वर्णन को दृश्य बनाने की क्षमता इस उपन्यास में दिखाई दी है। वर्णन के पात्र का बोलने लगना चमत्कारिक है···

'इतनी लंबी गाड़ी और क्या चमाचम चमक रही थी। रुकते ही एक साहब उतरा। सूट-बूट पहने, चश्मा लगाए। क्या ठाठ थे उसके!' दोनों हाथों से गाड़ी की

लंबाई नापते हुए, मंगतु बड़ी-बड़ी गोल-गोल आँखें मटकाकर यह सब बखान किए जा रहा था।

3. अपना पराया

यह अपना है, यह पराया, यह सब तो छोटे दिलवाले सोचते हैं, बड़े दिलवालों के लिए समस्त धरती एक परिवार है। संस्कृत के जिस श्लोक की मैंने हिंदी की है, उसे 'अयं निजः परो वेति गणना लघुचेतसाम्। उदारचरितानां तु वसुधैव कुटुंबकम्।' (महोपनिषद्, अध्याय 4, श्लोक 74) के रूप में हम सब जानते ही हैं। उपन्यासकार निशंक ने जोशीमठ शहर में रहते हुए, 1981 में 'अपना पराया' उपन्यास लिखा, पर प्रकाशन क्रम में यह छठा है। 'समर्पण' काव्य-संग्रह 1983 में आया। इसका निहितार्थ यह है कि रचनाकार कब कविता लिखता है और कब उपन्यास या कहानी, कहना मुश्किल ही नहीं नामुमकिन भी है।

इस उपन्यास की 'अपनी बात' में उपन्यासकार ने और 'दो शब्द' में प्रो. देव सिंह पोखरिया ने कथाकार और कथा के बारे में ही नहीं, और भी बहुत-कुछ लिखा है। 'शोध-पत्र' लिखने के लिए अच्छा कच्चा माल है। दोनों की आधार-सामग्री यह उपन्यास ही तो है। संवेदना की बुनियाद पर खड़ा किया, उपन्यास एक कहानी कहता है। कुशवाहा कांत (1918-1952) ने भी एक उपन्यास 'अपना पराया' लिखा था। भीखम किसान की बेटी 'घटा' और छोटे ठाकुर का इकलौता बेटा आलोक नारायण सिंह। बाकी तो 'प्रेम-कहानी में एक लड़का होता है, एक लड़की होती है…' आदि-इत्यादि। संवेदना कुशवाहा कांत में भी है और रमेश पोखरियाल 'निशंक' में भी। पर अंतर है कसौटी का। 'हिंदी साहित्य और संवेदना का विकास' पुस्तक के कवर के पिछले पृष्ठ पर रामस्वरूप चतुर्वेदी ने लिख छोड़ा है— मंच-गीतकारों, रंगीन पत्रिकाओं के कहानीकारों और चिकनी जिल्द उपन्यासकारों, चलते नाट्य-प्रदर्शनों तथा धार्मिक प्रवचन-शोधकर्ताओं ने समाज के एक बड़े वर्ग को इन दिनों पकड़ा और प्रभावित किया है। पर उनका उल्लेख यहाँ नहीं, संचार के इतिहास में अधिक मुनासिब है। कुशवाहा कांत को चिकनी जिल्द उपन्यासकारों के खाते में डालने से पहले यह देखना चाहिए कि ऐसा क्या है, जो रमेश पोखरियाल 'निशंक' को साहित्यकारों की श्रेणी में स्थान दिलाता है और उनके 'अपना पराया' को दूसरे 'अपना पराया' से अलग करता है। इसकी एक कसौटी है… 'विविध पाठक वर्गों की अपेक्षाओं की एक साथ पूर्ति करना' (रामस्वरूप चतुर्वेदी) और दूसरी है 'विरुद्धों का सामंजस्य'(रामचंद्र शुक्ल)।

अल्लामा इकबाल की 'तराना-ए-हिंदी' का एक शब्द लेकर कहें तो 'कुछ बात' होनी चाहिए और शमशेर बहादुर सिंह की मानें तो 'बात बोलेगी, हम नहीं'। इस बात को डॉ. योगेंद्र नाथ शर्मा 'अरुण' और डॉ. अनिल शर्मा अपने-अपने शोध-प्रपत्रों में रेखांकित करते हैं। डॉ. अनिल शर्मा के लिए यह उपन्यास 'पहाड़ के जीवन का दर्पण' है तो डॉ. अरुण के लिए 'उदात्त जीवन-मूल्यों का जीवंत प्रतीक'। विद्वानों के पाठक वर्ग से तीन के मत को मैंने दे दिया, अब पाठक के मत को देना है।

न-जाने कैसी किस्मत लेकर पैदा हुआ है यह लड़का? जब भी अपने बारे में कुछ सोचने की कोशिश करता है, कोई-न-कोई नई जिम्मेदारी, नई परेशानी आ खड़ी होती है।

ज्यों-ज्यों विनीता की उम्र बढ़ रही थी, पंडिताइन का तनाव भी बढ़ता जा रहा था। किसी तरह दो जून की रोटी जुटा रही थी। कैसे करेगी बेटियों का विवाह?

इस उपन्यास के कई पाठ हो सकते हैं। स्त्री पाठ से पुरुष पाठ अलग होगा। लक्ष्मी और उसकी सास कमला आदि के प्रति उत्सुकता का भाव पैदा होता है। राहुल समेत अनेक पुरुष पात्रों की स्थिति भी पाठकीय संवेदना को मुखर करती है। 'घर-घर की कहानी' मानकर आम पाठक/पाठिका इस उपन्यास के किसी एक पात्र से तादात्म्य स्थापित कर लेता है और पढ़ता चला जाता है। इस उपन्यास की कथा में शत-प्रतिशत मौलिकता का न होना ही इसकी विशेषता हो जाता है, क्योंकि इसी से यह सबकी कहानी बन जाता है। पहले से वर्तमान 'अपना पराया' से इस 'अपना पराया' की भिन्नता का भान मेरे जैसे किसी भी पाठक को होगा, क्योंकि 'रचनेवाला मन' और 'पढ़नेवाला मन' एक सी भाव भूमि में विचरते हैं। उपन्यास में व्याप्त संवेदना लेखक, आलोचक और पाठक तीनों को बेचैन करती है। तीनों की 'दृष्टि' का विकास होता है। अंग्रेजी उपन्यास पढ़नेवाला भारतीय युवा पाठक इस उपन्यास को तकनीकी तौर पर कमजोर कहते हुए भी इस बात से इनकार नहीं करेगा कि इसमें पात्रों का मानसिक संघर्ष, भारतीय जीवन-यथार्थ के कई मनोरम चित्र प्रस्तुत करता है।

4. कृतघ्न

अज्ञेय अपने एक निबंध 'भारतीय साहित्य परंपरा : संघर्ष का उपयोग' में लिखते हैं कि किसी रचना के मूल्यांकन के लिए यह ज्ञात करना आवश्यक है कि कृतिकार का अपने पाठक या गृहीता समाज के साथ कैसा संबंध है, क्योंकि जैसा संबंध होगा या इस संबंध की जैसी अवधारणा कृतिकार करेगा, अनुकूल संप्रेषण

की परिपाटी वह (कृतिकार) अपनाएगा, वैसी ही 'रचना' वह करेगा। लोंजाइनस ने युगों पहले कहा था कि किसी साहित्यिक कृति में उदात्त तत्त्व का अवतरण तभी संभव है, जबकि उसके रचनाकार के अपने जीवन और व्यक्तित्व में औदात्य विद्यमान हो। लोंजाइनस और अज्ञेय एक तरह से एक ही बात कह रहे हैं। यहाँ यह भी स्मरणीय है कि मूल रूप से उदात्तता की परिकल्पना त्रासदी और महाकाव्य के साथ जुड़ी बताई जाती है। इसे कहानी और उपन्यास के साथ, अब हम जोड़ने लगे हैं, क्योंकि उपन्यास ही तो आधुनिक युग का महाकाव्य है। कहना न होगा कि कथाकार के रूप में निशंक की बढ़त का कारण, उनका अपने रचना-संसार के प्रति 'अभिमान' का भाव होना प्रतीत होता है। किसी प्रकार के दबाव या आग्रह अथवा राजनीतिक दखल से अलग रखते हुए, सर्जनात्मक लेखन करना निशंक के रचना-विधान का गुण प्रतीत होता है। देशभक्ति और राजनीति को साधते हुए, साहित्यकार के रूप में समकालीन जीवन की प्रति-सृष्टि करना खासा कठिन कार्य है, जो उन्होंने कर दिखाया है। इसमें संदेह नहीं। 'कृतघ्न' उपन्यास है तो अंबुज का जीवन-वृत्तांत और उसकी साधु प्रवृत्ति का रोजनामचा पर प्रकारांतर से वह पूनम के त्रिया-चरित्र और हठधर्मी का पाठ बन जाता है। पाठक की सहानुभूति उसके प्रति डोलती-बिखरती रहती है। कभी उस पर खीज होती है और कभी दया आती है। क्रोध भी आता है। लगने लगता है कि ये पात्र गढ़े नहीं गए, जीवन के रंगमंच से उठाकर लाए गए हैं। कौन है कृतघ्न ? क्या पूनम है ? पाठक उपन्यास के अंत में इस टिप्पणी को पढ़कर विचारमग्न हो जाता है—

> पूनम और सुकन्या का सामाजिक स्तर, लगभग एक-सा ही था और अंबुज का परिवार उनके समक्ष आकाश में चमकते सूर्य जैसा। हतभागिनी पूनम ने ईर्ष्या और हठवश उसे प्राप्त करने का प्रयत्न किया, वह हाथ जला बैठी। दूसरी ओर सौम्य और संतोषी प्रकृति की सुकन्या के आँचल में यही सूर्य का तप्त गोला चाँद सी शीतलता बिखेरने को आतुर खड़ा था।

पूनम को भूलना-भुलाना कठिन है। इस पात्र का मनोविश्लेषणात्मक अध्ययन अपेक्षित है। एक व्यक्ति के चरित्र के कितने स्तर हो सकते हैं, इसे देखकर नहीं यहाँ पढ़कर समझा जा सकता है।

5. बीरा

'बीरा' अपने मामा-मामी के द्वारा पाली गई कन्या है। दीपक और बीरा में स्नेह बंधन है। पर जाति नहीं मिलती। बीरा की सगाई दिल्ली में कार्यरत सजातीय

युवक से होती तो है, पर युवक के दहेज माँगने के कारण, बीरा विवाह से इनकार कर देती है और उस धन से नर्सिंग का कोर्स करके अस्पताल में नौकरी करने लगती है। दीपक शहर की चकाचौंध को छोड़, गाँव में आकर समाज-सेवा करने लगता है। वह बीरा के सामने विवाह का प्रस्ताव रखता है। उत्तर में बीरा पूछती है—क्या आवश्यक है कि प्रेम की परिणति विवाह के रूप में ही हो ? 170 पेज पढ़ने के बाद भी वह न हुआ, जो मन चाहता था··· पोएटिक जस्टिस। उपन्यासकार की मर्जी। 2008 में प्रकाशित इस उपन्यास को 2020 में मुझ जैसे गैर-पर्वतीय पाठक के द्वारा पढ़ने के बाद अपनी प्रतिक्रिया देते समय कुछ असमंजस हो रहा है। 'दहेज' भारतीय समाज की वास्तविकता है। न-जाने कितने उपन्यास और फिल्में इस विषय पर आए और चले गए। फिर इसमें खास क्या है ? इसमें खास है—'पर्वतीय जीवन के यथार्थ का वर्णन' और बिना किसी लाग-लपेट के कथा को आगे बढ़ाना। कोई नमक-मिर्च नहीं, कोई आदर्श का मुलम्मा नहीं। मानो तो मानो, पर कोई कट्टर सुधारवादी स्वर भी नहीं। सहज जीवन की सहकारपूर्ण अभिव्यक्ति। जादुई यथार्थवाद होता तो दीपक का विवाह बीरा से हो जाता।

स्त्री के प्रति सुधारवादी दृष्टिकोण के साथ ही हिंदी क्या समस्त भारतीय उपन्यास साहित्य आगे बढ़ता है। 1870 से 'देवरानी-जेठानी की कहानी', 'परीक्षागुरु', 'भाग्यवती', 'सौ अजान एक सुजान', 'अधखिला फूल' और 'निर्मला' से लेकर एक लंबी फेहरिस्त है। इस लेखन में महिला लेखन का भी अब शुमार हो गया है। 'बीरा' की विशेषता यह है कि यहाँ पृष्ठभूमि में उत्तराखंड और उसकी सामाजिक व्यवस्था है। कथानायिका बीरा का व्यक्तित्व इसमें बड़ी सावधानी से उकेरा गया है—

> लंबा-पतला शरीर, गेहुँआ रंग, लंबी नाक, गहरी नीली आँखें, चेहरे पर यौवन की चमक बिखेरे तो सचमुच परी जैसी लग रही थी बीरा। और चरित्र ? बीरा इस वक्त दीपक से अधिक बातें नहीं करना चाहती थी। वरना ये कहते भी लोगों को देर नहीं लगती कि दीपक की वजह से ही वीरा ने जानबूझकर यह रिश्ता तोड़ा है।

प्रेम है, किंतु वासना नहीं। धीरे-धीरे इतिहास बनती दुनिया के सहज-सामान्य लोगों के सहज-सामान्य सुख-दुःख और निश्छल जीवन-दर्शन से ओतप्रोत यह रचना, बुआजी खुद पढ़कर अपनी भतीजी को दे सकती हैं, भतीजी भी ऐसा ही करेगी, यह पक्की बात है।

6. निशांत

जैसे 'अपना पराया' उपन्यास को देखकर, पुराना पढ़ा हुआ एक उपन्यास स्मरण हो आया था, इस उपन्यास को देखकर इसी नाम की एक फिल्म याद आ गई। अपने हैदराबाद के श्याम बेनेगल ने इसे निर्देशित किया था। विजय तेंदुलकर की कहानी पर बनी, ग्रामीण पृष्ठभूमि को उकेरती इस फिल्म का जिक्र करने का साहस मैं कर रहा हूँ, क्योंकि इस उपन्यास में भी एक फिल्म-पटकथा छुपी हुई है। वास्तव में, यहाँ कहानी में पुरुषपात्र निशांत से अधिक प्रभावित करनेवाले दो स्त्री-पात्र हैं—मीताली और सावित्री। पर दोनों पुरुष-वर्चस्व वाले समाज में मेहनतकश होकर रह गए हैं। मीताली अपने पिता की मृत्यु के पश्चात् अपने भाई-बहनों के जीवन को सँवारने में लग जाती है और खुद को भूल जाती है। उसे उसके अस्तित्व का अहसास कराता है निशांत। 'इस चिड़िया को तो तुमने ही अहसास कराया कि इसके पंख हैं, वरना वह तो उड़ना ही भूल गई थी। इसकी उड़ान को दिशा एवं पंखों को ताकत तो तुमने ही दी है।' मीताली कृतज्ञ तो है और यह सब सोचती भी है, पर कहती नहीं। प्रत्येक सफल पुरुष के पीछे एक प्रेरणा देनेवाली स्त्री होती है तो क्या प्रत्येक स्त्री के पीछे पुरुष की प्रेरणा नहीं होती? सावित्री दिन-रात मेहनत करती है—थक गई है यह सब करते-करते। इतने बड़े फौजी अफसर की पत्नी है। किंतु वही घास, लकड़ी, और पानी लाना पड़ता है, आम महिलाओं की तरह।

निशांत और मीताली का कुछ आदर्शवादी-सा प्रेम—बहुत दूर की सोचते-सोचते ही रह गए। और फिर राजेश खन्ना की किसी पुरानी फिल्म-सी नाटकीयता। प्रेम चोपड़ा-सा निशांत का भाई शेखर और बिंदु-सी शालिनी। मैं कहानी कह रहा होता तो और कुछ लिखता। अंत में निशांत और मीताली का मिलन। दे लिव्ड हैप्पीली एवर आफ्टर।

इस उपन्यास के दो पाठ बनते हैं—स्त्री पाठ और पुरुष पाठ। प्रेम का आदर्श और स्त्री का पुरुष के प्रेम को पाने का संघर्ष आज के पाठक को अतिरंजना लग सकता है, पर यह सच्चाई बहुत से संबंधों की है। पढ़ते हुए कई बार लगता है कि लेखक 'मार्मिक स्थलों' के प्रति अनुदार है। कई घटनाओं को और गहराई से और अधिक विस्तार से प्रस्तुत किया जा सकता था। पाठक अभी इन पात्रों के बारे में और भी बहुत कुछ जानना चाहता है। 'निशांत' उपन्यास की कागजी जिल्द-चढ़ी प्रति ही तो मेरे पास है, उसका बोध मेरी चेतना में मेरे पाठ से हुआ। उसका रूप और आकार, मेरे मन में है और मेरा मन कहता है—ये दिल माँगे मोर। जो रूप लेखक ने उपन्यास के रूप में मुझे दिया, उस रूप से मैंने अपने मन में एक कथा

बनाई और उस कथा से मैं अब इस कथा को मिलाकर यह 'कथा' कह रहा हूँ—हरि अनंत, हरि कथा अनंता।

7. पहाड़ से ऊँचा

यदि उपन्यास मानव-चरित्र पर प्रकाश डालने मात्र के लिए है, किंतु उसके जीवन के रहस्यों को खोलने के लिए घटनाओं का ताना-बाना बुनकर पाठक को रोमांचित करने में कोताही करता है तो उसका असमंजस विचारणीय होना चाहिए। मेजर निराला उपन्यास में 'मेजर' है तो इस उपन्यास में 'कैप्टन'। कैप्टन शंकर दत्त, जो 32 साल की सेना की नौकरी के बाद पहाड़ वापस आते हैं और अपनी बेटी का विवाह भी एक पहाड़ी लड़के मोहन से करते हैं। डॉ. मोहन अपने लोगों की सेवा करके नाम कमाते हैं। वे ही इस उपन्यास के प्रमुख आकर्षण व प्रेरक व्यक्तित्व हैं। पत्नी गीता उसकी जीवन-संगिनी भी है और कर्म-संगिनी भी। उपन्यास के कथा-प्रवाह में बाधा स्वरूप कुछ जीवन प्रसंग हैं और दृष्टांत से अधिक द्रष्टांत ने ले ली है। प्रमुख पात्र अपने जीवन से ही प्रेरक नहीं, प्रेरणास्पद चरित्रों के कथा-प्रसंगों को भी प्रस्तुत करते हैं। इसलिए किशोरों को जीवन-कौशल की प्रत्यक्ष और परोक्ष शिक्षा देने के लिए इसे हिंदी के पाठ्यक्रम में स्थान दिया जाए तो अच्छा होगा। एक प्रेरक वक्तव्य है—पानी मैला क्यों नहीं होता, क्योंकि वह बहता रहता है। पानी का एक बिंदु झरने से नदी, नदी से महानदी और फिर समुद्र क्यों बन जाता है, क्योंकि वह बहता रहता है। जीवन में तुम रुको मत, बहते रहो। चरित्रांकन और समस्याओं का संतुलन प्रस्तुत करने में कथाकार को कितनी सफलता मिली है, इसका निर्णय मुझे नहीं, आपको करना है।

डॉ. मोहन के चरित्र को प्रस्तुत करके, निशंक अपने पाठकों के समक्ष स्वावलंबन, संकल्प, कर्म और निष्ठा जैसे जीवन-मूल्यों को रखते हैं। विश्व-भाव के विस्तार की प्रेरणा देती, यह कृति नियतिवाद की ओर भी संकेत करती है। उपन्यास में पात्रों की अधिकता नहीं है। घटनाओं में उत्सुकता का भाव नदारद है। वर्णनात्मकता और उपदेशात्मकता के कारण ऐसा प्रतीत हुआ, मानो बोला अधिक जा रहा है और कहा कम।

8. छूट गया पड़ाव

'छूट गया पड़ाव' उपन्यास की भूमिका के रूप में लिखा गया प्रो. हरिमोहन का शोध-पूर्ण विस्तृत आलेख और उसके पश्चात् उपन्यासकार की संक्षिप्त 'अपनी

बात' को मिलाकर पढ़ने से आम पाठक को उपन्यास के कथ्य का पूरा पता चल जाता है। जो छूट जाता है, वह अधिक नहीं। डॉ. हरिमोहन इसे 'एक अनूठा उद्द्देश्यपूर्ण लघु उपन्यास' कहकर प्रस्तुत करते हैं। है भी यह आकार में 'लघु' ही, पर इसके केंद्र में 'गुरु' है, उसका धर्म है। केंद्रीय पात्र सरोज के माध्यम से उपन्यासकार का कहना है—'गुरु का धर्म सिर्फ शिक्षा ही नहीं, संस्कार और समाज को संबल देना भी है। गुरु सामाजिक ही नहीं है, तो हुआ करे विद्वान्। उसकी विद्वत्ता किस काम आएगी।' बात तो मार्के की है।

हिंदी में एक शब्द पहले बहुत चलता था—गुरुडम-साहित्य आदि क्षेत्र में किसी रचनाकार या गुरु का वर्चस्व फैलाने का यत्न। उस्ताद अच्छे हों, मगर उस्तादजी न हों। उपन्यासकार ने अपनी बात में इस उपन्यास की मूल स्थापना को इस प्रकार प्रस्तुत किया है—संवेदनाएँ खत्म हो गई हैं, इसलिए सहकार और सरोकार भी खत्म हो रहे हैं। दुनिया बस घर तक और अपने बच्चों तक सिमटकर रह गई है। इसी स्थिति को बदलने की चाह ने यह उपन्यास लिखवाया है। ग्राम्य जीवन के मूलाधार—'मुखिया' और 'गुरु' के गुरुतर दायित्वों को दरशाने की कोशिश में लगा है, यह उपन्यास।

पठनीयता के लिहाज से उपन्यास एक बार हाथ लगा, तो पढ़कर ही छोड़ा। भाषा और वर्णन सरपट दौड़ रहे हैं। लेखक का अध्यापकीय अनुभव और व्यक्तित्व मानो 'भोगा हुआ यथार्थ' लिखवा रहा था। सरोज के माध्यम से जहाँ-जहाँ पुरुष के दर्प और मर्द के अभिमान पर चोट की गई है, वहाँ अच्छा लगता है। शिक्षा, प्रौढ शिक्षा पर भी सार्थक टिप्पणियाँ और संवाद हैं। वास्तव में, घटनाओं से अधिक संवादों पर बल कई बार जब कथा में होता है तो पाठक स्वयं को भी एक पात्र समझकर पढ़ने लग जाता है। मेरे साथ ऐसा हुआ, आपके साथ भी होगा। बिनगढ़ की यह कहानी 'अनगढ़' नहीं, बल्कि स्त्री-पक्ष का सामंजस्यपूर्ण प्रस्तुतीकरण है। सरोज की हाजिर-जवाबी और गूढ़ दर्शन को पाठक याद रखते हैं। कथा को आगे बढ़ाकर, इसे समाज-सुधार से जोड़ा जाता है। जन्म से गूँगी और कुरूप लड़की 'रानी' आदि के प्रसंग अंततः कभी अविश्वसनीय और कभी अति-नाटकीयतापूर्ण लगते हैं। कथा रचना की इस त्रिभुजीय संरचना (फ्रेताग ट्रायंगल) का निर्वाह कठिन होता है, पर कथाकार ने अनायास ही इसे सफलतापूर्वक निभाया है। शिक्षा को संस्कार से जोड़कर देखना और दिखाना, और वह भी एक पर्वतीय ग्राम की पृष्ठभूमि में। यही वह 'छूट गया पड़ाव' है, जिसे छूटने नहीं देना है।

9. पल्लवी

दस उपन्यासों में से यदि पाठकों को तीन श्रेष्ठ उपन्यास चुनने को कहा जाए तो हर कोई अपनी रुचि और अभिमत से इन तीन उपन्यासों का चुनाव करेगा। चुनाव के अपने-अपने पैमाने होते हैं। मैंने जब मन-ही-मन एक सूची अपने लिए बनाई तो उसमें 'पल्लवी' को रखने का लोभ मैं संवरण न कर सका। इसमें वह बात है, जो होनी चाहिए। पहले अनुच्छेद से ही इसकी कथा पाठक को बाँध लेती है। किस उपन्यास से निशंक को पढ़ा जाए तो मैं कहूँगा—पहले 'पल्लवी' पढ़ो। भारतीय ज्ञानपीठ से प्रकाशित, इस उपन्यास के कथानक को यहाँ पढ़कर आप क्या करेंगे? विभिन्न पात्रों के नामोल्लेख से क्या होगा? स्पष्ट है—'पल्लवी' कथा के केंद्र में है और कवि-हृदय ध्रुव मानो लेखक का प्रतिरूप ही है। ध्रुव कवि है और नाम का ही कवि नहीं, उससे निशंकजी ने अपनी कई कविताएँ भी सुनवाई हैं।

> *ध्रुव की रचनाओं पर मुग्ध पल्लवी हैरान थी कि कैसा विलक्षण इनसान है ये। इतनी कम उम्र में इतनी परिपक्वता! इतनी संवेदनशीलता और इतनी व्यापक दृष्टि। देश-प्रेम से ओतप्रोत यह शख्स मानवता का तो पुजारी ही लगता है।*

'स्वदेश' फिल्म का-सा दृश्य है, मानो किसी भारत कुमार ने 'मेरे देश की धरती' का राग गाया हो। मुझे तो पहले-पहल लगता है कि इन पंक्तियों में मानो इस उपन्यास का संपूर्ण कथ्य और प्रतिपाद्य आ गया है। और लोकल कलर, उत्तराखंड की हरियाली संस्कृति, लोकगीत, बोली, संस्कार? बस देखते जाइए और सुनिए भी—

> *घुघूति घुराण लगी म्यारा मैत की,*
> *बौडि-बौडि ऐगे, ऋतु⋯ऽ⋯चैत की।*
> *डांडि कांठियूँ कू ह्यू गौलि गे होलु,*
> *म्यारा मैत बोण मौलि गे होलू⋯*

मुझे पता है, आपको इसका अनुवाद चाहिए होगा, है न? ठीक है, मैं उपन्यास से ही उद्धृत कर रहा हूँ—

> पहाड़ी पक्षी 'घुघुती' यानी फाख्ता की मधुर कूक ने नव-विवाहिता में मायके की तड़प और बढ़ा दी है। मानो मायके से बुलावा लेकर आई यह घुघुती कह रही हो⋯ 'बेटी तू आ नहीं रही? चैत ऋतु फिर लौट आई है। यह सुनते ही वह नव-विवाहिता मायके की याद में खो जाती है। सोचने लगती है, अब

तो बर्फ भी पिघल गई होगी। चारों तरफ मखमली हरियाली घास उग आई होगी, बुरांश के फूल खिल गए होंगे, उदास पिता और माँ सब उसकी राह तक रहे होंगे…'

भाषा-चेतना की दृष्टि से मैं इस कृति को कई बार देख गया हूँ। आरंभ ही आपके सामने प्रस्तुत करूँ तो आप भी मेरा समर्थन करेंगे।

> *भोर में झकझोरकर किसी 'पाहुन' के आने का पैगाम दे जाता 'कागा' आज न-जाने क्यों मुँडेर पर मुँह फेरे बैठा था। नीचे पगलाई-सी 'चंदा' अपना खूँटा उखाड़ डालने पर आमादा थी। दूर कहीं बिछड़े बछड़े की मर्मांतक पुकार कानों में पड़ते ही वह और बिलबिला उठी थी। पेट के भीतर कहीं गहराई से निकलती… 'अम्माह'…'अम्माह'… की उसकी चीत्कार मानो कलेजा चीर रही थी। पास ही बूढ़ी हो चली 'बिंदा' पथराई-सी खड़ी थी। सुबह से उसने आज तिनका तक मुँह में नहीं डाला। बस आँसू बहाए जा रही थी।*
>
> *बेचैन माँ 'थू'-'थू' कर थक गई, लेकिन सियारों का रोना रुकने का नाम नहीं ले रहा था। न-जाने क्यों, आज पल्लवी का उचाट मन भी उन्हीं की तरफ थू-थू करने को कर रहा था। आँख फड़कने लगी, तो दिल और धड़कने लगा। एक अजीब सी छटपटाहट और उदासी ने उसे घेर लिया।*

दंत पंक्तियों की ध्वजा-सी फहराती कुंती को पाठक अपने रिश्ते की बहन मानने लगेगा। इस उपन्यास का एक पात्र है—श्रवण। इस पात्र को केंद्र में रखकर निशंक के समस्त लेखन में 'दिव्यांग विमर्श' की चेतना को देखा जाना अभी शेष है।

और क्या लिखूँ? इस उपन्यास में पल्लवी ध्रुव को अपनी एक मनोवैज्ञानिक कसौटी पर कसना चाहती है—इंसान भविष्य में जो करना चाहता है या जो बनना चाहता है, वह बहुत कुछ उसके जीवन-मूल्यों, सिद्धांतों पर निर्भर करता है, लेकिन वह लक्ष्य पाता है या नहीं, यह तो परिस्थितियों पर निर्भर करता है।

> *पुष्पो! यदि नेह छिपाओगे तो, तुम पुष्प नहीं कहलाओगे।*
> *अर्पण का यदि भाव तजा तो तुम जीवन भर अकुलाओगे॥*

10. भागोंवाली

एक कहानी पढ़ी थी—'चीफ की दावत'। उसमें कुरसी पर निढाल होकर सो गई, बूढ़ी औरत का खयाल दिल से आज तक नहीं निकला। 'सिक्का बदल गया'

की शाहनी भी मेरे अवचेतन में कहीं आज भी विद्यमान है। 'वृद्धावस्था विमर्श' के विशेषज्ञ चंद्रमौलेश्वर प्रसाद आपको बता सकते थे कि बुढ़ापे को एक नई दृष्टि से देखने की आवश्यकता है और हमारा समाज, इस ओर क्यों तिरस्कार और अहंकार से देखता है। वृद्ध की दुर्दशा और मनोदशा पर कोई क्यों ध्यान नहीं देता? इस उपन्यास की 'भागोंवाली' ने छह-छह संतानों का पालन-पोषण किया, पर वे सब मिलकर भी एक माँ का खयाल न रख सके। यह कहानी तो घर-घर की है, है न? घर-घर मटियाले चूल्हे। पुत्रवधू के कटु वचन हैं, 'चार-चार भाई हैं, क्या हमी अकेले माँ की सेवा के लिए हैं?' मैं जब भी दुःखी होता हूँ या होना चाहता हूँ, 'किंग लीयर' पढ़ने बैठ जाता हूँ। यह कहानी भी विरेचन के लिए पढ़ते रहना जरूरी है।

जाने क्यों आज अम्मा को बार-बार लग रहा था कि उदार मनवाले शास्त्रीजी के चार-चार बेटों के होते हुए, वह एक-एक पैसे को मोहताज क्यों है? अम्मा सोच रही थी, आखिर हम दोनों ने अपने बेटों के लिए जीवन भर तंगी झेली तो भला क्यों? शास्त्रीजी के जीवित रहते क्या मैं यों ही एक-एक पैसे को तरसती? प्रश्नों के इस ज्वार में अम्मा उलझती जा रही थी और उसे अपना 'भागोंवाली' नाम जाने क्यों काट रहा था।

संयुक्त परिवार के विघटन की समस्या के साथ वृद्ध या वृद्धा का कंटकाकीर्ण जीवन आपको भाव-विभोर न कर दे तो क्या बात है? इस पुस्तक के मुखपृष्ठ पर भागोंवाली की तसवीर मुझसे देखी नहीं जाती, क्योंकि मुझे मेरी माँ की याद आती है। उसका हम चार भाइयों और दो बहनों को 'उत्ते नाश गयों' कहना और हमें भविष्य में 'उत्ती के पाथने' से खबरदार करने का मर्म, तुम क्या जानो रमेश बाबू? निशंकजी के इर्द-गिर्द न-जाने कितनी 'बूढ़-सुहागन' आज भी 'बेट्टा दे भगवान्' की असीस दे-देकर थकी-मरी जा रही हैं। ऐसे कथानकों की पहले भी जरूरत थी और आज भी है। इस उपन्यास के आधार पर वृद्धावस्था विमर्श संबंधी शोध-कार्य अभी तक नहीं हुआ है तो अब हो जाना चाहिए।

प्रेमचंद पर लिखते समय, इंद्रनाथ मदान ने कहा था कि उपन्यास सभी प्रकार के शोषण के विरुद्ध धर्मयुद्ध के समान है। यह बड़ा रोचक होगा कि शोधार्थी और विद्वान् निशंक के उपन्यासों की तुलना समकालीन उपन्यासों से करें। उन उपन्यासों से करें, जिनमें आम आदमी की पीड़ा और जीवट है। हिमांशु जोशी और शिवानी पंत के उपन्यासों से तुलनात्मक अध्ययन श्रेयस्कर होगा। देखा जाए कि इस धर्म युद्ध में

कैसे 'कृष्ण-अर्जुन' से महानायकों के स्थान पर मेजर निराला और ध्रुव से पात्र अपने व्यक्तित्व की उदात्तता से संसाररूपी रणक्षेत्र में आगे बढ़ते हैं। निशंक ने यह करके दिखाया है कि सामान्य और आम आदमी भी कहानियों और उपन्यासों के नायक और प्रमुख पात्र होने की क्षमता रखते हैं। यही निशंक की श्रेष्ठता का प्रमाण है।

हमारे यहाँ कहावत है कि घी का लड्डू टेढ़ा भी भला होता है, किंतु यदि यह लड्डू गोल-मटोल भी हो तो क्या कहने। इसी तरह, ये दस उपन्यास घी के लड्डू हैं और जैसे मीठी रोटी को कहीं से भी खाओ स्वाद आता ही है, वैसे ही ये घी के लड्डू हैं (स्वादिष्ट ही नहीं, पुष्टिवर्धक भी)।

□

8

कविता यहाँ निज देश है

अभी भी है, जंग जारी वेदना सोयी नहीं है।
मनुजता होगी धरा पर, संवेदना खोयी नहीं है॥
किया है बलिदान जीवन, दुर्बलता ढोयी नहीं है।
कह रहा हूँ ऐ वतन! तुझ से बड़ा कोई नहीं है॥

मैं निशंक की कविताओं को कवि की तरह या किसी आलोचक की तरह नहीं देख पा रहा हूँ, मैं उनके काव्य-संसार के उस पक्ष को पहले देखता हूँ, जिसमें स्वयं कवि की साहित्यिक अभिरुचि है। इन कविताओं की परख और पाठ दोनों स्तरों पर होना चाहिए। एक तो कवि क्या कहता है और दूसरा स्तर है कि कवि की कविता पढ़ने के पश्चात् पाठक क्या समझता है। कवि का मूल्यांकन तो मैं क्या खाक करूँगा, कविता के मूल्यांकन की नामवरी भी मेरे पास नहीं है। निशंक के एक दर्जन काव्य-संग्रह आ चुके हैं। 'प्रतीक्षा' खंड-काव्य अलग से अभिभूत कर बैठा है। इतनी मात्रा में निरंतर लिखी गई, कविताएँ गिनती में अनगिनत हो सकती हैं। पर जब फैलाव अधिक होता है तो कई गुड, बैटर, बेस्ट जैसी अलग-अलग ढेरियाँ भी बनाई जा सकती हैं और कुछ कविताएँ अपरिपक्व भी अवश्य ही लगेंगी। विलियम वर्डसवर्थ को भी ऐसे ही छाँटकर पढ़ा जाता है। मैथिलीशरण गुप्त अपनी कविताओं को महज तुकबंदी कहते हुए, उसके 'विषय' को समस्त श्रेय देते हैं (राम तुम्हारा चरित स्वयं ही काव्य है, कोई कवि बन जाए सहज संभाव्य है) और 'साकेत' के नवम सर्ग में तो विनम्रता की सीमा ही लाँघ देते हैं—

विफल जीवन व्यर्थ बहा, बहा,
सरस दो पद भी न हुए हहा!
कठिन है कविते, तव भूमि ही,
यहाँ श्रम भी सुख-सा रहा।

समकालीन कविता और कवि के सुर बदल गए हैं। अब गुप्तजी-सी आत्मस्वीकृति करने का रिवाज नहीं। स्वीकृति के अनेक विकल्प जो उपलब्ध हैं। नई कविता के सशक्त हस्ताक्षर, लक्ष्मीकांत वर्मा ने 'अतुकांत' की भूमिका में एक मार्के की बात कही है, 'जीवन में जो कुछ भी है, न तो वह सबका सब संग्रहणीय है, और न सबका सब त्याज्य।' इसलिए स्वीकृति के विकल्प में ही व्यक्तित्व की परख होती है। सद्य प्रकाशित 'भूल पाता नहीं' संग्रह की कविताएँ शायद इसी कारण से बेहतरीन नजर आती हैं, क्योंकि उनकी वह छँटाई हो गई है। इन्हें देखकर लगता है कि कवि एक मुकाम पर जा पहुँचे हैं। निशंक का कवि व्यक्तित्व इस संग्रह के द्वारा मुकुल से कमल बन गया प्रतीत होता है। मैं अब निम्नलिखित सुझाव को हृदयंगम करके निशंक के काव्यत्व की ओर अग्रसर होता हूँ—

> यदि हम किसी निबंध की एक-एक पंक्ति में रस की खोज करने लगेंगे तो काव्यों की तो बात ही क्या, महाकाव्यों को भी अपना स्थान छोड़ने के लिए बाध्य होना पड़ेगा। एक-एक पत्ते में फूल खोजने की चेष्टा व्यर्थ होगी और ऐसे फूलों का कोई मूल्य भी न रह जाएगा।

निशंक की कविता की विषय-वस्तु

'तीसरा सप्तक' की संपादकीय भूमिका में अज्ञेय ने काव्य की विषय-वस्तु को दो अलग-अलग चीज मानकर समझाया है—काव्य का विषय और काव्य की वस्तु (कंटेंट) अलग-अलग चीजें हैं। विषय केवल 'नए' हो सकते हैं, मौलिक नहीं—मौलिकता वस्तु से ही संबंध रखती है। विषय संप्रेष्य नहीं है, वस्तु संप्रेष्य है। कविता के पाठक और आलोचक इसलिए उसे कवि का परम वक्तव्य मानकर देखते हैं। नई कविता के पुरोधा डॉ. जगदीश गुप्त ने कहा है कि जो कथन सृजनात्मकता (Creativity) तथा संवेदनीयता (Emotivity) से रहित हो, उसे किसी भी स्तर पर कविता नहीं कहा जा सकता। हिंदी कविता के आधुनिक युग में एक ऐसा भी दौर रहा, जब कवि विषय-वस्तु की ओर ध्यान देना आवश्यक नहीं समझते थे। कैसे कहना है, इसी पर सारा जोर था। डॉ. जगदीश गुप्त के कथन से अपनी बात को जोड़कर प्रस्तुत करने के पीछे उद्देश्य साफ है—संवेदना के महत्त्व को रेखांकित करना। राजशेखर ने कहा था कि जो सुसंस्कृत व्यक्ति है, वह किसी-न-किसी तरह कविता लिख ही लेगा—करोति काव्यं प्रायेण संस्कृतात्मा यथा तथा; पर संवेदना कहाँ से लाएगा? याद आता है कि मैथिलीशरण गुप्त के अनुज सियाराम शरण गुप्त ने अपने एक निबंध 'शुष्को वृक्ष' (1938) में प्रश्न

किया था कि 'शुष्को वृक्षस्तिष्ठत्यग्रे' कविता क्यों नहीं है, जो बात इसमें है, वह 'नीरस तरूरिह' में नहीं है। कठोर की उपेक्षा करके, कोमलता के उपवन में विचरण करने चले जाना कहाँ की समझदारी है? कविता कामिनी विलास भर नहीं है, कविता परिपूर्ण क्षणों की वाणी भी है। कवि-हृदय भावुक और सहृदय ही क्यों हो, चट्टान की तरह मजबूत और अडिग क्यों न हो? बात पते की है। निशंक की कविता में संवेदनीयता पहले है और सृजनात्मकता उसके बाद आती है।

'निशंक की काव्य-यात्रा' पर पैनी नजर रखनेवालों में से एक डॉ. श्यामधर तिवारी ने बीज-रूप में विषय-वस्तु को मद्देनजर रखते हुए, मानो बहुत कुछ कह दिया है—'देश-प्रेम, राष्ट्रीय एकता का स्पंदन, राष्ट्रीय अखंडता, शांति-सहयोग, लोककल्याण, सामाजिक-जनचेतना, राजनीतिक हलचल, ऐतिहासिक अतीतकालीन गौरवगाथा, वर्तमान की दुर्व्यवस्था एवं भविष्य के प्रति एक आशा भरी दृष्टि आदि उनके काव्य की विषय-वस्तु है।' निशंक के काव्य में 'इंद्रधनुषी चिंतन' पुस्तक मेरे सामने है, जिसमें दर्जन से अधिक अव्वल आलेख हैं। विषय तो गिनवा दिए गए, किंतु इसमें कविता कितनी बनी, यह देखना भी महत्त्वपूर्ण होगा। चिंतनपरक मूल्यांकन करके, जब कुछ विद्वान् समीक्षक उसे सहृदय पाठक के समक्ष रखते हैं तो उसकी जो प्रतिक्रिया अपेक्षित है, उसका अनुमान ही लगाया जा सकता है।

दोहराने की जरूरत नहीं, क्योंकि यह तो स्पष्ट ही है कि निशंक की सर्जनात्मक-ऊर्जा के लिए एक विधा विशेष बस नहीं हुआ है। कविता केंद्र में है अवश्य पर कहानी और उपन्यास भी उपेक्षित नहीं रहे। यह ज्ञात नहीं कि किसी खास मनोस्थिति में निशंक खास रचना का सृजन करते हैं। मेरा अनुमान है कि कविता की रचना निशंक अधिक करते हैं, क्योंकि कविता युगों से साहित्य का पर्याय रही है। निशंक ने कविता को कल्पना-विलास के रूप में नहीं अपनाया और न ही व्यर्थ के पांडित्य प्रदर्शन में रुचि दिखाते हैं। अपने इस नए कविपन को निशंक ने इस प्रकार स्पष्ट किया है—मेरी यात्रा/सूर्य की किरणों के साथ/शुरू होती है/और नभ-जल-थल के/हर कोने को/छूती है। और भी—तूफान गोद में बिठा/अंधकार को मिटा/सब बेड़ियों को तोड़कर/स्नेह-सूत्र जोड़कर/मैं निशंक बढ़ रहा। 'कविरेव प्रजापतिः' और 'जहाँ न पहुँचे रवि, वहाँ पहुँचे कवि' आदि कवि-प्रशस्तियों के संदर्भ को परोक्ष रूप से हृदय में रखकर, निशंक 'भारत वसुधा का अंतस्थल' तलाशते हैं तो उसे 'ग्राम देवता' के रूप में 'पत्थरों पर/सुख की नींद सोते पाया' कहकर प्रस्तुत करते हैं।

एक काव्य-संग्रह है—'मुझे विधाता बनना है'। कवि को हमारे यहाँ 'प्रजापति' कहा गया है। वह विधाता तो है ही। फिर क्यों, कवि की कविताओं में यह आकांक्षा है?

कवि के रूप में निशंक अपने जीवनानुभव को जब-जब काव्यानुभव में परिवर्तित करके प्रस्तुत करते हैं तो वह भावानुवाद समग्र जीवन का न होकर उसके एक पक्ष का होता है। देशभक्ति तो उन्होंने जन्म घुट्टी की तरह रग-रग में बसा ली है। उलट फिर कर उसी अनुभूति पर आ जाते हैं। लगता है, 'देशभक्ति' निशंक की कविता के लिए 'ऑक्सीजन' है। इसकी कमी वे होने नहीं देते। इसलिए सौंदर्यपरक ऐंद्रिय प्रेमकविताओं का यहाँ दर्शन भी दुर्लभ है। प्रेम है तो बस 'देश-प्रेम'। सामान्य अनलंकृत भाषा और देश के प्रति तीव्र संवेदना से निकली कविता में ओज गुण और वीर रस पर्याप्त मात्रा में है। जब-जब कवि क्षणिक जीवन के कुछ रोमांचक पलों को कविता के शिल्प में पिरोता है, तब-तब मानो 'कविता की कीर' से शुरुआत हो जाती है। यहाँ कवि निशंक की कविताओं के अन्य अनेक भाषाओं में अनुवाद को देखने की आवश्यकता मुझे नहीं लगती, क्योंकि आप स्वयं हिंदी के हैं।

क्षणिकाएँ

'अँधेरा जा रहा है' संग्रह की कविताएँ 'क्षणिकाएँ' हैं। छोटी-छोटी अनुभूतियाँ (निशंक के शब्द) हैं। इन कुछ छोटी और कुछ अति लघु कविताओं का अपना एक निजी संसार, शिल्प और बनावट है। सतसई के दोहों-सी इस रचनावली में कोई पारंपरिक रीति-नीति नहीं है। इन कविताओं की अपनी राह और अपना मार्ग है। विधान की दृष्टि से इन संक्षिप्त कविताओं का कसाव और इसी वजह से पाठक पर उनका प्रभाव फटाफट होता है। इनको पढ़ते हुए, मुक्तिबोध का एक कथन याद आ जाता है—कविता वही होती है, जहाँ आप राजमार्ग से हटकर चलते हैं। इन कविताओं में कोई दूर की कौड़ी नहीं है।

देखो सामने /सच्चाई प्रकट करनेवाला/सत्य का सूर्य/आ रहा है,
और शरमाकर/निराशा की चादर ओढ़े/देखो अँधेरा जा रहा है।

आप भी देख लें। कोई चमत्कार, व्यंग्यार्थ, शब्द-क्रीड़ा या उछलकूद नहीं। जो है, वह है—एक निश्चित, अखंड और आशावादी स्वर। यह स्वर पाठक के दिल को चीरता है। 'अति सूधौ सनेह का मारग' पकड़कर कवि ने अपनी अभिव्यक्ति को तराशा है। इन कविताओं में काव्य-सौष्ठव भी कतिपय छलकता-छहराता है। वैसे भी पाठक निशंक की कविता में उक्ति-वैचित्र्य, रस, छंद, अलंकार

और दूर की कौड़ी लेने नहीं जाता। उसे न नए उपमान चाहिए और न बिंब और प्रतीकों की खोज है। वह प्रेरक कविता की खोज में आता है और ऐसी कविता वह यहाँ बहुतायत से पाता है।

सत्य का सूर्य और निराशा का अंधकार कवि के सजग सामाजिक चिंतन का संकेत है। अपने सामाजिक सरोकार का इस प्रकार से बयान करते हुए, निशंक कविता के शिल्प में भाव और भाषा का समन्वय करते हैं। 'देखो सामने' कहकर उद्बोधन की शैली के साथ ही अँधेरे का शरमाते जाता, बिंब रचना को काव्यात्मकता प्रदान करता है।

कई कविताएँ हैं, जहाँ निशंक का कवि-मन साहित्य के दायित्व और जीवन के शिष्टाचार में संतुलन करने की खातिर 'भावातिरेक' से कन्नी काटता-सा प्रतीत होता है। पर 'फेर-बदल' से भी वह कविता कर लेता है।

जीवन में कुछ/फेर-बदलकर तो देखो,
सिकी हुई इन रोटियों को/तुम फिर से न सेको।

और अन्य

फरमाइशी कविता, विषय-आधारित कविता, विमर्श-आधारित कविता और गोष्ठी कविता आदि लिख-लिखकर या लिख-लिखाकर कवि क्षणिक वाहवाही लूट सकता है, किंतु जैसा 'वागर्थ' जुलाई 2020 के संपादकीय में कहा गया है—कविता और समाज के बीच खाई चौड़ी हुई है, फिर भी कविताएँ बड़े पैमाने पर लिखी जा रही हैं। स्पष्ट है—कविता और समाज में दूरी सदैव रही है, अब अधिक है। कविता फिर भी है। निशंक जैसे कवि इस खाई को भरते हैं, सायास भरते हैं। वे राजनीति में भी हैं, जहाँ बजट भाषणों से लेकर, सीमा पर कलम की जय बोलने से बात बनती लगती है। निशंक की कविता एक ओर तो समाज के सबालटर्न लोगों की पीड़ा और विक्षोभ को व्यक्त करती है—जहर भी है, जिंदगी तो/पलक कंठ ही तो नीला होगा—दूसरी ओर वे अपनी वेदना को गीतों में गुनगुनाने की सलाह देते हैं—मैंने वेदना को अपनी/गीतों में गुनगुनाया/इसके सुरों को अपनी आवाज है बनाया। स्वयं निशंक अपनी कविताओं के विषय में 'भूल पाता नहीं' काव्य-संग्रह की भूमिका में कहते हैं—इन गीतों की पृष्ठभूमि में जहाँ समाज की विसंगतियाँ, उसकी जटिलताएँ तथा उसकी विषमताओं से उपजी कुंठा को रूपायित करने का प्रयास किया गया है तो दूसरी ओर मनुष्य की एकांतिकता और उसे आनंद देनेवाले, सुकोमल क्षणों को भी व्याख्यायित करने का सलोना-सा प्रयास है।

बेचकर मुसकान अपनी दर्द के बाजार में
जो खुशी मुझको मिली वह भी कहाँ है ?

अपने दर्द को 'भूल पाता नहीं' कहकर अभिव्यक्त करते हुए, निशंक यह भी कभी नहीं भूलते कि उनकी कलम से निकला कलाम मनुष्य के जीवन में सूखते जा रहे, आनंद को देने का भी प्रयत्न करे। वे इसके लिए देशभक्ति, प्रेरणा और प्रणय की त्रिवेणी कविता के शिल्प में प्रस्तुत करते हैं। उत्साह, प्रेम और विश्वास की अनोखी कहानी कहती जिंदगी को कविता बनाकर प्रस्तुत करते, कवि निशंक आज की भाग-दौड़ भरी जिंदगी को इस प्रकार प्रस्तुत करते हैं—

हर तरफ भीड़ है/क्या यहाँ भगदड़ मची,
खो रहा है आदमी/एक श्वांस तक भी न बची।
तूफान के सारे थपेड़े सह रही है, जिंदगी
मैं अनोखी दास्तां हूँ, कह रही है, जिंदगी॥

रचनात्मक और वैचारिक दोनों स्तर पर निशंक की यह जागरूकता, स्वाभिमान, और साफगोई प्रशंसनीय है। वे यह स्वीकार करने से कभी नहीं चूकते कि उनकी 'अधिकांश कविताएँ जीवन रूपी पथ में आगे बढ़ने के संघर्ष से जनमी' हैं।

राष्ट्रीयता से देश-प्रेम और देश-प्रेम से देशभक्ति की ओर

हिंदी साहित्य के इतिहास में वीर, भक्ति और शृंगार के युग के पश्चात् जो युग आता है, उसमें राष्ट्रीयता की भावना का प्राधान्य है। राष्ट्रीय चेतना की काव्यात्मक अभिव्यक्ति भारतेंदु से चली आती है। कहना न होगा कि खड़ी बोली की हिंदी कविता में यह चेतना सदा रही है। देशभक्ति और राष्ट्रीयता में विद्वानों ने अंतर स्पष्ट किया है। आचार्य रामस्वरूप चतुर्वेदी 'हिंदी कविता यात्रा' में लिखते हैं—देशभक्ति मनुष्य के भावात्मक गठन के अंतर्गत एक सहज मनोभाव है, जबकि राष्ट्रीयता उत्तेजित मन:स्थिति है। इसलिए राष्ट्रीयता पराधीन देश में प्रयत्नपूर्वक जगाई जाती है, देशभक्ति को आधार बनाते हुए। पराधीन भारत में अनेक कवियों ने राष्ट्रीय भावबोध की कविताएँ लिखीं। निशंक की कविताएँ बीसवीं शताब्दी के लगभग सात दशक पश्चात् विचार से संस्कार और संस्कार से कविता बनकर लेखनीबद्ध हुई। पिछले लगभग चार दशकों से निशंक के समक्ष राष्ट्रीयता का आग्रह ज्यों-ज्यों मंद पड़ता गया, देशभक्ति का ज्वार त्यों-त्यों चढ़ता गया। इस देशभक्ति में प्रथमत: देश पर बलिदान होने का जज्बा है, दूसरे आम आदमी के

सुख-दुःख और संवेदनाएँ हैं। कवि निशंक का देश के प्रति आग्रह इतना प्रबल है, जितना एक सैनिक और जवान के लिए अपेक्षित है। अपने एक खंड-काव्य 'प्रतीक्षा' में कवि निशंक जननी और जन्मभूमि को समान रूप से पूजनीय मानकर प्रस्तुत करते हैं—

जिसने संघर्षों में तपकर, दिव्य बनाया था जीवन।
ऐसी जननी-जन्मभूमि को, अर्पित मेरा तन-मन-धन॥

कुछ क्या, निशंक की अधिकांश कविताएँ हिंदी की उस सुदृढ़ राष्ट्रीय परंपरा का अंग हैं, जहाँ कवि देशहित (देश हम जलने न देंगे) की बात सबसे पहले कहता है। कवि का पूर्ण समर्पण, जन्मभूमि और जननी के प्रति है। उसका मानना है कि मातृभूमि, देशभक्ति की उदात्त भावना से ही 'विश्वबंधुत्व' की भावना साकार हो सकती है। रमेश पोखरियाल 'निशंक' के कुछ काव्य-संग्रहों के शीर्षकों पर एक निगाह डालते ही कुछ-कुछ ऐसा प्रभाव होता है—नवांकुर/सृजन के बीज/समर्पण/ऐ वतन तेरे लिए/मातृभूमि के लिए/तुम भी मेरे साथ चलो/संघर्ष जारी है/अँधेरा जा रहा है/देश हम जलने न देंगे/ जीवन-पथ में/प्रतीक्षा/कोई मुश्किल नहीं/भूल पाता नहीं—लगता है, कविता जैसा कुछ बन गया। इन संग्रहों की कविताओं में 'देश' बार-बार आता है।

प्रकृति और पर्यावरण

जीवन के विविध प्रसंगों और सामाजिक उतार-चढ़ाव के बीच अपना रास्ता बनाते, कवि पहाड़ और प्रकृति के दुनिवार आकर्षण से अपने को बचाते नहीं चलते, बल्कि उसका वर्णन विश्लेषण करते चलते हैं। 'मैं पहाड़ हूँ' कविता में वे समाज में फन फैलाए अनेक विषैले नागों को कुचलने का संकल्प लेते हैं—

मुझे तो/विष-वमन करते/विषैले नाग मिटाने हैं। इसी प्रकार छायावादी सुमित्रानंदन पंत के समान प्रकृति की मुखरता पर मुग्ध होकर 'नया गढ़वाल' कविता में कह उठते हैं—

सरिताओं का कल-कल छल-छल,मन को करता हर्षित पल-पल।
मूक नहीं तुम बनो मुखर, कहता निर्झर गाता मधु स्वर॥

निशंक की अनेक प्रकृति परक कविताओं में छायावादी टच है। लगता है कि परंपरा से प्राप्त काव्य-संस्कार और प्रारब्ध से उत्तराखंड में जन्म ने उन्हें प्रकृति के रोमांचक और संहारक दोनों रूपों से सदा आप्लावित किया है। दूर-दूर तक फैले चित्ताकर्षक बुग्याल, कल-कल बहते झरने, सर्पीली रपटीली नदियाँ

और सीढ़ीनुमा खेतों में लहलहाती फसलें इस क्षेत्र को कश्मीर से बढ़कर प्रदर्शित करते हैं।

प्रतीक्षा : एक उत्तम मानव-काव्य

कवि निशंक के अनेक काव्य-संग्रह अब तक प्रकाशित हैं। अनेक छोटी-बड़ी और अच्छी-भली कविताएँ हैं। किसी को इन कविताओं को पढ़कर ऐसा भी लगेगा कि कवि पद्य का प्रयोग करके, देश और समाज से भावना और अनुभूति के वशीभूत होकर कुछ कहता चला जा रहा है। वह कभी अपने संघर्षों की चर्चा करता है और कभी देश के प्रति अपने अगाध प्रेम से लबालब भरकर उसकी रक्षा करने के लिए प्राण न्योछावर कर देने की वचनबद्धता को दोहराता है। वह सोचता है कि उस जैसे संवेदनशील कवि की जो चिंता है, वही उसके प्रबुद्ध पाठक की भी है या होनी चाहिए। देखा जाए तो यह भोलापन है। कई परंपरागत पाठक इन कविताओं और कविता संकलनों में रचनाकार की बेचैनी और चाह को परिलक्षित होते तो देख लेंगे पर इस बात को कहने से भी न चूकेंगे कि विचार कविता में रूपांतरित होने से रह गया है। तथाकथित बौद्धिकों का एक अच्छा-खासा वर्ग 'कवि दृष्टि' को ही कविता में खोजता रहता है, और एक दूसरा वर्ग है, जो 'कवि-कीर्तन' करके चल निकलता है। 'कविता' को केंद्र में रखकर चर्चा की जाए तो अर्थवत्ता के नए आयाम मिलते हैं, जो पाठक को सहज ही रचनाकार से जोड़ देंगे।

'प्रतीक्षा' (2005, 2008, 2015) रमेश पोखरियाल 'निशंक' द्वारा रचित खंड-काव्य है। आराधना, स्मृति पर्व, क्रांति पर्व, भविष्य-पर्व इस खंड-काव्य के 'खंड' कहे जा सकते हैं। वस्तुतः 'आराधना' कवि द्वारा किया गया 'नांदी-पाठ' सरीखा स्तवन है। इस खंड-काव्य के भूमिका लेखक डॉ. एम.एल. जुगरान खंड-काव्य का परिचय देकर कवि के विषय में इस प्रकार अपना अभिमत प्रस्तुत करते हैं—राजनीतिक व्यस्तताओं में भी निष्णात कवि निशंक लोक-ज्ञान, लोक-व्यवहार, तथा काव्य मानदंडों से लेकर जननी एवं जन्मभूमि के लिए समर्पित प्रतिभा से संपन्न राष्ट्रीय कवियों की श्रेणी में हैं।

इस एक वाक्य में डॉ. जुगरान ने 'जननी-जन्मभूमि' के प्रति राष्ट्रीय कवियों की भावना और उसकी अभिव्यक्ति की ओर संकेत किया है। पहले इस संकेत को देखें। भारतेंदु के रचना-समय और निशंक के रचना-समय में लगभग सौ वर्षों का समयांतर है। इन वर्षों में पहले तो भक्ति का रूप अध्यात्म-प्रेम में और ईश-वंदना

का स्थान देश वंदना में परिवर्तित होता है। फिर देशभक्ति से राष्ट्रीयता, राष्ट्रीयता से सांस्कृतिक चेतना का आगमन होता है। तदुपरांत जन-चेतना में राष्ट्र-बोध जाग्रत् होने लगता है। भारतेंदु की भक्ति कृष्ण के प्रति (गुलाम राधा रानी के, सखा प्यारे कृष्ण के) थी, जो छायावाद के जयशंकर प्रसाद तक आते-आते अध्यात्म (हृदय ही तुम्हें दान कर दिया) में परिवर्तित हो गई। तदुपरांत यह भक्ति-भावना, मैथिलीशरण गुप्त के द्वारा राष्ट्रभक्ति में बदलकर सांस्कृतिक चेतना (हम कौन थे, क्या हो गए) के रूप में जन-जन तक जा पहुँची। भारतेंदु की चिंता (पै धन विदेश चलि जात¨) प्रसाद के विविध राष्ट्र गानों में 'जननी जिसकी जन्मभूमि हो' बन जाती है। इसका पूर्ण विस्तार गुप्तजी की 'भारत-भारती' में है। सांस्कृतिक चेतना, निराला की कविता 'तुलसीदास' में है। स्वतंत्र भारत में भी 'एक भारतीय आत्मा' से लेकर रामधारी सिंह दिनकर, बालकृष्ण शर्मा 'नवीन' आदि अनेक कवियों ने जननी-जन्मभूमि को अपनी-अपनी तरह से कविता के शिल्प में प्रस्तुत किया।

'प्रतीक्षा' खंड-काव्य 'जननी-जन्मभूमि' की भक्ति से (आज उसी की पूजा करने। आकुल है ये जीवन) प्रारंभ हुआ है। पहला अंक 'आराधना' का है, जिसमें जननी को 'देवकी सुत को दूध पिलाती' यशोदा माता से लेकर वीर प्रसूति 'देकर निज बलिदान' तक का संकेत है। खंड-काव्योचित उद्देश्य है—तीन पर्व में खंड-काव्य की कथा सृजी फिर मैंने—और क्षमा-प्रार्थना भी—

फिर भी दोष दिखे यदि कोई हलुए में कंकर का।
क्षमा करें कवि को कोविद जन, वृषारूढ़ शंकर-सा॥

इस खंड-काव्य में जननी के साथ ही जन्मभूमि भी लक्ष्य है। पहाड़ी ग्रामीण जीवन, पुत्र प्रेम, विश्व बंधुत्व और मानव मात्र के लिए शांति-संदेश देती, इस कृति को हिंदी की राष्ट्रीय कविता और काव्यधारा में प्रतिष्ठा प्राप्त होगी। मैथिलीशरण गुप्त की सुप्रसिद्ध काव्य पंक्तियों से 'प्रतीक्षा' के अंतिम पद का भाव-साम्य अनायास है या सायास, पर है बहुत खूब।

ममता से है व्यूहीत यह, करुणा से भरी कहानी।
अबला भी सबला बन जाती, दृग-पथ में लेकर पानी।

गुप्तजी की पंक्तियाँ तो आपको स्मरण हैं ही। उनका विस्तार है—

अबला जीवन हाय तुम्हारी यही कहानी।
आँचल में है दुःख और आँखों में पानी॥

इसे भी स्वीकार करना होगा कि यदि देश की स्वतंत्रता के सात दशकों के

पश्चात् भी कवि स्त्री के दृग पथ के पानी की समुचित व्यवस्था करते समाज को नहीं देख पाया या अभी तक स्त्री की अवस्था में, कुछ भी विशेष परिवर्तन नहीं हो सका तो 'प्रतीक्षा' करने के अलावा और राह ही क्या है? कवि का मंतव्य जो है, सो है, ध्वनित तो यही होता है कि जननी और जन्मभूमि के लिए 'प्रतीक्षा' ही नियति है।

□

9

भगवान् का अद्‌भुत निर्माण है यह आदमी

मानव साहित्य का उपजीव्य है। मानव ही साहित्य का उपभोक्ता भी है। इस प्रकार साहित्य और मानव का अन्योन्य संबंध है। साहित्य की विभिन्न विधाओं में मानवीय चरित्र-चित्रण और अनुकथन विभिन्न प्रकार से प्रस्तुत होता है। उपन्यास हो या कहानी, नाटक हो या कविता, प्रायः सभी विधाओं के केंद्र में रहता तो मानव ही है। नेमिचंद जैन ने कवि और साहित्यकार को एक ऐसा कलाकार कहा है, जो व्याकुल मानवता की संस्कृति की रक्षा का भार लिये भूत-वर्तमान-भविष्य के आर-पार देखता है और दानवता से रौंदे जाते मनुष्यत्व का प्रतिनिधि है। 'अशोक के फूल' निबंध-संग्रह के एक निबंध में हजारीप्रसाद द्विवेदी ने ठीक ही संकेत किया है, "साहित्य के उत्कर्ष या अपकर्ष के निर्णय की एकमात्र कसौटी यही हो सकती है कि वह मनुष्य का हित साधन करता है या नहीं!" निशंक भी अपनी रचनाधर्मिता का प्रयोग अपने सामाजिक दायित्वों को अभिव्यक्त करने के लिए करते हैं, उनका हित साधन लक्ष्य रहता है। इसलिए उन्हें व्यापक मानवता का कवि कहा जा सकता है।

मानवता प्राणी मात्र के लिए एक अत्यंत व्यापक संवेदना है। अनुभूति, व्यवहार के आधार पर मानव के आदर्शों, स्वतंत्रता, समानता, गौरव, शांति, प्रेम, सहभाव, आदि की अभिव्यक्ति को मानवता से जोड़कर देखा जाता है। इसका किसी मत विशेष या धर्म से कोई सीधा संबंध नहीं है। मनुष्य (मैन) या मानव के लिए मूलतः 'होमो' और 'ह्यूमन' जैसे लैटिन शब्द देखे जा सकते हैं। मानव (ह्यूमन), मानववादी (ह्यूमनिस्ट), मानववाद (ह्यूमनिज्म), लोकोपकारी (ह्यूमनिटेरियन), मानवतावाद (ह्यूमनिटेरियनिज्म) आदि पारिभाषिक पद और इसके साथ ही मानव-मूल्य जब इससे जुड़ जाते हैं, तब मानवीयता का एक विस्तृत फलक तैयार होता है। मानव जीवन का सार 'मानवता' में निहित है। यहाँ स्त्री-सशक्तीकरण के पैरोकारों को कह

देना होगा कि स्त्री-पुरुष दोनों के सहयोग से 'मानवता' बनती है। न अकेला पुरुष और न अकेली स्त्री मानवता बना सकते हैं। यह शब्द इस प्रकार 'बहुअर्थी' है। मानव ही सभी मूल्यों का मापदंड है। मानव-गौरव और मानव-व्यक्तित्व की रक्षा के लिए समुचित आदर भाव को पाश्चात्य और भारतीय विचारकों और दार्शनिकों ने अपनी-अपनी तरह से समझकर प्रस्तुत किया। 'वन फॉर ऑल, ऑल फॉर वन' आदि नारे देकर मार्क्स आदि विचारकों ने मानववाद को आगे बढ़ाया। गांधीजी ने देशभक्ति को दरिद्र-नारायण की सेवा से ही नहीं जोड़ा, उसे समस्त मानवता के लिए अर्ह और वांछनीय कहा, मेरी देशभक्ति का अर्थ है—संपूर्ण मानव-जाति का कल्याण। इसलिए भारत के प्रति मेरी सेवा मानवता की सेवा है।

दर्शन और चिंतन के अतिरिक्त साहित्य में भी इसकी अभिव्यक्ति हुई है। महाकवि कालिदास ने कहा था कि संसार ही श्रेष्ठ पुरुषों को खोजता है, न कि श्रेष्ठ पुरुष संसार को (**न रत्नमन्विष्यति मृग्यते हि तत्।**) वैदिक काल से ही जो जीवन-दर्शन, मानवता के लिए श्रेष्ठ मानकर प्रतिपादित किया गया था, उसमें रामायण और महाभारत में वर्णित जीवन-दर्शन के समय में ही परिवर्तन हो गया था। रामायण में भाई अपने भाई के लिए सर्वस्व बलिदान करने के लिए तैयार था, किंतु महाभारत का एक भाई दूसरे भाई को सुई के बराबर भी धरती नहीं देना चाहता। इन आकर ग्रंथों में मानवता का जो पाठ है, वह बता देता है कि जीवन-मूल्यों के द्वारा मानवता का शुभ होता है। 'ईश्वर अंश', 'जीव अविनाशी' आदि कहकर जीव-मात्र को अधिमानता देकर साहित्यकारों ने एक राह दिखाई, जिसे कवियों ने 'सुंदर हैं विहग, सुमन सुंदर, मानव! तुम सबसे सुंदरतम' कहकर मानव और मानवता की श्रेष्ठता को इंगित किया। छायावादी कवि ने केवल इतना कहा था कि प्रकृति प्रकृत्या सुंदर है, मानव भी निसर्गतः सुंदर है। किंतु आधुनिक कवि मानव स्वभाव में प्रकृत मानवता को संकेतित करता है। भारतेंदु युग से ही हिंदी में नवजागरण की जो लहर फैली, उसके मुख्य स्वरों में साहित्य में मानववाद की प्रतिष्ठा भी थी। मैथिलीशरण गुप्त की कविता 'मनुष्यता' (वही मनुष्य है, जो मनुष्य के लिए मरे) में जो दृश्य-बिंब और मिथकीय उदाहरणों के साथ 'मनुष्य मात्र बंधु है' की चेतना है, उसका कोई सानी है क्या? स्वतंत्रता के पश्चात् भारतीय लेखक के सरोकारों में यथोचित परिवर्तन हुए। साहित्य की स्पिरिट ही बदल गई है। चिंतन का केंद्र, आज ईश्वर न रहकर स्वयं मानव हो गया है। आज पारंपरिक जीवन-मूल्य तेजी से बदल रहे हैं। कोई मूल्य वैश्विक नहीं रहा, क्योंकि विश्व ही 'ग्लोबल विलेज' हो गया

है। इसका फल यह हुआ है कि बुद्धिजीवी वर्ग को लगातार मानव अधिकार की तो बात करनी ही होती है, उन्हें मानवीय अधिकार (Humanitarian rights) की भी जबर्दस्त पैरोकारी करनी होती है।

विश्व साहित्य में यह जो तथाकथित उत्तर आधुनिकता का पदार्पण हुआ, उसमें एक ओर तो हाशिए पर चले गए विमर्शों को केंद्र में लाकर चर्चित किया और दलित और स्त्री विमर्श अपनी उपस्थिति दर्ज करने में समर्थ हुए, दूसरी ओर दो-दो विश्वयुद्धों के पश्चात् और शीतयुद्ध की खटास के बाद जीवन और साहित्य में उदार मानवता का उदय हुआ। वस्तुतः हिंदी में छायावाद के निराला और प्रसाद आदि के ग्रंथों 'राम की शक्तिपूजा' और 'कामायनी' में संदर्भ राष्ट्रीय होते हुए भी चिंता समस्त मानवता की है। राष्ट्र-प्रेम की कविता में 'वही मनुष्य है, जो मनुष्य के लिए मरे' आदि में स्वतंत्रता से पूर्व जो दिशा-निर्देश थे, वे स्वतंत्र भारत में और अधिक मुखर हो गए। प्रकृति जो छायावाद में मुख्यतः उद्दीपन भाव के रूप में आती थी, और उसमें आध्यात्मिकता का आरोपण किया जाता रहा था, वह 'पर्यावरण विमर्श' के रूप में नई भूमिका में आ गई। भक्तिकाल से रीतिकाल और आधुनिककाल तक आते-आते साहित्य में भगवान् (राम, कृष्ण) के स्थान पर मानवता आकार विराजमान हो गई। इसका अर्थ यह नहीं है कि भारतीय चिंतन और मनीषा अपनी भक्ति-भावना को भूल गई है। हमारे साहित्य में श्रद्धा, भक्ति, प्रेम, मर्यादा और निष्ठा का अंश कम नहीं हुआ है, किंतु इसमें मानवता के प्रति वैदिक 'सर्वे भवन्तु सुखिनः' की भावना और अधिक मुखर और असरदार हो गई है।

सर्वे भवन्तु सुखिनः सर्वे सन्तु निरामयाः।
सर्वे भद्राणि पश्यन्तु मा कश्चिद् दुःखभाग्भवेत्॥

हिंदी में लोकमंगल की भावना कहकर इसे आलोचकों ने पहचाना है। प्रख्यात कवि धर्मवीर भारती की पुस्तक 'मानव मूल्य और साहित्य' (1960) डॉ. ब्रजमोहन शर्मा की पुस्तक 'मानववाद तथा मानवतावाद' तथा उदार मार्क्सवादी आलोचक डॉ. नवल किशोर की 'मानववाद और साहित्य' जैसी कई पुस्तकों ने हिंदी जगत् का इस ओर ध्यान आकृष्ट किया था। डॉ. भारती की यह स्थापना स्मरणीय है, साहित्य मनुष्य का ही कृतित्व है और मानवीय चेतना के बहुविध प्रत्यंतरों (responses) में से एक अत्यंत महत्त्वपूर्ण प्रत्युत्तर है। इसलिए हम आधुनिक साहित्य के बहुत से पक्षों को या आयामों को केवल तभी बहुत अच्छी तरह समझ सकते हैं, जब हम उन्हें मानव-मूल्यों के इस व्यापक संकट के संदर्भ में देखने की चेष्टा करें। डॉ.

भारती ने साहित्य को एक व्यापक और उदार परिप्रेक्ष्य में देखते हुए कहा था कि मानवता के विकास का ही पक्ष लेकर महान् कलाकार को राजनीतिक संकीर्णता के विरुद्ध लड़ना पड़ता है। डॉ. नवल किशोर साहित्यकार के नैतिक दायित्वों का कम-से-कम निर्णय करने की अनुशंसा करते हैं। साहित्यकार को कोई व्यक्ति के रूप में चाहे थोड़ी-बहुत दीक्षा दे तो दे, उसे साहित्यकार के रूप में कोई दीक्षित नहीं कर सकता।

कहना न होगा कि समकालीन साहित्यकार मानवता और मानव-मूल्यों के संकट को सन्निकट देखकर, उसकी रक्षा और संरक्षण के लिए सर्जनात्मक लेखन करता है और उसके लेखन से पाठक वर्ग प्रेरित भी होता है। यहाँ यह भी उल्लेखनीय है कि मानव-मूल्य समय सापेक्ष होते हैं। पुराने मूल्य चुक जाते हैं। अविवेकी, असंगत और इररेशनल कहकर उपेक्षा से देखे जाने लगते हैं। नैतिक-मूल्यों का सिलसिलेवार विघटन, पिछली शताब्दी के प्रारंभ से ही कवि-साहित्यकारों ने लेखनीबद्ध करना शुरू कर दिया था। अंधा-युग का एक उदाहरण (नियति नहीं है पूर्व निर्धारित, उसको प्रतिक्षण मानव निर्णय बनाता-मिटाता है) देते हुए भारती कहते हैं कि मानव-मूल्य भी प्रगति-परक होते हैं। 'समानता की स्थापना और मानवीय गरिमा की प्रतिष्ठा' हमारे मूल्य हैं। एक समय था कि कुछ तथाकथित जनवादियों ने मानवीय मूल्यों को अवमानित किया और शुद्धतावादियों ने इनकी उपेक्षा की थी। पर आज उस साहित्यकार की ओर हमें देखना है, जो अपनी लेखनी द्वारा समाज के सभी वर्गों के सुख-दुःख को और उनकी भावनात्मक संवेदनाओं को अभिव्यक्त करे। कवि-आलोचक अज्ञेय की दृष्टि में सभी प्रतिमानों एवं मूल्यों के नियमन का स्रोत मानव-विवेक हैं, क्योंकि वही 'सत-असत का ज्ञान देता है'। वस्तुतः मूल्यों की अवधारणा समूह रूप में मानव जाति नहीं, 'मानव व्यक्ति' करता है। मानव स्वभाव में निहित नैसर्गिक चेतना के रूप में 'मानव जीवन-मूल्य' मानवता के प्रखर सूचक संकेत हैं। मानव स्वभाव के साथ-साथ विकसित होनेवाले मूल्य-बोध ने मानवता को मजबूत किया है।

साहित्यकार के रूप में निशंक जब-जब 'मैं' कहते हैं, वह पाठक के पाठ में उसका 'मैं' हो जाता है। कवि की पीड़ा जन-जन की पीड़ा हो जाती है। निशंक ने अपने कई काव्य-संकलनों और पुस्तकों की भूमिका में अपने मंतव्य को अभिव्यक्त करते समय, संपूर्ण मानवता को संबोधित किया है। उदाहरण के लिए, निशंक अपने एक काव्य-संकलन की 'अपनी बात' में विस्तारपूर्वक कहते

हैं, "बारूद के ढेर पर खड़ा मनुष्य, सिर्फ मांस का पिंड रह गया है, लेकिन मुझे विश्वास है कि बेगुनाह यह सुबह अब काली रात में नहीं बदलेगी। मेरी कविताएँ बारूद के ढेर पर खड़े, इस दानव को पुनः एक बार मानव बनाएँगी।" निशंक 'वर्तमान सामाजिक बुराइयों को ग्रंथगत ज्ञान के द्वारा' जानकर उनका वर्णन और विश्लेषण नहीं करते हैं, न ही वे 'हवा में उड़ते विचारों को पकड़कर छंद के फ्रेम' में बाँधते हैं। उन्हें 'दासता से कुंठित साहित्य' से कुछ लेना-देना नहीं। नई राष्ट्रीय-चेतना से निबद्ध होकर, वे विश्व को नए नीड़ में आबद्ध करनेवाली मानवता का प्रचार कर रहे हैं। वे समाज के दलित, दमित और उपेक्षित लोगों के प्रति सहानुभूति व्यक्त करने के लिए और अपनी अश्रुपूर्ण रचनाओं के द्वारा पाठकों को उत्तेजित करने के लिए नहीं लिखते हैं। निशंक का उद्देश्य यदि कुछ है तो वह यह है—मानव के वैश्विक मूल्यों की प्रतिष्ठा और अपने पाठकों में पहले से ही मौजूद सप्रवृत्तियों को ठीक जामवंत की तरह स्मरण कराते रहना। इसके लिए जीवन की पुकार को निशंक कवि और कथाकार के रूप में प्रस्तुत करते हैं—मैं अनोखी दास्तां हूँ, कह रही है, जिंदगी।

वर्षों पहले लिखी तथा प्रकाशित रचनाओं को पाठकों और श्रोताओं की फरमाइश पर फिर से प्रकाशित कराकर, उसकी भूमिका 'मेरे गीत' (भूल पाता नहीं—2019) में कवि निशंक ने अपना मंतव्य इस प्रकार प्रकट किया है—इनमें वतन की मिट्टी की सुगंध के साथ-साथ, जो मानवता का जज्बा पैदा करने की टीस भी, निश्चित ही समय की आवश्यकता बन पड़े हैं ये गीत। कवि निशंक को इस बात का ज्ञान है कि 'कलात्मक शिल्प-सौष्ठव की कसौटी पर पूरी तरह से खरी न उतरते हुए भी'...'चिंतन की प्रखरता तथा विद्रोही तेवर' के कारण उनकी कविता पठनीय और प्रशंसनीय हो सकती है। इस कसौटी से किसी को मतभेद हो सकता है और कोई इसमें अतिरंजना का भाव भी देख सकता है, किंतु एक तो 'निज कवित्त केहि लागि न नीका' की बात है, दूजे स्थालीपुलाकन्याय है। देखें, इतिवृत कथन से आगे जाकर भावपूर्ण विचारों की संश्लिष्ट प्रस्तुति—

प्यारे मानव भूल गए क्यों?
तुम मानव हो।
ईश्वर की तुम कृति अनोखी
जिसमें ताकत उसने झोंकी
देव बनाया उसने तुमको
फिर भी बनते क्यूँ दानव हो?

अखंड भारत और अपने देश के प्रति संपूर्ण समर्पण, निशंक के लिए अखंड मानवता के प्रति उदारता का पहला लक्षण है। वे कविता मानवीय चेतना, मानवीय नियति, मानवीय विडंबना की अभिव्यक्ति के लिए रचते हैं। संस्कृति के सहज प्रवाह के लिए भी वे कविता के शिल्प में मानवीय मर्यादा को सृजनात्मक रूप प्रदान करते हैं। कवि के शब्द हैं—

क्यों न मर्यादाओं को सबने जाना वहाँ।
क्यों न धरती को 'माँ' सबने माना वहाँ।
आज संस्कृति भी घुट-घुट कर रोती है।
क्यों न मानवता की बात होती है॥

संस्कृति और मानवता को एक साथ जोड़कर, कवि संस्कृति के समस्त उपादानों को मानवता के लिए अपरिहार्य और आश्रित मानता है। वास्तव में धर्म, अर्थ, काम और मोक्ष आदि मानवीय पुरुषार्थ ('पुरुषैर्थ्यते इति पुरुषार्थ') की सार्थकता तभी है, जब सभी 'वसुधैव कुटुंबकम्' की भावना का विस्तार करते हुए, धरती को माता के रूप में देखने लगे। तभी विश्व संस्कृति और मानवता का सम्मिलन होगा। निशंक की मानवतावादी दृष्टि निरंतरता और परस्पर संबद्धता पर बल देते हुए, आधुनिक मानव को वैश्विक परिप्रेक्ष्य में देखने के लिए तैयार करती प्रतीत होती है। स्वयं का निरंतर विस्तार करते हुए (खुदी को खुद बुलंद करते हुए), उसे समष्टि के साथ मिलाकर प्रतिष्ठित करना कवि का उद्देश्य है। संस्कृति के घुट-घुट रोने के बिंब का संकेत भी स्पष्ट ही है कि भारतीय संस्कृति को अब तक देखनेवालों ने इसका एक पक्ष ही देखा। किसी ने इसे 'सामासिकता' के लिहाफ से ढक दिया तो किसी ने गंगा-जमुनी तहजीब कहकर इसकी बंदरबाँट करनी चाही। भारतीय संस्कृति के अतीत का समुचित आदर करते हुए, कवि उसके वर्तमान को देखते हैं और व्यक्ति को उसकी अभिव्यक्ति से इस प्रकार जोड़कर मानवीय गरिमायुक्त करते हैं—

सभी को बाँधव समझना, रही मानवता हमारी,
बंधु से ही कपट करना, नियति दूषित थी तुम्हारी।
सहिष्णुता के साधकों को, हम अधिक छलने न देंगे,
हम स्वयं जल जाएँगे पर, देश हम जलने न देंगे।

डॉ. योगेंद्र नाथ शर्मा 'अरुण' ने निशंक के एक काव्य-संग्रह 'सृजन के बीज' की भूमिका में इस बात पर अत्यधिक बल दिया है कि निशंक की प्रबल

आस्था 'मनुष्य और उसकी मनुष्यता' में केंद्रित रही है। उनके शब्द हैं—मैंने जब-जब रमेश पोखरियाल 'निशंक' की कविताओं को गहरे उतरकर देखा-परखा है, तब-तब मुझे लगा है कि निशंक की प्रबल आस्था 'मनुष्य और उसकी मनुष्यता' में केंद्रित रही है, चूँकि निशंक के अनुसार 'मनुष्य की विजय' और उसकी विमुक्ति जीवन-संग्राम की सर्वोत्तम उपलब्धि है, जिसने मनुष्य को सृष्टि का सर्वश्रेष्ठ प्राणी बना दिया है। कवि की अंतरात्मा से निकली कुछ काव्य पंक्तियाँ प्रस्तुत हैं—

मुझे दुःख और पीड़ा की, चीत्कार सुनाई देती है।
अधीर करती है यह मुझे, मेरा चैन छीन लेती है।
बेचैनी में भी मैं, चुपचाप खड़ा नहीं हूँ।
किसी अँधेरे कोने में, आसन लिए पड़ा नहीं हूँ।
इस पीड़ा के मरहम के लिए, मैं जीवन में निकल पड़ा हूँ।
दुःखों से लड़ने के लिए, चट्टान की तरह खड़ा हूँ॥

मनुष्यता और मानवता के कवि निशंक मानव जीवन को महिमा-मंडित करते अवश्य हैं, किंतु इसके लिए वे गुणानुवाद गायन से कुछ आगे निकलकर लिखते हैं—

भगवान् का अद्भुत निर्माण है ये आदमी।
आनंद और अवसाद का पुंज है ये आदमी॥
इसमें लघु ललाट में, पूर्ण ब्रह्मांड समाया है।
षोडश कलाएँ लिये हुए, ये धरती पर आया है॥
सच मानो, ईश्वर का दूसरा रूप है ये आदमी।
आनंद और अवसाद का, पुंज है ये आदमी॥

यह तो रही एक आदर्श आदमी की बाबत कवि की उक्ति। वे मनुष्यता के दुश्मन और आतंकवाद के पैरोकार कुछ लोगों को चिह्नित भी करते हैं, जो धर्म-स्थलों को नेस्तनाबूद करते हैं। मानवता की मूर्ति को खंडित करते हैं। कवि की दृष्टि में मानवीय गुण युक्त वह है, जो कण-कण में भगवान् को देखकर सबका आदर करे—

पशु-पक्षी, मानव न था, नहीं देव कोई नारायण।
जो लिपटा सहारा देने, वह छोटा सा पत्थर था॥

मानवीयता का एक उज्ज्वल पक्ष 'केदारनाथ' त्रासदी से जुड़ी कहानियों के माध्यम से भी प्रस्तुत किया गया है। निशंक ने इन कहानियों की भूमिका में इस ओर

संकेत किया है—इस आपदा में मानवीयता के कई उजाले तो कई श्याम पक्ष भी सामने आए हैं। कुछेक घटनाओं को छोड़कर इस आपदा के पश्चात् मानवीयता एकजुट दिखी। भारत के कोने-कोने से ही नहीं, वरन विदेशों से भी लोगों ने आपदा पीड़ितों की मदद के लिए अपने हाथ आगे बढ़ाए।

बिना करुणा के मानवता अधूरी है। इसके साथ अहिंसा आ जुड़ती है। निशंक जब 'केदारनाथ आपदा' पर लिखते हैं तो करुणा-प्लावित होकर लिखते हैं। उसे भारतीय संस्कृति की महाशक्ति बनाकर देखते हैं। धर्म के व्यापक स्वरूप को देखते हैं। 'प्रलय के बीच' कोई उपन्यास नहीं है। यह करुणाप्लावित हृदय से लिखी कहानी है—शरीर नजर आ रहे थे, जिनमें साँसें नहीं थीं। अब वे लाशें मात्र थीं। ये सब ही संबंधों और संवेदनाओं की परिधि से बाहर हो चुके थे। इनका क्या करें, कहाँ ले जाएँ इनको, कैसे इनका अंतिम संस्कार करें, इसके लिए कोई रास्ता नहीं है। अपनी आँखों के सामने अपना सबकुछ बरबाद होते हुए देखते हुए, भी लोग लाचार और विवश थे। कितनी वेदना के क्षण रहे होंगे वह, कल्पना तक नहीं की जा सकती है कि कैसे उन लोगों ने यह सब झेला होगा। केदारनाथ त्रासदी केवल भारतीय त्रासदी नहीं है, इसमें संपूर्ण मानवता को पर्यावरण-संरक्षण के प्रति लापरवाही बरतने वालों को चेतावनी भी है। दिल दहलानेवाले वर्णन दिल बहलाने की हॉरर कथा नहीं हैं। स्थानीयता से क्षेत्रीयता और राष्ट्रीय से लेकर वैश्विक परिवेश तक संपूर्ण मानवता को आगाह करती, इस प्रकार की रचनाएँ बार-बार पढ़ी जाती हैं। निज और पर की एक साथ सँभाल करने की भावना से कौन आर्द्र न होगा? आर्तनाद से आत्म-विस्तार इन पंक्तियों को पढ़कर होता है।

विद्यानिवास मिश्र ने कहा है कि रचनाशीलता के लिए जातीय भाव आवश्यक है। जातीय भाव विश्वबंधुता का विरोधी नहीं होता, पोषक होता है और वह व्यक्ति को कुंठित नहीं करता है, व्यक्ति को समृद्ध करता है (कितने मोरचे, पृष्ठ 11)। निशंक संवेदना को अपनी रचनाशीलता का प्राण केवल कहने भर के लिए नहीं मानते, वे स्वयं भी संवेदनशील होकर घटनाओं और व्यक्तियों को देखते हैं। उनकी कथाओं में विदेशी धरती और विदेशी लोग नहीं आते, विदेशी क्या, संपूर्ण भारत के विभिन्न संप्रदाय भी अनुपस्थित हैं। जो इनकी रचनाशीलता का मुख्य स्वर है, उसमें उत्तराखंड मुख्यतः मुखर है। परिवार के बारे में और परिवार को केंद्र मानकर वे उसकी परिधि का ऐसा विस्तार करते हैं कि उसमें समस्त मानवता आ जाती है। परिवार के बिखराव का पाठ यहाँ विश्व का बिखराव हो जाता है और उसके संस्कार

विश्व के संस्कार के रूप में घटते-बढ़ते देखे जा सकते हैं। कोरोना के फैलाव से जिस प्रकार एक तरह से विश्व की संपूर्ण मानवता की संवेदनाएँ और सरोकार साझा हो गए हैं, यह समझना और समझाना कठिन नहीं है। निशंक 'छूट गया पड़ाव' में लिखते हैं, "संवेदनाएँ खत्म हो गई हैं, इसलिए सहकार और सरोकार भी खत्म हो रहे हैं। दुनिया बस घर तक और अपने बच्चों तक सिमटकर रह गई है।" निशंक की यह टिप्पणी संपूर्ण मानवता पर है और इस प्रकार से राष्ट्रीयता और अपने देश तक सिमटने की आधुनिक सोच पर प्रहार भी है।

इस बात का उल्लेख किए बिना बात अधूरी ही रहेगी कि निशंक की दृष्टि और उनके रचना-संसार में समाज का उच्च वर्ग या भद्रालोक किंचित् न्यून मात्रा में है, पर समाज का पिछड़ा और दलित वर्ग उनसे छूटता नहीं। 'जैसी करनी, वैसी भरनी' कहानी में दाताराम के परिवार को मकान बनाने के लिए जमीन देनेवाले, धनी रामसिंह की मानवीयता जागती है तो दाताराम भी अपनी नशाखोरी और अपराधवृत्ति से तौबा कर लेता है। अनेक कहानियाँ हैं, जिनमें कोई पात्र अनुचित, गैर-कानूनी, समाज-विरोधी और अन्यायपूर्ण कार्य करता है, किंतु उसमें मानवता का अंकुरण होता है। 'संवेदनहीन' कहानी में शरद नामक पात्र अपनी भैंस के प्रति दयालु हो जाता है, क्योंकि उसे कर्ज देनेवाले बैंक के कर्मचारियों ने पहले कुछ नहीं बताया था—आज जब सारे गाँव के सामने वसूली अमीन होमगार्ड के दो जवानों के दम पर घर की कुर्की करने पर आमदा था, तो शरद और पुष्पा अश्रुपूरित नेत्रों से यह सोचने को विवश थे कि काश बैंकवालों ने लोन देते समय इसकी जानकारी दे दी होती कि इस प्रकार की दुर्घटना में भैंस की मृत्यु होने पर उन्हें ये औपचरिकताएँ पूरी करने पर बीमा क्लेम मिल सकता है। 'मरी हुई भैंस का कान प्रमाण स्वरूप चाहिए,' ऐसी आपबीती अवश्य निशंक ने किसी ग्रामीण दंपती की गुहार में सुनी होगी। इस घटना को कहानी के शिल्प में पिरोकर जो पाठ परोसा गया है, वह बहुत दिनों तक फाँस की तरह चुभता रहा है; सच कह रहा हूँ। 'बेजुबान' कहानी में दो निरीह जानवरों के शोषण के विरुद्ध, मानव मन की अव्यक्त पीड़ा को शब्दबद्ध किया गया है। इनसानों के लिए सेवारत ये बेजुबान उनसे मानवीय व्यवहार की ही तो अपेक्षा करते हैं।

जीवन-मूल्यों के द्वारा मानवता

हिंदी में 'मूल्य' शब्द अंग्रेजी के 'वैल्यू' शब्द का रूपांतरण होकर प्रयोग किया जा रहा है। वैसे मूल्य शब्द संस्कृत के 'मूल' से जुड़ा प्रतीत होता है और यह माना जाता है कि जो भी कुछ जीवन और समाज के लिए उपयोगी है, वह

मूल्यवान है। मानव का मूल यदि कुछ है तो वह है—मानवता। यही सर्वाधिक मूल्यवान जीवन-मूल्य है। 'मानवता' मानव-धर्म है। यह मनुष्यता का पर्याय है। आचार्य रामचंद्र शुक्ल और जयशंकर प्रसाद ने इसे परदुःखकातरता से जोड़ा है। किसी ने क्या खूब कहा है—आजकल मानवतावादी मूल्यों का बाजार महँगा है, क्योंकि मानवतावादी मूल्यों का कैरिकेचर जितनी आसानी से किया जा सकता है, अस्तित्ववादी मूल्यों का नहीं। नई कविता के प्रखर चिंतक डॉ. जगदीश गुप्त के शब्दों में कविता में मूल्यों की खोज, जीवन के मूल्यों की खोज है और जीवन के मूल्यों की खोज, मानवता के चरम मूल्यों की खोज है।' हिंदी कथा समीक्षा की एक 'रीति' प्रस्तुत करनेवाले देवीशंकर अवस्थी ने 'साहित्यिक मूल्यों की खोज' को कथाकार के लिए आवश्यक माना है। उच्च और यथार्थवादी लक्ष्य रखनेवाला कोई भी हो, उसमें सकारात्मक मूल्यों का अंकुरण और विकास होता चला जाता है। निम्न और अयथार्थवादी या काल्पनिक लक्ष्य केंद्रित व्यक्ति में नकारात्मक मूल्यों का जमावड़ा होता देखा गया है। सकारात्मकता और नकारात्मकता की इस उठापटक को दिखाने के लिए कोई कथाकार अनेक घटनाओं का नियोजन करता है। पाठक इनसे अनायास ही आकृष्ट होता है, क्योंकि मानवतावादी आदर्श में उसका सहज ही विश्वास होता है। 'कृतघ्न' उपन्यास में प्रमुख पात्रों का निर्माण इसी दृष्टि से हुआ दिखाई देता है। इसी उपन्यास में क्या, निशंक अपने सभी कथानकों में ऐसी घटनाओं को पिरो देते हैं, जिनमें उच्चादर्शों की प्रतिष्ठा होती है और मानवता का पक्ष मुखर होता है।

'संस्कार और मूल्य-आधारित जीवनयापन करके ही हम आगे बढ़ सकते हैं।' यह निशंकजी का बार-बार कहना रहा है। निशंक अपने लेखन के द्वारा 'क्षरित होते जा रहे जीवन-मूल्यों से तो जूझते ही हैं और साथ ही सहकार, सरोकार, प्रेम, परोपकार और मानवीय मूल्यों पर डटे हुए भी हैं।' (अपनी बात, छूट गया पड़ाव) इस उपन्यास में एक पर्वतीय गाँव की झलक से लेकर मानवीय-मूल्यों, सामाजिक विसंगतियों व मानवोचित कमजोरियों को सामने लाने का प्रयास किया गया है, वहीं ग्राम्य जीवन के मूलाधार-मुखिया व गुरु के गुरुतर दायित्वों को दरशाने की कोशिश भी की गई है। लेखक का यह आग्रह सदा रहा है कि उनके द्वारा निर्मित और गढ़े गए चरित्र अंततोगत्वा अपने क्षुद्र अहं का परित्याग करके अपने व्यक्तित्व को विश्व-व्यक्तित्व में परिणत कर लें। निशंकजी के उपन्यासों के गहन अध्ययन के पश्चात् लिखे ग्रंथ में डॉ. योगेंद्र नाथ शर्मा 'अरुण' ने इस विषय पर अपना

स्पष्ट मत इन शब्दों में दिया है—जीवन-मूल्यों के सार्थक और सजीव चित्रण से ही साहित्यकार की रचना कालजयी और दीर्घजीवी हो पाती है। मेरा तो निष्कर्ष यही है कि कथाकार के रूप में रमेश पोखरियाल 'निशंक' निश्चय ही जीवन-मूल्यों को साथ लेकर चले हैं और उच्चतर जीवन-मूल्यों, जैसे—त्याग, समर्पण, सहिष्णुता, सहयोग, राष्ट्र-प्रेम, कर्तव्य-बोध, पारस्परिक सहयोग एवं वैयक्तिक निष्ठा आदि का सजीव चित्रण उनके सभी उपन्यासों में हुआ है। 'जीवन-मूल्यों के निरभिमान रचनाकार' कहकर डॉ. अरुण ने निशंक को भारतेंदु और उनकी अनवरत परंपरा से जोड़ दिया है, जो स्वयं को 'अभिमानी के नकद दामाद' (हरिचंद नगद दामाद अभिमानी के) कहते थे। देवभूमि के गांगेय संस्कारों की पूँजी लिये निशंक ने सौद्देश्य साहित्यकार के रूप में अपनी अलग पहचान बनाई है।

□

10

सर, बहुत फर्क पड़ता है

इंदिरा गांधी राष्ट्रीय मुक्त विश्वविद्यालय (IGNOU) द्वारा रमेश पोखरियाल 'निशंक' के कृतित्व पर आयोजित एक परिचर्चा में प्रो. श्रीवास्तव ने 'देशभक्ति' को निशंकजी का 'जीवद्रव्य' (प्रोटोप्लाज्म) कहा तो मुझे अच्छा लगा। वनस्पति तथा प्राणियों के जीवन का आधार होता है—जीवद्रव्य। यह परिचर्चा मैंने फेसबुक के सौजन्य से देखी-सुनी। आजकल फैशन की तरह प्रचलित ट्वीटर के भी लोग दीवाने हैं। त्वरित सूचना देने में इसका जवाब नहीं। रमेश पोखरियाल 'निशंक' के लेखन को यत्र-तत्र-सर्वत्र खोजते-खोजते, जब मैं ट्वीटर की शरण में गया तो गहरे पानी में पैठने पर मुझे ये दो विचार मौक्तिक प्राप्त हुए—

> अलग-अलग क्षेत्रों में अनेक छोटी-छोटी इकाइयाँ विशिष्ट सांस्कृतिक परंपराओं के लिए पहचानी जाती हैं। लोक-संस्कृति का हमारे पर्यावरण से घनिष्ठ संबंध है। चूँकि लोक जीवन प्रकृति की गोद में ही पलता व फलता-फूलता आया है। इस कारण प्रकृति के संपूर्ण क्रिया व्यापार मानव की सांस्कृतिक परंपरा से जुड़े हैं। प्रकृति के अधिकाधिक निकट रहने के कारण ग्राम्य जीवन में धर्म के नाम पर अनेक ऐसे संस्कार पाए जाते हैं, जिनका पर्यावरण संरक्षण से सीधा संबंध है।

सही पकड़े हैं! निरुक्तकार का भी मार्गदर्शक सिद्धांत है 'लोकं पृच्छ' अर्थात् अपनी अस्मिता की खोज के लिए सबसे अच्छा माध्यम है 'लोक'। निशंक इस दृष्टि से लोकांचल के रचनाकार हैं। उत्तराखंड उनका लोकेल है, किंतु इस लोकेल में संपूर्ण देश समाहित है। वे उत्तरांचल को समग्रता से देखते हैं और व्यग्रता से प्रस्तुत करते हैं। यहाँ के 'पत्ते-पत्ते और बूटे-बूटे' की खबर है, उनको और संवेदनशीलता के दायरे में वे संपूर्ण पर्यावरण को भी लेते हैं।

कुछ अगंभीर होकर कहें तो उन्हें इस जन्नत की हकीकत मालूम है। इसलिए जो भी गद्य-पद्य में लेखनीबद्ध करते हैं, वह अपने समय का ही नहीं, 'समग्रता' का दस्तावेज हो जाता है। 'प्रणाम उत्तराखंड' का भाव लिए निशंक चराचर को आसक्त भाव से देखते हैं।

निशंक का पाठक होने के कारण मुझे एक कुंजी प्राप्त हुई और इस कुंजी ने मेरी बंद अकल का ताला खोल दिया। निशंक के रचना-संसार में व्याप्त देश-प्रेम की भव्य-भावना के लिए 'प्रोटोप्लाज्म' उपयुक्त ही है। उत्तराखंड एक स्थान और क्षेत्र विशेष तो है ही, राष्ट्रीयता की भावना को विस्तार देने का प्रयोजन भी है। इसे हरित विमर्श के साथ जोड़कर देखना चाहिए। साहित्य और प्रकृति का संबंध जन्मजात है। विशेष रूप से कवि सदा से प्रकृति चित्रण करता रहा है, प्रकृति को आलंबन के रूप में चित्रित करता रहा है। उत्तराखंड और प्रकृति का संबंध भी जन्मजात है। पहाड़, पशु-पक्षी और नदी-निर्झर का योग इस क्षेत्र को धरती का स्वर्ग बनाता है। साहित्यकार इसको चित्रित करके अपनी भावनाओं को अभिव्यक्त करते हैं। 'क्षिति, जल, पावक, गगन, समीरा' से लेकर 'पर्यावरण असंतुलन और प्रदूषण' तक आते-आते, अब केवल प्रकृति से हमारा संबंध प्रकृति-सौंदर्य तक सीमित नहीं, हमारे सरोकार बदले हैं और अब साहित्यकार व्यापक रूप से उन मुद्दों को भी लेकर चलते हैं, जिनके प्रति हमारी चेतना मुखर होती है। विमर्शों के इस युग में 'हरित विमर्श' भी अध्ययन के केंद्र में आ गया है। रमेश पोखरियाल के लेखन में स्वाभाविक रूप से प्रकृति और पर्यावरण है। पर क्या उनकी चिंताएँ और चिंतन भी इस विमर्श से अनुप्राणित हैं? सृजनात्मक लेखन में केदारनाथ की त्रासदी पर निशंक का लेखन तो है ही, अनेक देशों के यात्रा-संस्मरण भी है। समग्र लेखन भी परोक्ष रूप से इसका प्रमाण है। पर्यावरण की दृष्टि से भी निशंक का एक पाठ बनता है। इस पाठ के द्वारा निशंक के व्यक्तित्व और कृतित्व का पुनर्पाठ भी किया जाना अपेक्षित है।

निशंक को यह पर्यावरण चेतना उनके परिवेश से स्वतः ही प्राप्त हो गई है। 'उत्तरांचल के गाँव' कविता की कुछ पंक्तियाँ देख जाइए। साहिर लुधियानवी का एक सांध्य-गीत है—'पिघला है सोना दूर गगन पर, फैल रहे हैं शाम के साये'। इस गीत को टक्कर देता, निशंक का यह गीत 'कितने खूबसूरत हैं सारे, उत्तरांचल के गाँव हैं प्यारे' पहाड़ के संपूर्ण परिदृश्य को साक्षात् उपस्थित कर देता है और वह भी सहजतापूर्वक। उत्तराखंडी सुमित्रानंदन पंत के समान निशंक

भी प्रकृति की मुखरता पर मुग्ध होकर 'नया गढ़वाल' कविता में कह उठते हैं—

सरिताओं का कल-कल छल-छल,
मन को करता हर्षित पल-पल।
मूक नहीं तुम बनो मुखर,
कहता निर्झर गाता मधु स्वर॥

निम्नांकित पंक्तियों में भी प्रकृति का सौम्य रूप दिखाई देगा—

भँवर जगाए इसने सोये,
पुष्प दिए सब उनको खोये।
कोकिल को पास बुलाया, सब आँसू पोंछे रोये,
जब-जब भी कोई सोएगा।
मधुकर बन तुम गाना, हे वसंत! जल्दी आना॥

'मैं कली हूँ', 'उत्तरांचल के गाँव', 'हिम के शिखर सा बहता', 'आ अब गाँव चले' आदि कविताओं को 'भूल पाता नहीं' संग्रह में देखा तो लगा कि प्रकृति से आम आदमी के सरोकारों को जोड़कर देखनेवाली कविताएँ पर्यावरण-विमर्श की पीठिका के रूप में विद्यमान हैं। दस काव्य-संग्रहों में ऐसी सैकड़ों कविताएँ हैं, जिन्हें यहाँ उद्धृत किया जा सकता है। प्रकृति, पहाड़, नदी आदि का मनुष्य से तादात्म्य कुछ ऐसा है कि कोई चाहे तो इस पर कोई पुस्तक ही लिख दे। हरी घास पर क्षण भर में क्या नहीं हो सकता?

प्रकृति का रौद्र रूप

1970 के दशक में 'चिपको आंदोलन' के माध्यम से सुंदरलाल बहुगुणा और चंडी प्रसाद भट्ट ने महिलाओं की भागीदारी और सहयोग से वृक्षों की सुरक्षा सुनिश्चित की। नर्मदा बचाओ आंदोलन की तरह उत्तराखंड का टिहरी बाँध विरोध आदि के माध्यम से भी कई लोक-लुभावन प्रयत्न होते रहे हैं। राजेंद्र कुमार पचौरी (IPCC) को 2007 में इसी क्षेत्र में उल्लेखनीय सेवा के लिए नोबेल शांति पुरस्कार मिला। जिस प्रकार कोई देश अपने देशवासियों को देश के सैनिकों की खातिर वोट देने की गुहार लगाता है, उसी प्रकार कई देश अपने देशवासियों को प्रकृति और पर्यावरण की खातिर वोट देने के लिए कहते हैं। उत्तराखंड परिवर्तन पार्टी (2009) भारत में पर्यावरण की चिंता करने के लिए ही बनाई गई है। 'द इंडिया ग्रीन पार्टी' (2018) का भी यही उद्देश्य है। कहना न

होगा कि यह अंचल विशेष विकास के नाम पर जिस प्रकार कंकरीट के जंगल खड़ा करता रहा है, वह कुछ ऐसा करता ही। समाज-सुधार के अनेक कार्यक्रम और योजनाएँ लेकर, अनेक समाज-सेवी संस्थाएँ आगे आती हैं। सरकार भी कुछ-न-कुछ करती ही है। आपदा के बाद 'रेसक्यू' कार्य भी किया जाता है। एक पूरा तंत्र है, जो चारों तरफ से घेरे रहता है। सबके अपने-अपने स्वार्थ और परमार्थ हैं। साहित्यकार 'दृष्टा' होकर देखता जाता है। निशंक ने दृष्टा ही नहीं 'भोक्ता' होकर भुक्तभोगियों के समान अप्रत्याशित विपदाओं को देखा—उनके चश्मदीद गवाह रहे और कुछ ऐसा लिखा, जिसे विधा विशेष के चश्मे से देखने के चक्कर में पड़े बगैर जब मैंने पढ़ा तो प्रत्यक्षदर्शी होकर 'कुदरत का कहर', 'प्रलय का मंजर' और 'हठ से गंतव्य' तक सब देख सका।

> *जब मैं वहाँ पहुँचा तो देखा कि एक हाल में भेड़, बकरियों की तरह सैकड़ों लोगों को ठूँसा गया था। यह स्थिति जी.एम.वी.एन. के विश्रामगृह की नहीं, अपितु जोशीमठ के अन्य विश्रामगृहों और होटल, लॉज की भी थी। जोशीमठ में पूरी तरह अँधेरा था। जब मैं कमरे में पहुँचा तो लोग चीखने-चिल्लाने लगे। मुझे यह देखकर आश्चर्य हुआ कि महिलाएँ, पुरुष, वृद्ध, यहाँ तक कि दुधमुँहे बच्चे भी यहाँ-वहाँ ऐसे रह रहे थे कि उन्हें पाँव फैलाने की जगह तक नहीं थी।*

प्रकृति की गोद में पलने-बढ़ने वालों में एक निशंक के रचना-संसार में प्रकृति का सौम्य और रौद्र रूप समान भाव से समाहित है। 'भूकंप त्रासदी' पर एक कविता की कुछ पंक्तियाँ हैं—

> मृत्यु को मानो किसी ने चीखकर पुकारा था,
> भूकंप घोर त्रासदी का, पहाड़ पर आया था।

'भूचाल' कविता में बेखबर सोये लोगों की बेबसी का चित्रण है—

> *हर कली अधखिली मूर्च्छित, टूटती हर डाल है।*
> *दरारों में जा समाता, छलछलाता ताल है॥*

'आपदा के वह भयावह दिन' में निशंक, अपनी पृष्ठभूमि को इस प्रकार बयान करते हैं—मेरा बचपन पहाड़ की विकट विषमताओं में व्यतीत हुआ है। वहाँ का दर्द, उसकी वेदना को मैं आज भी अपने अंतस में महसूस करता हूँ। अभावों के बीच भी जीने की जिजीविषा को यहाँ प्राकृतिक आपदाएँ तोड़कर रख देती हैं। साहित्यकार निशंक उन कारणों पर नहीं जाते, जो पर्यावरण के लिए

घातक हैं। वे किसी सामाजिक कार्यकर्ता या पर्यावरणविद की तरह विचार-विमर्श या चर्चा-चर्वण नहीं करते। वे 'त्रासदी के कारणों' से अधिक त्रासदी के कारण उपजे हालातों पर दृष्टि केंद्रित करते हैं। किसी मौसम-विज्ञानी की दृष्टि से जल प्रलय को न देखकर वे कामायनी के रचनाकार, जयशंकर प्रसाद के समान संपूर्ण घटनाक्रम को कथा या कविता के शिल्प में अथवा संस्मरण और वृत्तांत के रूप में पाठकों को संवेदनशील बनाने के लिए प्रस्तुत करते हैं। साहित्य का उद्‌देश्य 'विरेचन' भी है और इसी को मद्‌देनजर रखकर, जब कोई रचना आती है तो वह पाठक को भी करुणार्द्र करती है।

जाक देरिदा के अनुसार, प्रकृति कभी हिंसक नहीं होती। भूकंप हिंसक नहीं, यह तो धरती की स्वाभाविक चेतना है। हाँ, इतनी निरंकुश अवश्य है कि यह मानव के हित को नुकसान पहुँचाती है। ('There is no natural violence, an earthquake is not violent. It is only violent insofar as it damages human interests.' Derrida and Ferraris 2001, 92) भोपाल त्रासदी में प्रकृति का दोष इतना ही था कि हवा ने फैक्टरी से शहर का रुख कर लिया था। (शरद जोशी, धर्मयुग, 13 जनवरी, 1985) दुष्यंत कुमार ने पर्यावरण आपदा में प्रकृति और मनुष्य के स्वभाव को दो पंक्तियों में अभिव्यक्त किया है—बाढ़ की संभावनाएँ सामने हैं! और नदियों के किनारे घर बने हैं। हिंसा मानव का स्वभाव है, प्रकृति का नहीं! मनुष्य भाषा प्रयोग में भी हिंसा से परहेज नहीं करता। उसका प्रकृति और संस्कृति से जुड़ाव भी उसकी हिंसक प्रवृत्तियों पर अंकुश नहीं लगा सकता। निशंक के लेखकीय व्यक्तित्व की यह प्रवृत्ति नहीं। वे न तो शब्द-बाणों से और न अपने दृष्टिकोण से हिंसा के हिमायती हैं। इस दृष्टि से 'आपदा के वह भयानक दिन' के एक प्रसंग में लेखक अपने संस्मरण में उल्लेख करता है—

> अट्‌ठारह बच्चों के इन निर्भागे माता-पिता की तो सारी दुनिया उजड़ चुकी थी, लेकिन ऐसे समय में इनके लिए उस वक्त जो कुछ भी हो सकता था, वो करने की मेरी पूरी कोशिश रही। मैं जानता था कि इनके लिए किसी भी सीमा तक कुछ भी करना, इनके कलेजों के टुकड़ों को वापस तो नहीं ला सकता था, लेकिन हाँ, यह जरूर है कि समय का मरहम जब इन्हें थोड़ा सा सँभलने की हिम्मत देगा, उस दिन हमारी संवेदनाओं को ये महसूस कर सकेंगे।

उपरोक्त पंक्तियों में परोक्ष रूप से पर्यावरण के दोहन के दुष्परिणाम की

ओर संकेत है। मानव द्वारा आहूत न होने पर भी यदि पर्यावरण के प्रति किसी भी कारण से कोताही होती है तो उसका नुकसान भी उसे ही उठाना पड़ेगा। प्राकृतिक आपदा को रोकना कभी-कभी कठिन हो जाता है, किंतु उससे पीड़ित लोगों को समय रहते सहायता पहुँचाना जरूरी होता है। भविष्य में इस प्रकार की 'विपदाओं' से कैसे बचा जाए, यह सुनिश्चित करना भी आवश्यक हो जाता है। इनसे प्रेरित होकर लेखन तो बाद में होना है, जो एक प्रकार से चिंतन और चिंता से विकसित हुआ होता है। वाल्मीकि के मुख से अनायास ही 'मा निषाद' श्लोक पंक्तियाँ निकल पड़ी थीं, पर ऐसा क्या सदैव होता है? 'प्रलय के बीच' में उत्तराखंड के तथाकथित विकास के परिणामस्वरूप और कुछ दैवीय कारणों से जो तबाही हुई (कुछ करनी कुछ करमगत) इन दोनों का एक साथ वर्णन करके जो प्रभाव होता है, वह अनुभव की आँख से ही पढ़ा जा सकता है, पढ़ें—

> कल-कल करती मंदाकिनी की स्वच्छ और निर्मल धारा के किनारे हरे-भरे वृक्षों के बीच से गुजरती हुई, ये घुमावदार सड़कें कितनी सुंदर लगती थीं। 'छोटे-छोटे कस्बों और बाजारों से होते हुए, यात्रा करने का अद्‌भुत रोमांच मिलता था, यहाँ किंतु आज इन्हीं सड़कों और बाजारों की स्थिति देखकर दिल फटा जा रहा था। जल-प्रलय आकर चली भी गई, किंतु अपने पीछे छोड़ गई बरबादी की ये निशानियाँ। बीहड़, बस्तियाँ, वीरान बाजार और मलबे से पट चुकी सड़कें।'

प्रकृति और पर्यावरण जब एक-दूसरे से मिलकर, साहित्य का उपजीव्य बनते हैं तो प्राणीमात्र की संवेदना उससे जा मिलती है। कालिदास का 'मेघदूतम्' एक उदाहरण है। 'अभिज्ञानशाकुंतलम्' में मृग-शावक का करुणाप्लावित प्रेम क्या कोई भूल सका है? 'प्रतीक्षा' खंड-काव्य में माँ की संवेदना में अंतर्निहित वेदना को पद्य प्रसून के रूप में प्रस्तुत करके कवि ने इसी परंपरा का निर्वाह किया है—

धरती है वीरान गाँव की, पतझड़-सा मौसम आया।
जीव-जंतु पानी को तरसे, जन-जन बैठा अकुलाया॥
अब तक थे, जो सघन विपिन सुत! अब वे पल-पल कटते हैं।
नहीं समय पर वर्षा होती, पशु-पक्षी भी घटते हैं।
अब तो नन्ही किलकारी गुम, मौन हुई बूढ़ी लाठी।
गाँव-गाँव वीरान पड़े हैं, रोती है अपनी माटी॥

प्रदूषण और पर्यावरण की समस्या को भी कई कहानियों में सीधे तौर पर देखा गया है। पहाड़ पर अंधाधुंध प्राकृतिक संसाधनों का दोहन सनातन समस्या सी है। 'नकेल' कहानी में ध्वनि-प्रदूषण के कारण हुई, हानियों के बारे में निम्नलिखित तर्क को पढ़कर जॉर्ज बर्नार्ड शॉ के नाटक 'सेंट जोन' का प्रथम दृश्य याद आता है, जिसमें मुरगियों ने अंडे देना और गायों ने दूध देना बंद कर दिया था (I know, sir, I know only too well. There is no milk : there are no eggs : tomorrow there will be nothing)। निशंक का एक जीवित और जीवंत पात्र कहता है—

> सर, बहुत फर्क पड़ता है, और तो और लोगों की गाय-भैसों ने दूध देना बंद कर दिया है। हवाईजहाज की कर्कश और तीखी आवाज से स्थानीय बेजुबान पशुओं को कितना नुकसान उठाना पड़ रहा है, इसका आकलन किया है कभी आपने? आपको तो केवल उच्च क्रय क्षमता वाले पर्यटकों की सुविधा की फिक्र है। पहाड़ के गरीब लोगों की चिंताओं से आपका क्या सरोकार?

पहाड़ के प्रति अपने प्रेमभाव को पर्यावरण प्रेम से जोड़कर लिखी गईं, ये पंक्तियाँ भी अपना मंतव्य स्वयं कह देती हैं—पहाड़ हमारे स्वाभिमान और प्रतिष्ठा के मूलाधार हैं। पहाड़ हमारे चरित्र और आचरण की पवित्रता और कर्मठता के प्रतीक हैं। पहाड़ों के पर्यावरण से खिलवाड़ करनेवालों को किसी कीमत पर बर्दाश्त नहीं किया जाएगा। लगभग यही प्रसंग 'बेजुबान' कहानी में भी आ जाता है, जब जज साहब अपनी पत्नी से उत्तराखंड की प्रशंसा करते हैं, उसे 'असली स्वर्ग' कहते हैं।

इन उद्गारों के पीछे हरित सांस्कृतिक चैतन्य का संपूर्ण कलेवर विद्यमान है। पलायन की पीड़ा और प्रवासी का दर्द भी किसी-न-किसी रूप से इस धरती से जुड़े हैं। धरती का उर्वर-प्रदेश जब मानव निर्मित या दैववश बंजर हो जाता है और अकाल की स्थिति में पहाड़ से नगर की ओर लोग चल पड़ते हैं तो भी उनके होंठों पर यही सच्चाई रहती है—

> यहाँ अपना घर-गाँव है साब! अपना गढ़वाल छोड़ने का मन नहीं करता। दूर-दूर तक पसरे हुए मनोहारी बुग्याल, सुंदर फेनिल झरने, कल-कल निनाद करती सर्पीली नदियाँ और सीढ़ीनुमा खेतों में लहलहाती फसलें वास्तव में किसका मन नहीं मोह लेंगे।

'नकेल' कहानी के पात्र प्रकृति प्रेम के झंडाबरदार हैं। वे इसका भूत, वर्तमान और भविष्य सब जानते हैं। गांधी के अनुयायी हैं, पर आंदोलन से नहीं डरते। वे अपना विरोध प्रखर शब्दों में व्यक्त करते हैं—

> यह भूमि चिपको आंदोलन की भूमि रही है। यहाँ के लोगों ने पर्यावरण को अपनी जान से भी अधिक तवज्जो दी है और हम किसी भी हालत में यहाँ से हवाई सेवा शुरू होने नहीं देंगे। सरकार चाहती है कि एक तरफ हवाई सेवा से यात्रियों को इन तीर्थों तक पहुँचाया जाए, दूसरी तरफ इस देवभूमि की संस्कृति एवं परंपराओं को तहस-नहस करने की साजिशें रची जा रही हैं, ताकि इस क्षेत्र की कोई पारंपरिक पहचान जीवित न रह जाए और यहाँ के लोगों का वजूद ही समाप्त हो जाए।

पहाड़ के साथ ही जंगल की भी सुध लेते हैं, कथाकार निशंक। एक ओर तो लोग जंगल से जुड़े हैं, दूसरी ओर अधिकारी वर्ग उसका दोहन करने में लगा है। 'अंतिम क्षण तक' कहानी में जनता और जनतंत्र को चलानेवाले कितने भिन्न-भिन्न हैं, देखें—ये आग वैसे ही थोड़े लगी, जरूर विभाग की बेईमानी है। जंगलों में तो स्वयं वन-विभाग ही आग लगाता है, ताकि आग लगी दिखाकर कागजों में उनके उलटे-सीधे काम बरकरार रह सकें और फिर दूसरे साल भी वहीं उनको पेड़ लगाने का बहाना मिल सके। कोई बोलता। अरे! ये जंगल तो लगभग चंदू ने ही बनाया है, उससे वन विभाग को कोई खास मतलब नहीं है, पर हो सकता है कि 'जैलिसी' की भावना से विभाग ने आग लगा दी हो।

उपन्यासों में भी जंगल, पहाड़, चराचर और समूची प्रकृति कथानक में इस प्रकार गूँथ दी गई है कि उसके प्रति संवेदना पाठक की दृष्टि से चूकती नहीं। प्रथम उपन्यास 'मेजर निराला' में एक ओर तो ग्रामीण पर्वतीय जीवन, व्रत-त्योहार, लोकगीत, खानपान, मेल-मिलाप और सामाजिक रूढ़ियों का वर्णन है तो दूसरी ओर पर्यावरण की वैश्विक चिंता का यथास्थान उल्लेख मिलता है।

> *तीनधारा छोटी सी जगह है। कभी यहाँ पर पहाड़ी से निकलते शीतल जल की तीन धारे हुआ करती थीं। उन्हीं धारों के अगल-बगल ककड़ी, खीरा, मकई और जलजीरा की अस्थायी दुकानें लगाकर स्थानीय गाँव के कुछ लोग अपना व्यवसाय करते थे। समय बदला, वनों के अत्यधिक दोहन, पर्यावरण असंतुलन और खनन आदि अन्य कारणों से जल के स्रोत नीचे बैठ गए हैं। अब यहाँ पर तीन धारे तो नहीं*

हैं, अलबत्ता कई जगह पहाड़ी से पानी की बारीक धार और कई जगह से पानी टपकता हुआ प्रतीत होता है।

मैं समझ सकता हूँ। अफ्रीका के इथियोपिया देश के अरबा मींच शहर में वर्षों रहने का अवसर मुझे मिला है। अरबा मींच अर्थात् चालीस झरने। पर अरबा मींच में ये चालीस झरने अब भी हैं और इन्हें देखने दुनिया भर से लोग आते हैं। हम भारतीय कुछ अधिक ही आधुनिक, सभ्य और स्वार्थी हो गए हैं। लेखक ने अपनी चिंता जता दी। मेरे जैसे पाठक ने भी इसे रेखांकित कर दिया। अब आप जानो और आपका काम। यही बड़ा फर्क है!

पहाड़

केंद्रीय हिंदी संस्थान के उपाध्यक्ष श्री अनिल जोशी ने अपने एक व्याख्यान में इस ओर संकेत करते हुए, विराम लिया था कि जनजीवन में गहरे पैठे निशंक की कर्मस्थली अब बेशक दिल्ली बन गई है, किंतु उनकी ज्यादातर कहानियों का प्रस्थान बिंदु 'पहाड़' रहा है। डॉ. रमा ने निशंक की कहानियों को 'पहाड़ी संस्कृति का जीवंत दस्तावेज' कहा है। मैदानी इलाकों में रहनेवालों के लिए 'पहाड़' और पहाड़ के निवासी 'पहाड़ी' के जीवन के प्रति दया भाव रहता है। इस दया भाव की सृष्टि प्राय: कुछ अधकचरी पाठ्य-सामग्री के पाठ से होती है। निशंक के लेखन में 'पहाड़' एक ऐसी व्यापक सांस्कृतिक चेतना का अंग है, जो स्थिर और अगम्य होते हुए भी उत्तुंग है। पहाड़ का सांकेतिक अर्थ 'घर' है। पहाड़ का सांकेतिक अर्थ 'गाँव' है। 'पहाड़' उत्तराखंड है। 'मेरे नगपति मेरे विशाल' और 'हिमाला' की संवेदना से आगे की स्थिति है यह। यहाँ पहाड़ जीवन का अंग है। पहाड़ की अर्थव्यवस्था को मनीऑर्डर की अर्थव्यवस्था कहकर, जब इस व्यवस्था के गुण-दोष हमारे सामने कहानी-उपन्यास के माध्यम से आते हैं, तब पहाड़ का जो अर्थ होता है, उससे अलग तब अर्थ हो जाता है, जब इसे विस्थापन और पलायन की समस्या से जोड़ा जाता है। 'गाँव में कुछ नहीं हो सकता' की धारणा को बड़ी शिद्दत के साथ ध्वस्त करने का काम यह लेखन करता है। 'मेरा तो गाँव है वहाँ' जब 'बीरा' उपन्यास का एक पात्र कहता है, तब मेरे जैसा विस्थापित आदमी तो बस टुसके बहाने लगता है। 'मेजर निराला' के इस वर्णन में 'पहाड़' के कई अर्थ आ मिलते हैं—

गाँव में कुल मिलाकर अस्सी के लगभग कच्चे-पक्के मकान। कुछ घर पठालियों (पत्थर की सिलेटों) से ढके हुए, किसी में लकड़ी की सुंदर

नक्काशी, तो कोई घर सीमेंट वाले। गाँव के अंदर सँकरे, किंतु सीमेंट के पक्के रास्ते। पहाड़ में आजादी के बाद काफी विकास हुआ है। खासकर बिजली, पानी, सड़क, शिक्षा और गाँव के रास्तों के विकास पर सरकार ने ज्यादा ध्यान दिया है।

'मकान' और 'घर' का संयोजन 'पहाड़' से यहाँ इस प्रकार हुआ है कि आगे का समस्त कथा-प्रवाह सहजता से आगे बढ़कर उस स्थान पर पहुँचता है, जिसे शहर के लोग केवल 'गप्प' समझकर उड़ा देंगे। 'हाँ, पहाड़ में अभी घरों पर ताले लगाने की परंपरा नहीं है।' पहाड़ सा घर—चारों ओर से खुला। कहने की जरूरत ही नहीं, क्योंकि मैं समझ जाता हूँ, पाठक समझ जाता है, गाँव आज भी शांत और शालीन है और गाँववाले निर्भीक। शहर में आकर पहाड़ का व्यक्ति यह कई बार और बार-बार कहता है—इससे अच्छा तो हमारा पहाड़ है। उसके यह कहने में जो गर्व और विश्वास का भाव है, वह छुपने-छुपाने से परे है। एक कहानी 'और एक बेड खाली हो गया' का सुरेश, अपने गाँव वापस आकर फूट-फूटकर रोते हुए यही कहता है कि महानगरों व शहरों में आधुनिकता की चकाचौंध में कब की जिंदा दफन हो चुकी मानवीय संवेदनाएँ तो वास्तविक रूप में पहाड़ के कण-कण में रची-बसी हैं, जिनके बीच आज वह अपनी भावनाएँ व्यक्त कर सका है। उदाहरण के लिए, निशंक 'अपना पराया' उपन्यास में 'पहाड़ के सौंदर्य' को जनजीवन से जोड़कर इस प्रकार प्रस्तुत करता है—

> दुर्गम पहाड़ी पगडंडी से गुजरते हुए, आधा मील की खड़ी चढ़ाई पारकर सुरेश ने गहरी साँस ली और एक पत्थर पर निढाल बैठ गया। जेब से रूमाल निकाला और माथे पर पानी की बूँदों की तरह टपटपाते पसीने को पोंछने लगा। तेज चलने के कारण उसका चेहरा तमतमा गया था। यों तो अब तक सुरेश लगभग तीन मील की दूरी पैदल तय कर चुका था, लेकिन इस चढ़ाई को चढ़ने के बाद अब तो साँसें धोंकनी की तरह चल रही थीं। गाँव के कई बड़े-बूढ़े बताते हैं कि पानी और जंगल जहाँ अच्छा मिला, पुराने लोग वहीं बस गए। फिर चाहे वह जगह ऊँची पहाड़ी चोटी पर ही क्यों न हो। किंतु अब न तो ये जंगल ही अपने रहे और न पानी के वे प्राकृतिक स्रोत ही! बस रह गई तो ये दुर्गम खड़ी चढ़ाई, बंजर होते खेत-खलियान और तेजी से वीरान होते घर-गाँव!

पहाड़ भी यहाँ प्रकृति और पर्यावरण के समान एक जीवंत चरित्र हो

जाता है। निशंक के चार उपन्यासों को एक साथ 'शिखरों के संघर्ष' के नाम से प्रकाशित पाकर मैं यह सोचने लगा कि एक-दूसरे राजनीतिज्ञ और हिमाचल प्रदेश के मुख्यमंत्री रहे शांता कुमार ने भी 'मृगतृष्णा' और 'लाजो' उपन्यासों में पहाड़ और पर्यावरण को संप्रेषित किया है, फिर दोनों में अंतर कहाँ है और क्या है? बाल-बराबर भी अंतर नहीं है। दोनों ने इन भौगोलिक इकाइयों को लोक-जीवन के अभिन्न अंग के रूप में देखा है।

□

11

शब्दों पर झेला गया सौंदर्य

"किसी भी साहित्यकार की रचनाधर्मिता वस्तु-विन्यास में अपने युग के सामाजिक-सांस्कृतिक बोध का अतिक्रमण नहीं कर पाती। इसी प्रकार साहित्यकार की अभिव्यंजक शैली उसकी भाषायी चेतना का अतिक्रमण करना चाहकर भी उसके पार नहीं जा पाती।" भाषाविद् रवींद्रनाथ श्रीवास्तव (भाषायी अस्मिता और हिंदी, पृष्ठ 158) का यह कथन रमेश पोखरियाल 'निशंक' के भाषा प्रयोग और व्यवस्था पर भी लागू होता है। 'हिंदी साहित्य का इतिहास' में आचार्य रामचंद्र शुक्ल ने लेखक की शक्ति और सर्जन की प्रक्रिया को समझने के लिए 'भाषा' को केंद्र में रखने की अनुशंसा की है। वैसे तो निशंक पर शोध-प्रबंधों समेत बहुत कुछ लिखा जा रहा है, पर अभी तक उनके भाषा-बोध और भाषा-विषयक चिंतन पर समुचित और सम्यक् प्रकाश नहीं पड़ पाया है। यह आलेख इस दिशा में प्राथमिक प्रयास है, इसलिए महत्त्वपूर्ण है। कहानी, उपन्यास और कविता में साहित्य को विभाजित करके देखनेवाले यह जानते हैं कि शब्द को एक से अधिक तरह से प्रयोग करना आसान नहीं। एक ही कवि और कथाकार, एक ही भाषा के, एक ही शब्द को लेकर जब उसके भिन्न अर्थ-प्रयोग प्रस्तुत करता है, तब पाठक दाँतों तले उँगली दबा लेता है।

डॉ. रामस्वरूप चतुर्वेदी के अनुसार साहित्यिक भाषा मूलतः बोलचाल की वह भाषा है, जो विभिन्न रचनाकारों की सृजन प्रक्रिया में समाहित होकर अपने स्वरूप को परिवर्तित कर लेती है। वे इसी आधार पर भाषा के चार प्रयोग-स्तरों को भी चिह्नित करते हैं—बोलचाल की भाषा, गद्य की भाषा, सृजनात्मक गद्य की भाषा, और कविता की भाषा। निशंक के गद्य और पद्य की भाषा को लक्ष्य करें तो स्पष्ट हो जाता है कि वे सामान्यतः बोलचाल की भाषा का ही सृजनात्मक प्रयोग

करते हैं। इसलिए वे जितना बोलते हैं, उतना ही संप्रेषित करते हैं। कुछ छूटता नहीं, पर कुछ-न-कुछ जुड़ता जरूर चला जाता है।

निशंक की भाषा-शैली प्राय: सहज-सरल और अनौपचारिक है। इसमें क्षेत्र-विशेष के शब्द, उर्दू-फारसी का लहजा, अंग्रेजी के हिंदी में रच-बस गए शब्द सहज ही चले आते हैं। संस्कृत के तत्सम-तद्भव शब्द भी दाल में नमक के मानिंद हैं। कविता हो या कहानी, निशंक की भाषा में बातचीत और आत्मीयता की लय का प्राधान्य रहता है। शायद इसी से निशंक की भाषा-शैली में जटिल शब्दावली का विन्यास या वाग्जाल न होकर, सामान्य मुहावरेदार चलती-फिरती बोलचाली हिंदी के दर्शन होते हैं। इसका फल यह हुआ है कि आम पाठक भी भाषा-प्रवाह में बढ़ता चला जाता है। कहना न होगा कि निशंक का शैली-शिल्प विधान अभिजात कभी नहीं दिखाई देता, भाषा प्रयोग में लोकतंत्र इसे कोई कहना चाहे तो कह सकता है, क्योंकि निशंक कबीर की तरह भाषा के डिक्टेटर नहीं हैं। कहीं भावुक गलदश्रुता नहीं, न शब्दों की कलाबाजियाँ दिखाईं और न दिखानेवाले हैं। उनकी भाषा में ग्रामत्व, अश्लीलत्व नहीं, सदैव एक सहजात शिष्टाचार, भद्रता, कुलीनता और सरलता का प्रवास रहता है। निशंक की भाषा को सरसरी तौर पर देखने से ही यह ज्ञात हो जाता है कि उनकी भाषा में वाक्य-रचना की व्यवस्था, भाषा की शुद्धता और प्रयोगों की समीचीनता सर्वत्र व्याप्त है। वे न बहुपठ हैं और न बहुज्ञ; न उनका कैनवास बड़ा है। उनके पास एक निश्चित विचारधारा है। प्रतिबद्धता की जलती मशाल लिये निशंक जनसरोकार को अधिमानता देते हैं। वे साहित्य की कलागत उपयोगिता से अधिक जीवनगत उपयोगिता मानते हैं और अपने लेखन का उपयोग अपने पाठकों को सुसंस्कृत करने के लिए करते हैं, इसलिए भाषा में भदेस वे नहीं होते।

मुख्यत: निशंक की रचनाओं को शिल्प की दृष्टि से देखते ही यह स्पष्ट हो जाता है कि उनकी कहानियाँ और उपन्यासों के कथानक अभिधाप्रधान रहे हैं। व्यंजना आदि शैलियाँ वे प्रयोग नहीं करते, क्योंकि उन्हें कोई अमूर्त बिंब प्रस्तुत नहीं करने होते। निशंक अपने लक्ष्य पाठकों को जानते हैं। आलोचकों और समीक्षकों के दंभ-निकष की ओर उनका ध्यान नहीं। वे अपनी बात को अपने पाठकों तक बिना लाग-लपेट के पहुँचाते हैं। हिंदी के सबसे बड़े कथाकार प्रेमचंद भी अभिधा को अपनाने वाले रहे हैं। और फिर प्रत्येक कलमकार का अपना परिवेश और उसके अनुसार चुनाव करने की स्वतंत्रता होती है। पाठक जानता है

कि वह किसी प्रेमचंद को नहीं पढ़ रहा। उसकी अपेक्षाएँ सीमित होती हैं और उन सीमित अपेक्षाओं पर निशंक का शिल्प-सौंदर्य भी मार्क करनेवाला है।

निशंक की काव्य-भाषा

काव्य-भाषा अर्थ की सीमाओं का इतना व्यापक विस्तार करती है कि पाठक जितना अर्थ का उत्सर्जन करता है, उतना ही अधिक आनंद प्राप्त करता है। तभी तो 'कविता ही कवि का परम वक्तव्य है' कहा गया है। कविता की भाषा अननुवादनीय है, शब्दों को चुन-चुनकर रखा जाता है। अभिनव गुप्त कहते हैं कि काव्यानुशीलन के अभ्यास से मनोमुकुर को विशदीभूत करके वर्णनीय तन्मयीभवन योग्य बनाना होता है। कविता की रचना-प्रक्रिया पर कविता के रूप में ही रचना-क्षण का विवेचन प्रस्तुत करते हुए, आचार्य शुक्लजी लिखते हैं—"यों ही जब रूप मिले बाहर के भीतर की/भावना से, जानो तब कविता का सत्य पल। कविता के सत्य पल की इस पहचान को कवि निशंक की कविता के लिए 'निकष' बनाकर देखा तो ज्ञात हुआ कि कवि की संपृक्त मानसिकता, सामंजस्यपूर्ण भाषा-प्रवाह, अतिरंजना-मुक्त सटीक वर्णन, और संवेदनापूर्ण संप्रेषण की चाह ने उनके कविता-कोश को समृद्ध किया है।

कवियों को कवि-कर्म में प्रवृत्ति करने के लिए आचार्य महावीरप्रसाद द्विवेदी ने अपने अनेक लेखों द्वारा मार्गदर्शन किया। 1901 में 'सरस्वती' के प्रकाशन से वे इस काम में लग गए थे। सौ वर्षों के बाद भी द्विवेदीजी आज के कवि-यश प्रार्थी कवियों के लिए आदर्श गुरु हैं। 'कवि और कविता' और 'कविता तथा कवि-कर्तव्य' ऐसे ही दो निबंध हैं। द्विवेदीजी कहते हैं—"आजकल लोगों ने कविता और पद्य को एक ही चीज समझ रखा है। यह भ्रम है। कविता और पद्य में वही अंतर है, जो अंग्रेजी पोएट्री (Poetry) और वर्स (Verse) में है। किसी प्रभावोत्पादक और मनोरंजक लेख, बात या वक्तृक्ता का नाम कविता है। नियमानुसार तुली हुई सतरों का नाम पद्य है। जिस पद्य के पढ़ने या सुनने से चित्त पर असर नहीं होता, वह कविता नहीं। वह नपी-तुली शब्द स्थापना मात्र है। गद्य और पद्य दोनों में कविता हो सकती हैं (पृष्ठ 107)। इस निकष पर कवि निशंक की कविता को तनिक कसकर देखें।

टेक्स्ट से जो अर्थ पाठक को प्राप्त होता है, वह उसकी रीडिंग से अधिक उसकी मिस-रीडिंग से भी होता है। यों तो कवि कथाकार के रूप में निशंक तुलसी, कबीर और रहीम की तरह सबको समझ में आनेवाले साहित्यकार हैं,

फिर भी कोई रचनाकार कितना भी अभिधा-प्रधान हो, व्यंजना पाठक स्वयं कर ही लेता है। 'रहिमन पानी राखिए' में 'पानी' के अनेक अर्थ और 'चून' के क्षेत्रीयता से संकेतित-चूना या आटा अर्थ और 'कनक-कनक' के बहुलार्थ इसके सम्यक् उदाहरण हैं। निशंक का पाठक, जब उत्तराखंड के किसी प्रचलित शब्द को पढ़ता है तो यही होता है। पर क्या वास्तव में निशंक शब्द के गंभीर साधक हैं? हाँ हैं, एक कहानी-संग्रह का शीर्षक है—विपदा जीवित है। 'विपदा' का श्लेष भाषा के सतर्क प्रयोग का उदाहरण है। विपदा कहानी का एक ऐसा पात्र है, जो प्रशासनिक भ्रष्टाचार रूपी विपदा से ग्रस्त है। नकेल, बेजुबान, तृप्ति आदि कहानियों के शीर्षक भी आ जाते हैं और पात्रों के चरित्र के लिए विशेषण भी। विभिन्न पात्रों के नाम—सावित्री, ध्रुव, लक्ष्मी, अंबुज, निराला, सुगंधा, देवेश आदि उनके चरित्र के भी विश्लेषक हो जाते हैं।

भाषा को कामधेनु माननेवाली भारतीय परंपरा कविता के शब्द-विधान को लेकर बहुत सतर्क रहती है। इस परंपरा को 'कविता क्या है' में शुक्लजी 'हृदय की मुक्तावस्था' से जोड़ते हैं। उनके शब्द हैं—हृदय की मुक्तावस्था के लिए मनुष्य की वाणी, जो शब्द-विधान करती आई है, उसे कविता कहते हैं। इसी बात को दूसरी तरह से अज्ञेय कहते हैं—काव्य पहले शब्द है और सबसे अंत में भी यही बात बच जाती है कि काव्य शब्द है। हजारीप्रसाद द्विवेदी के शब्द हैं—जिस प्रकार गाय दूध देती है, कवि ऐसे ही काव्य-भाषा बनाता है—आज के अच्छे हिंदी कवि भी भाषा के संदर्भ में 'गाय-धर्म' का निर्वाह कर रहे हैं।

यह स्पष्ट है कि निशंक की कविता शब्द में कम और भाषा में अधिक होती है। निशंक को अपनी मातृ-बोली पहले प्राप्त हुई और मानक हिंदी पठन-पाठन के पश्चात्। दोनों के शब्द समूहों से प्राप्त शब्दों का प्रयोग वे करते हैं, पर चुनाव करके। इसलिए निशंक की काव्य-भाषा, उनके मिले-जुले साहित्यिक व्यक्तित्व से अनुप्राणित है। जिंदगी के साथ घुले-मिले शब्दों को निशंक ने जिंदगी को देखने और अभिव्यक्त करने के काम में लगाया है। निशंक ने भाषा की इसी शक्ति को समझते हुए, वैचारिक और सर्जनात्मक दोनों स्तरों पर अपनी भाषा का सर्जन किया है-—मेरे गीतों के स्वरों ने सबका नव शृंगार किया…

बाट तुम्हारी राह जोहती, नदियाँ हैं अकुलाईं।
पवन के झोंके तो ठहरे हैं, कलियाँ भी मुरझाईं॥
बुग्यालों की हरी मखमली घास पर, मिलना ऐड़ी-आछरियों के वास पर।
मन का बर्फ पिघल उठा मनुहार से, पीला चाँद उगा है, पर्वत पार से॥

निशंक ने मानवीय व्यक्तित्व और संवेदना की प्रस्तुति में भाषा को केवल माध्यम माना है। निशंक की काव्य-भाषा अभिव्यक्ति के धरातल पर उनकी सर्जनात्मक क्षमता और उसकी सीमा में आबद्ध है। उनकी रचना-प्रक्रिया में कबीर की 'भाव चाहिए साँच' का प्राधान्य है। निशंक की कविता, उनकी देश के प्रति अथाह भक्ति से निबद्ध होकर निकलती है, इसलिए प्रयत्न यह समझ आता है कि रचना हो जाती है, बन जाती है, जानबूझकर गढ़ी नहीं जाती। कहना न होगा कि निशंक में तुलसी जैसी सृजनात्मक चिंता नहीं, बल्कि कबीर जैसी सहजता है। निशंक की कविता में शब्दों के वटु समुदाय दादुरों की तरह फुदकते या उछल-कूद करते नहीं रहते, संतुलित और व्यवस्थित रहते हैं। कवि की भाषा और उसके भाव में मैत्री और ऐक्य को देखा जा सकता है।

निशंक की कविता का गहरा मानवीय मूल्य भी है, जो हमें अपनी विवशता और कर्मठता दोनों का बोध कराता है। वे जानते हैं कि मात्र 'यमाताराजभानसलगम' और 'फालयातुन-फेलुन-मफूलन' का बोध कविता नहीं लिखवा सकता। 'अलंकारों के सीकड़ों में बँधी कविता' (विद्यानिवास मिश्र के शब्द) निशंक नहीं लिखते। इसके लिए वे 'संवेदना' के बीज-मंत्र को धारण करते हैं। वे काव्य-विषयों का फैलाव नहीं करते, लंबी कविता कोई दिखाई नहीं देती। विस्तार संवेदनशीलता का है, जो एक कविता से दूसरी में जा पहुँचता है। इन कविताओं में समाज और देश की अतिशय चिंता है। अज्ञेय ने यदि कहा था कि 'मौन भी अभिव्यंजना है' तो कवि निशंक समकालीनता के मौन-मुखर कवि बनकर उलाहना देते हैं—तुमको मेरा मौन भी खलता है (मुझे घाव मिले बचपन से)। 'प्रिय गढ़वाल' कविता में कवि कहता है—मूक नहीं तुम बनो मुखर, कहता निर्झर, गाता मधु स्वर। कविताएँ छायावादी तुकांत रुझान से धीरे-धीरे काव्य-लय की ओर बढ़ती हैं। चिंतन-परक सूक्ष्म पर्यवेक्षण में गद्य की लय का प्रयोग है—दिन भर/पत्थरों को तोड़ने के बाद/ग्राम देवता को मैंने/पत्थरों पर/सुख की नींद सोते पाया। गद्य में पद्य को रौंपने का यह प्रयत्न यहाँ लक्ष्य किया जा सकता है। इस तरह कविता बन जाती है। यति-गति कहीं है तो बस इसलिए, क्योंकि वाक्य को जगह-जगह तोड़कर कविता का शिल्प सँवारा गया है।

प्रात: की अरुणिमा/दोपहर का प्रखर ताप,
संध्या की धड़कन/फिर अँधेरी छाया,
मिथ्या प्रलाप माया

या पकते-पकते/झर जाना
क्या जीवन है?

इस वाक्य का कविता बन जाना इसी कारण से हुआ है, और भी बहुत सी कविताएँ इसी तरह से बनी हैं, क्योंकि प्रकृति और कविता का साथ हुआ है। प्रकृति से संवाद करते हुए 'कोई कवि बन जाए सहज संभाव्य है'। प्रकृति-चेतना आदमी को इनसान बनाती है। प्रकृति-चित्रण करते हुए उत्तराखंड की गोद में पले-बढ़े कवि निशंक, जब किसी पत्थर का उल्लेख करते हैं तो वह कविता के शिल्प से उसी प्रकार कविता बन जाता, जैसे अशोक वाजपेयी पत्थर के काँपने, पसीजने, धार-धार बहने से कविता बना लेते हैं (पत्थर काँपता है/पत्थर पसीजता है/पत्थर धार-धार बहता है)।

पशु-पक्षी मानव न था, नहीं देव कोई नारायण।
जो लिपटा सहारा देने, वह छोटा सा पत्थर था॥

निरालाजी ने कहा था कि कवि का काम है, वह अपने मनोभावों को स्वाधीनतापूर्वक प्रकट करे। केसरीनाथ त्रिपाठी अपनी कविताओं को 'अनायास की देन' कहते हैं। निशंक की कविताएँ अनायास और सायास दोनों हैं। इस प्रकार निशंक दुहरी चेतना युक्त कवि-कथाकार हैं। निशंक कभी-कभी कविता के मूड में कहानी लिखते हैं और कभी कहानी के मूड में कविता। वे कभी 'बात' को कविता बना देते हैं...पूछते घनघोर वन अपराध हमने क्या किया...और कभी कविता को बात—मुझे तो विष-वमन करते विषैले नाग मिटाने हैं। कभी महापुरुषों के उपदेश और संदेश को कविता के शिल्प में प्रस्तुत कर देते हैं—

तोड़ सको तो/तोड़ो बंधन/जो तुमको जकड़े हैं,
कर्म करो/वह कारा तोड़ो/जो तुमको पकड़े हैं।

कवि निशंक की काव्य-भाषा की सरलता का कारण यह प्रतीत होता है कि वे गहन से गहन भाव को भी सहजता से ही रखते हैं। 'भूल पाता नहीं' कविता-संग्रह में अपने गीतों की रचना-प्रक्रिया को स्पष्ट करते हुए, निशंक लिखते हैं—मैंने वजनदार उपमानों को अपनी रचना-प्रक्रिया में शामिल करने का कभी भी प्रयास नहीं किया, न ही यह मेरा हेतु रहा है। इसी प्रतिनिधि कविता संकलन की कतिपय कविताओं का भाषिक विश्लेषण करने पर 'कहन' परिपाटी के कुछ तरीकों को मैंने संकलित किया है। प्रश्नाकुलता, जैसे—न-जाने मुझसे कहता कौन? कब, कहाँ डरा हूँ मैं? तुमको क्या पाना है? क्या भूलूँ क्या याद करूँ?

कुछ कहते तो होंगे? क्यों न मर्यादाओं को सबने जाना वहाँ? आदि 'मैं', 'तुम' और 'हम' का प्रयोग, जैसे—कब डरा हूँ मैं, तेरे शहर आ रहा हूँ, मुझे विधाता बनना है, हम दुनिया की शान, देश हम जलने न देंगे। असामान्य शाब्दिक प्रयोग को कविता में ढालना, जैसे—सदाचारी मुहब्बत, मन का बर्फ, सार्थक इबादत, स्वर्णिम स्वप्न दिवस, जाड़ा है भरपेट, गरीबी को पहना। इस प्रकार पाठक से सीधे संपर्करत होकर उसे ही संबोधित करते हुए, उसकी ही भाषा में बोलते-बतियाते कविता कई बार कुछ अप्रतिम पंक्तियाँ दे जाती हैं—दर्द खाया था मैंने, भूखा नहीं था।

गद्य भाषा

कोई रचनाकार अपनी भाषा-शैली को सँवारने की खातिर, अपनी भाव-पद्धति और विचार-पद्धति के अनुसार अभिव्यंजना के स्वाभाविक विकास पर जोर देता है, कोई बाहर के अनुकरण और काँट-छाँट पर बल देता है। हिंदी की गद्य-शैली के विकास की पड़ताल करनेवाले विद्वान् किसी रचना को देखते ही बता देते हैं कि यह अमुक कालखंड की रचना हो सकती है और इसके लेखक अमुक हो सकते हैं।

वर्णन करते समय भाषा प्रायः सरल रखी गई है। वाक्य सरल (मिश्र और मिश्रित न के बराबर) और छोटे-छोटे हैं। कथन भी सुसंबद्ध और तार्किक हैं। जब लेखक को मानसिक द्वंद्व और भाव-संघर्ष की स्थितियों का प्रगटन करना होता है, तब अनायास ही भाषा में चित्रात्मकता और प्रवाह आ जाता है। भाषा में स्थिरता और वाक्य रचना में लघुता और ऋजुता तथा कथन-भंगिमा में सहजता को लेकर चलती सी कुछ पंक्तियाँ देखें। 'अतीत की परछाइयाँ' कहानी का आरंभ कुछ इस प्रकार होता है—

> जाड़े की रात। हाड़ कँपकँपाती सर्दी, लेकिन इस सर्दी के बावजूद अँगीठी में जलाए, गरम कोयले और उपलों की गरमी में भागीरथी गहरी नींद में सो रही थी। साथ ही, उसके नथुनों के फड़कने से हलके-हलके खर्राटों की आवाज भी सुप्त वातावरण को गुंजायमान कर रही थी, लेकिन रामरथ की आँखों में नींद न थी।

इन चार वर्णनात्मक पंक्तियों में वातावरण के निर्माण की पूरी गुंजायश है। दो पात्र हैं—शायद पति और पत्नी! पत्नी सो रही है—निश्चिंत और बेखबर। पति उतना ही चिंतित और परेशान है। नथुनों का फड़कना, खर्राटों की आवाज,

गहरी नींद, अँगीठी, गरम कोयले और उपले आदि के प्रयोग से जो हास्यपूर्ण चित्र पाठक के मन पर उभरता है, उसे एक वाक्य में ही गंभीरता से परिवर्तित कर दिया जाता है। शब्द प्रयोग में एक ओर उर्दू है—आवाज तो दूसरी ओर संस्कृतनिष्ठ तत्सम प्रधान—सुप्त वातावरण। एक की 'गहरी नींद' से दूसरे की 'आँखों में नींद न होना' से विपरीत दशाओं को एक-दूसरे से जोड़कर प्रस्तुत करके कथाकार जिस प्रकार से पाठक को अपने साथ बहाकर ले जाता है, उसका निर्वाह भाषा के माध्यम से ही तो वह करता है। वह यह नहीं कहता—सर्दी की रात में भागीरथी बेफिक्री से सोई हुई थी और रामरथ चिंतित-सा जागा हुआ था। लेखक रिपोर्टर नहीं, वह साहित्यकार के रूप में भाषा का प्रयोक्ता है। भाषा की उद्‌भावना-शक्ति की उसे पहचान है। शब्दों में प्रौढ़ता, वाक्य-विन्यास में स्पष्टता और डिसकोर्स में रोचकता का निर्वाह भाषा के सायास और संतुलित प्रयोग से संभव हुआ है। इसी प्रकार से एक नहीं, अनेक उद्धरण प्राप्त होंगे। उद्धृत अंशों के विश्लेषण से निशंकजी के भाषा प्रयोग की अनेक विशेषताएँ प्रकट होंगी। अब एक उपन्यास से उद्धरण देखें—

> भोर में झकझोरकर किसी 'पाहुन' के आने का पैगाम दे जाता 'कागा' आज न-जाने क्यों मुँडेर पर मुँह फेरे बैठा था। नीचे पगलाई-सी 'चंदा' अपना खूँटा उखाड़ डालने पर आमादा थी। दूर कहीं बिछड़े बछड़े की मर्मांतक पुकार कानों में पड़ते ही वह और बिलबिला उठी थी। पेट के भीतर कहीं गहराई से निकलती—'अम्माह'.... 'अम्माह'.... की उसकी चीत्कार मानो कलेजा चीर रही थी। पास ही बूढ़ी हो चली 'बिंदा' पथराई सी खड़ी थी। सुबह से उसने आज तिनका तक मुँह में नहीं डाला। बस आँसू बहाए जा रही थी।

बेचैन माँ 'थू'-'थू' कर थक गई, लेकिन सियारों का रोना रुकने का नाम नहीं ले रहा था। न-जाने क्यों, आज पल्लवी का उचाट मन भी उन्हीं की तरफ थू-थू करने को कर रहा था। आँख फड़कने लगी, तो दिल और धड़कने लगा। एक अजीब सी छटपटाहट और उदासी ने उसे घेर लिया।

यह 'पल्लवी' उपन्यास का प्रारंभ है। अपनी पूरी भाषायी चेतना और विवेक से सराबोर होकर इस कथा का प्रारंभ किया गया है। निशंक के भाषा-विवेक का यह अप्रतिम उदाहरण है। यह दूर से ही पाठक का ध्यान खींचती है। यह मूलतः अभिधा प्रधान है, किंतु लक्षणा और व्यंजना की छटा देखते ही बनती है। नितांत

आंचलिक शब्दों के साथ देशज शब्दों का प्रयोग तो दृष्टव्य है ही, गाय और उसके बछड़े का रँभाना, सियारों का रोना और पल्लवी का उचाट मन आदि का एक साथ प्रयोग पाठक के मन में अर्थ की प्रतीति ही नहीं करता, बल्कि वह समूचे बिंब को भी ग्रहण करता है। प्रतीक के रूप में गाय-बछड़े का रँभाना, जब पल्लवी के उदास मन से जुड़ता है तो लगता है कि कथा-वस्तु के अनुरूप कथाकार भाषा प्रयोग करने में सिद्धहस्त है। वर्णन की इस साफ-सुथरी शैली से पाठक की उत्कंठा को बल मिलता है।

अपने वक्तव्यों में अंग्रेजी शब्दों को जबरन भरने का प्रयत्न नहीं किया गया है। संस्कृत के तत्सम-तद्भव शब्दों का संयोग बड़े स्वाभाविक ढंग से हुआ है। यह कहना होगा कि निशंक के यहाँ 'इतरभाषानां प्रवेशो निषिद्धः' नहीं है। छोटे-छोटे वाक्यों में निरर्थक विस्तार से बचकर लेखक आम पाठक की शब्द सीमा से परे जाता नहीं दिखाई देता। निशंक की गद्य-भाषा में उर्दू-संस्कृत, तद्भव-तत्सम, और बोलचाल सभी प्रकार के शब्द दिखाई देते हैं। संस्कृतनिष्ठ पांडित्यपूर्ण भाषा का कोई विशेष आग्रह दिखाई नहीं देता। लोकोक्तियों-मुहावरों की झड़ी लगाना या टोकरी भर-भरकर देशज शब्दों का प्रयोग वह नहीं ही करता। उपन्यास की भाषा तो कथा-संसार के विस्तृत क्षेत्र की ही है—खड़ी बोली पर उसे कुछ यथार्थ के निकट लाने के लिए उसमें स्थानीय बोलचाल के शब्दों, जुमलों और मुहावरों का सधा हुआ प्रयोग मिलता है। जहाँ केवल कथा होती है, वहाँ भाषा मानक रहती है, जहाँ कथन होता है, वहाँ परिवेश से शब्द आ मिलते हैं। उदाहरण के लिए, 'मेजर निराला' उपन्यास में उत्तराखंड के खानपान के शब्द—गहथ की भरी ढबड़ी रोटी, मूली की थिंच्वानी, ठिक्की भर छाछ, कोदा, झंगोरा, भुजे हुए भुट्टे, सोयाबीन, चुड़े, बुखेज भांग के बीज, आड़ू, खुबानी आदि मिलते हैं। 'अपना पराया' में पंदेरा, रैबार, पिठाई, थौल, परोठी, आदि शब्द पाठक को गढ़वाल-कुमाऊँ पर्वतीय प्रदेश की ओर ले जाते हैं। और जब कभी कोई शब्द वाक्य में प्रयुक्त होकर पाठक की नजर से गुजरकर उसके दिल में जा बैठता है तो बस उसे पेशे-खिदमत ही किया जा सकता है—

> बहू का बनाया हुआ खा लोगे तो कौन सी 'छौं' हो जाएगी तुम पर। रोज तो खुद ही बनाकर खाते हो।
>
> गहथ की भरी 'ढबड़ी' रोटी बनाई थी सावित्री ने। साथ में मूली का 'थिंच्वानी'। ठिक्की भर छाछ भी लाई थी। खुद अपने हाथ से परोसा उसने…

मैंने इसमें से कुछ भी कभी नहीं खाया, शायद खाने को न भी मिले। पर अनुमान से ही क्या स्वाद नहीं आता? बाल-मिठाई खाई है कभी? मैंने ही कहाँ खाई थी? लड़के का शादी डॉट कॉम विवाह पहाड़ की लड़की से हुआ, तब खाई। वरना कुट्टू के आटे से ज्यादा मुझे ही कहाँ कुछ पता था? कथा-कहानी में ऐसे स्थल पर रुककर आनंद लेने का मन होता है, जैसे—हाई-वे पर 'वैष्णो ढाबा'। लेखक जानता है पहाड़ की भाषा और उसकी रवानी। मेरे जैसा पाठक, जो उसी क्षेत्र का नहीं तो उसका 'पंदेरे' के सांस्कृतिक अर्थ पर अटक जाना स्वाभाविक है। यह शब्द कई उपन्यासों और कहानियों में आता है। 'अपना पराया' में इसका जो वर्णन है, उससे पाठक पनघट से पंदेरे को समझ लेगा—

> आठ-दस कदम पर पंदेरा दिखाई दिया, जिस पर गाँव की बहू-बेटियों की भीड़ जमा थी और उनके हँसने-खिलखिलाने की आवाजें वातावरण में गूँज रही थीं। लगभग ग्यारह बजे का समय होगा। नाश्ता-पानी निबटाकर बहू-बेटियाँ इत्मीनान से पंदेरे पर जमा थी। किसी के पास धुलने के लिए कपड़ों का ढेर था तो कोई जूठे बरतन ही वहाँ ले आई थी। पीढ़ियों से बांज बुरांश की शीतल जड़ों का ठंडा-मीठा पानी पिलाते आ रहे सीला गाँव के इस कुदरती जलधारे से एक आत्मीय रिश्ता भी बन गया था गाँववालों का। अपनी सखी-सहेलियों सा ही अजीज यह पंदेरा जहाँ गाँव की बहू-बेटियों के सुख-दुःख का साक्षी है, वहीं प्रौढ़ व वृद्धाओं के अतीत की स्मृतियों का स्मारक भी है। हँसी-ठिठोली व चुहलबाजी से लेकर गाँव-इलाके की घटनाओं पर चर्चा करने और कुछ चैन सुकून से बिताने का एकमात्र ठिया है।

उद्धरण कुछ बड़ा हो गया, परंतु सही अर्थों में यही तो चित्रण होता है। कवि त्रिलोचन ने कहा था—सबकुछ सबकुछ सबकुछ भाषा। जब 'भाषा की लहरों में जीवन की हलचल' है, तब उसकी ध्वनि का बल पाठक को भी सराहना होगा। एक शब्द में पूरा संसार और जीवन कैसे समा जाता है, प्रयोक्ता जानने की इस क्रिया में भोक्ता होता है। आप और मैं तो 'उपभोक्ता' हैं। शब्द प्रयोग के द्वारा लोक-जीवन के साथ ही संपूर्ण सांस्कृतिक परिदृश्य आलोकित कर देने की सामर्थ्य रखनेवाली इस भाषा की छटा दीवाना भी कर सकती है। अफ्रीकी लेखक न्युगुगी वा थियोंगो के विचार यहाँ सटीक बैठते हैं कि भाषा चाहे कोई भी हो, उसका हमेशा दोहरा चरित्र होता है। वह संप्रेषण का माध्यम होने के साथ-

साथ संस्कृति की वाहक भी होती है। निशंक की रचनाओं में उनके द्वारा प्रयुक्त भाषा विचारों और संवेदनाओं की अभिव्यक्ति का माध्यम ही नहीं है, उत्तराखंड और भारत की सनातन संस्कृति की संवाहक भी है। हिंदी जाति की संस्कृति की संवाहक भाषा में रचित निशंक के साहित्य के लिए वाङ्मय नाम सार्थक होता है।

निशंक की भाषा में अपनापन है, पर बेतकल्लुफी नहीं। एक औपचारिकता और शिष्टता रहती है। उपन्यासों में भाषा सर्वत्र सरल और व्यावहारिक है, प्रवाह भी है। विशेष रूप से संवादों या कथोपकथन में मर्यादित आचरण का निर्वाह है। छोटे-छोटे वाक्यों के साथ उपन्यास में वातावरण निर्माण करना कठिन होता है, पर निशंक ने इस प्रयत्न में सफलता प्राप्त की है। किसी घटना अथवा परिस्थिति के वर्णन में वे इन्हीं छोटे-छोटे वाक्यों के द्वारा वह सब करते हैं, जो कोई दूसरा बड़े-बड़े वाक्यों के प्रयोग द्वारा भी नहीं कर पाएगा। 'अपना पराया' उपन्यास का एक कथोपकथन देखें—

कैसी है तेरी ससुराल?

बहुत अच्छी है भाभी।

और हितेश?

इस सवाल को सुनते ही रेणु के चेहरे पर सुर्खी तैर गई। निगाहें नीची कर लीं उसने। वैसे भी अभी ढंग से पहचाना ही कहाँ था उसने हितेश को, लेकिन जितना भी जाना था, अच्छा लगा। अब भाभी से कैसे कहे इस बात को?

यहाँ इस उपन्यास के विषय में यह उल्लेख करना, मुझे रोचक लगा कि उपन्यास 1981 में लिखा गया और 2015 में प्रकाशित हुआ। मैंने इसे 2020 में पढ़ा। इस प्रकार लगभग 40 वर्ष बाद भी उपन्यासकार भारतीय जीवन के जिस पक्ष का दृश्य प्रस्तुत करता है, वह ज्यों-का-त्यों है। संस्कार आज भी गरीब की पूँजी है, जैसे कल थी। और भाषा? भाषा की व्यवस्था भी वैसी ही रही है। कालजयी होना क्या इसी को कहते हैं? इस उपन्यास के समापन के पृष्ठ में प्रश्न पूछ-पूछकर लेखक ने डिसकोर्स को एक दूसरे पायदान पर ही पहुँचा दिया है। देखें—

तो अब राहुल की माँ क्या कहना चाहती है उससे? क्यों उसका हाथ राहुल के हाथ में दे रही है?

क्या राहुल का सारा जीवन दूसरों के लिए ही समर्पित रहेगा?

क्या ये सपने अब सदा के लिए सपने ही रह जाएँगे?

और माँ क्या चाहती है?

क्या अब कभी इस बंधन से वे दोनों मुक्त हो पाएँगे?

जीवन का एक अध्याय समाप्त हुआ, लेकिन राहुल के जीवन में माँ की अंतिम इच्छा के रूप में एक नया अध्याय आरंभ होने को था।

मनोहरश्याम जोशी के धारावाहिक 'हम लोग' सा मार्मिक यह उपन्यास संप्रेषण के धरातल पर भाषा प्रयोग का सुंदर उदाहरण है। भाषा और अभिव्यंजना-पद्धति में सर्वत्र सामंजस्य देखते ही बनता है। संवादों का प्रयोग सहजतापूर्ण ढंग से है, अतिनाटकीयता से बचा गया है। उपरोक्त संवादों को कुछ इस तरह नरेशन में बुना गया है कि इनमें से कुछ संवाद हो जाते हैं, कुछ स्वगत-कथन और कुछ अनुच्छेद का अंग। पाठक पर इसका जो समग्र प्रभाव पड़ता है, वह कई दिन तक रहता है।

साधारण बोलचाल की भाषा में लिखकर निशंक शायद इस तथ्य पर बल देते हैं कि जिन पात्रों और पाठकों के सरोकारों, जीवन-मूल्यों और जीवन के सुख-दु:ख और यथार्थ-पक्ष का चित्रण करने वे निकले हैं, उनकी निपट भाषा का प्रयोग ही वे करेंगे। वे तत्सम प्रधान और संस्कृत-निष्ठ भाषा से जहाँ तक हो सका है, निकाल ले जाते हैं। कहानियों और उपन्यासों के लेखन के समय उनका कवि-रूप प्राय: आड़े नहीं आता।

उपन्यास और कहानी लेखन के अतिरिक्त भी अपने गद्य लेखन भाषा का प्रवाह देखा जा सकता है। निबंध, यात्रा-संस्मरण, रिपोर्ताज और अन्य गद्य रूपों में लेखन करते हुए, मुख्य बल लक्ष्य पाठक पर रहता है। अपनी विदेश-यात्राओं आदि के लेखन में या केदारनाथ त्रासदी आदि के चित्रांकन में सूचनात्मक गद्य को सृजनात्मकता से सराबोर करने का कोई सायास प्रयत्न दिखाई नहीं देता। ऐसे लेखन का साहित्य के ब्रेकेट में शुमार होना या न होना मायने नहीं रखता। पाठकीय प्रतिक्रिया का महत्त्व होता है। अनेक वर्षों से पत्रकारिता करने से भी भाषा में ऐसा कहीं नहीं लगता कि लेखक किसी जल्दी में है। 'प्रलय के बीच' पुस्तक के समापन पृष्ठों में लिखा मिलता है—

> अँधेरा कितना भी घना हो, छँटता जरूर है। नई सुबह फिर नई उम्मीदें लेकर आती है, यही जीवन का सत्य भी है। केदारनाथ सहित उत्तराखंड के विभिन्न हिस्सों में आई आपदा को दो वर्ष हो गए हैं। धीरे-धीरे जीवन पटरी पर आने लगा है। इन दो वर्षों में बहुत हुआ और बहुत कुछ बदला।

आपदा पीड़ितों ने अपने आँसू पोंछे और जीवन को नए ढंग से सँवारने के लिए कमर कसी।

मुझ जैसा साधारण पाठक भी इन पंक्तियों में रचनाशीलता की ईमानदारी और लेखनी की उर्वरता देख पा रहा है, तो आप तो नीर-क्षीर-विवेकी ठहरे।

□

यवनिका

मेरे जीवन का एक स्मरणीय दिन वह था, जब मैं श्रीगरीबदास आश्रम, हरिद्वार में पं. किशोरीदास वाजपेयी के सम्मान में आयोजित समारोह में जा बैठा था। उसके बाद आचार्य वाजपेयी द्वारा लिखित चार पंक्तियाँ न-जाने कैसे मेरे जीवन का आधार बन गईं, पता नहीं चला और जिंदगी बीत गई।

सोचा मैंने उषा काल में माँ के भजन सजाऊँ।
अभिनव अर्थ उपार्जित करके अपनी भेंट चढ़ाऊँ॥
किंतु भक्त पद प्रक्षेपों से धूल यहाँ भर आई।
रहा बुहार उसी को तब से यों सब उम्र गँवाई॥

मैं कविता के शिल्प में कुछ कह नहीं पाया, तो दूसरों के शिल्प-कौशल को देखने लगा। फल यह हुआ है कि मुक्तिबोध जिस 'मेहतर' की बात करते हैं और बड़े लोग जिसे बेहतर जानते हैं, मैं उतना बेहतर-मेहतर भी न बन सका। जैसे निशंक अपने जीवन के अनुभवों को अपनी मर्जी से अपने लेखन में पुनः सृजन करने की स्वतंत्रता का उपयोग करते हैं, उसी प्रकार से पाठक और आलोचक भी स्वतंत्र है। इस सृजनात्मक व्यापार में 'आयो घोष बड़ो व्यापारी' कहकर कोई मुझे उलाहना दे तो दे, मैं तो पाठक-आलोचक का बाना पहनकर, अपनी 'परम अभिव्यक्ति' की खोज में निकल पड़ा हूँ।

इस पुस्तक का संकल्प बुनियादी तौर पर मेरा था, 'बूके और ब्रिकबेट' भी मेरे खाते चढ़ेंगे। मेरे पास निशंक का कृतित्व आया अवश्य, किंतु पाठक बन मैं ही गया था उसके पास। हाँ, एक बात और है। मैं किसी समीक्षक, आलोचक या शोधार्थी के रूप में यह पुस्तक नहीं लिख रहा था। मुझे आप सहृदय आस्वादक, जिसे प्राचीन काव्य-शास्त्रों में भावक कहा गया है, भी समझ लें तो कोई हर्ज नहीं! मैं रचनाकार का नहीं, रचना का आस्वादन करके रचनाकार की तरफ देखता रहा

हूँ। इस पुस्तक में निजी कुछ नहीं है, पर सारा लोहा उन लोगन का भी नहीं, जो निखालिस कवित्त बनाते हैं। मेरी भी आभा है इसमें।

इस पुस्तक के प्रणयन के दौरान मेरी अंतर्यात्रा में बुद्धि के साथ हृदय का साथ बदस्तूर रहा है। 'बिचलना' (विचलन) भी आपको कभी-कभार नजर आया होगा और देरदीय विखंडन भी। बुद्धि के साथ हृदय को रखने से 'बौद्धिक जुगाली' में आनंद-ही-आनंद आता रहा। आपको कितना आनंद आया, यह इस पुस्तक की भूमिका के लेखक की तरह आप भी बता सकते हैं। भूमिका-लेखक प्रो. ऋषभ देव शर्मा को धन्यवाद पहले ही दे दिया है, आपको भी दे देता हूँ।

मेरी इस 'सविनय अवज्ञा' को आपकी 'सावधान प्रतिक्रिया' की अपेक्षा रहेगी। यह पुस्तक एक पढ़ाकू और लिक्खाड़ किस्म के पाठक द्वारा एक-दूसरे विपुल लेखन के धनी कवि-कथाकार का आत्मीय विश्लेषण है। 'भाव भगति' से यह भी एक परंपरागत समीक्षात्मक पुस्तक हो गई होती, यदि मैं अपनी-सी न करता और लोक-गति से दुर्गति की ओर बढ़ा चला जाता। शोध-प्रबंध लिखकर धन्य हो जाता। समीक्षा के नए पुराने भारतीय और पाश्चात्य सिद्धांतों की लकीर का फकीर न बनकर मैंने अच्छा किया या बुरा, पता नहीं! यह अवश्य पता चला कि भेड़-चाल के अपने फायदे-नुकसान हैं। धन्यवाद! आभार!

5 अगस्त, 2020

□□□